U0090850

古典文學研究輯刊

三十編

第5冊

金瓶梅與西遊記作者研究

木齋著

國家圖書館出版品預行編目資料

金瓶梅與西遊記作者研究／木齋　著 -- 初版 -- 新北市：花木蘭文化事業有限公司，2024〔民 113〕
序 20+ 目 4+174 面；19×26 公分
（古典文學研究輯刊　三十編；第 5 冊）
ISBN 978-626-344-904-6（精裝）
1.CST：（明）李贄 2.CST：（明）吳承恩 3.CST：金瓶梅
4.CST：西遊記 5.CST：明清小說 6.CST：文學評論
820.8　　113009660

古典文學研究輯刊
三十編　第 五 冊　　ISBN：978-626-344-904-6

金瓶梅與西遊記作者研究

作　　者　木　齋
總 編 輯　杜潔祥
副總編輯　楊嘉樂
編輯主任　許郁翎
編　　輯　潘玟靜、蔡正宣　美術編輯　陳逸婷
出　　版　花木蘭文化事業有限公司
發 行 人　高小娟
聯絡地址　235 新北市中和區中安街七二號十三樓
　　　　　電話：02-2923-1455／傳真：02-2923-1452
網　　址　http://www.huamulan.tw 信箱 service@huamulans.com
印　　刷　普羅文化出版廣告事業
初　　版　2024 年 9 月
定　　價　三十編 20 冊（精裝）新台幣 50,000 元

金瓶梅與西遊記作者研究

木齋 著

作者簡介

木齋，揚州大學特聘教授。歷任吉林大學文學院教授，博士生導師，世界漢學研究會（澳門註冊）會長，世界漢學書局總編輯，中國蘇軾研究會副會長，中國陶淵明研究會副會長，東北蘇軾研究會會長，中國詞學會常務理事，中國歐陽修研究會常務理事，中國作家協會會員，中央電視臺百家講壇主講人，香港大學榮譽研究員，美國休斯頓大學亞美文化中心高級研究員，新加坡南洋理工大學研究員，加拿大多倫多大學訪問教授，韓國全南大學邀請教授，臺灣中山大學客座教授，重慶大學高等研究院客座教授。

提　　要

《金瓶梅》是明代四大奇書之一，也被稱之為中國第一大「淫書」，然而其作者為誰、寫作宗旨、早期傳播等問題卻始終眾說紛紜，成為了中國文學史的重大學術公案。木齋著《金瓶梅與西遊記作者研究》，成功破譯了此書的作者為明代最偉大思想家、文學家李贄。耿定向為萬曆時代理學思想的代表人物，兩者之間就情慾問題發生激烈爭論。李贄在完成《西遊記》寫作基礎之上，以耿定向作為西門慶原型而寫作《金瓶梅》。《金瓶梅》正是李贄人學思想的小說表達。李贄號溫陵，濟寧府的蘭陵在漢代也被稱之為溫陵，遂以「蘭陵笑笑生」作為此書之專有筆名。《金瓶梅》書稿由其傳人袁宏道、馮夢龍、袁無涯等編輯付梓，從而完成了此書的早期傳播歷程。

序一　勇攀兩座高峰——略評木齋《金瓶梅》《紅樓夢》研究

王汝梅〔註1〕

《乾隆甲戌本脂硯齋重評石頭記》，胡適購藏於1927年，距今已95年，是以胡適、周汝昌、俞平伯等為代表的新紅學，近百年來研究的熱點。甲戌本是新紅學劃時代的新發現，是紅樓夢的稿本，只有十六回，這十六回中有大量的極為寶貴的信息密碼，近百年來仍未發掘破解完成，仍待繼續研究開發，難度很大。木齋研究甲戌本評點，是知難而進，以勇擔大任的學術魄力，勇攀高峰。

自從胡適以來，紅樓夢的研究已經發展成為一門獨立的研究。研究紅學的專業與業餘文學愛好者，在華文的文化場域裏已經是數不勝數，中外文的紅學著作出版更是浩如煙海，教初學者望洋興歎！所以，我只能從我對明清社會的思想文化的認識來說說我對木齋教授研究的一些看法。這些只能算是非專業學者的一些感想，算不上嚴謹的學術評論。所以我的話只能算是「贅言」而不足以為木齋教授的巨著作序！木齋教授詳盡的考證足以為讀者說明釐清明清五部小說各種重要問題，因此我的話是多餘的，讀者不必在意。

《金瓶梅》是紅樓夢藝術創造、藝術革新的先驅。紅樓夢對金瓶梅不但有繼承關係，還是互補的，是性愛人生的上下卷。金瓶梅重寫性寫實，開掘至人性極深處。紅樓夢重寫情寫意，通向人類未來。中華民族傳統文化中有這兩部巨著，可與西方最偉大的小說相媲美。最早指出紅樓夢受金瓶梅影響的是脂硯齋。

甲戌本第十三回有眉批：「寫個個皆到，全無安逸之筆，深得金瓶梅壼

〔註1〕王汝梅，吉林大學文學院教授，博士生導師，著名金學家。

奧。」可以想見，脂硯齋寫作《石頭記》時，熟讀了《金瓶梅》。《紅樓夢》沿襲運用了《金瓶梅》中的一些話：「千里搭長棚，沒有不散的宴席」「捨得一身剮，敢把皇帝拉下馬」「前人撒土，迷了後人眼」「不當家花花的」。王熙鳳形象有潘金蓮的影子，晴雯形象有春梅的影子。清末民初，有學者認為《紅樓夢》脫胎於《金瓶梅》。哈佛大學華裔學者田曉菲認為紅樓夢是對金瓶梅的改寫重寫。毛澤東在 20 世紀五六十年代中央高層幹部會議上講話中曾指出「《金瓶梅》是紅樓夢的祖宗，沒有金瓶梅就寫不出紅樓夢。」「這本書寫出了明朝的真正歷史。」

脂硯齋在甲戌中有四處引用或直接評點過《金瓶梅》，把紅樓夢與金瓶梅結合研究有重要意義。兩部巨著是傳統文化中繼承與創新的一個偉大典範，值得下大力氣總結研究。

木齋的甲戌本研究，把脂硯齋評點與作品正文作一整體把握分析，既有微觀解析又有宏觀把握，貫徹了整體性、聯繫性、原典第一的創新性方法論原則，從而形成獨特的「破譯學」方法論；木齋繼承了新紅學的優秀成果，在老一輩新紅學家研究的基礎上接著論證了：脂硯齋是紅樓夢原作者之一，而且是主要作者，木齋帶著激情、深情讚美脂硯齋，讚美脂硯齋是位才女，是位可愛的女性、偉大的女性。木齋的甲戌本評點研究極為重視紅樓夢在思想史、文化史上的意義：紅樓夢提出「意淫」說和對賈寶玉形象的塑造，在古代性愛史上具有劃時代的意義。

《金瓶梅》作者之謎一直是學術研究的熱點，古今四百年，改革開放四十年來，作者的破譯已提出六十多位候選人，眾說紛紜，迄無定論。木齋保持學術青春，以高度的文化自信，撰寫了《金瓶梅研究》（尚未出版）包括破譯作者，早期傳播，版本研究等學術難題。木齋的《金瓶梅》作者破譯，提出李贄為作者，在作者研究群中增加了新材料新觀點。尤其對李贄的「童心」說，「自然順性」說與《金瓶梅》的關係作了具體論證。結合晚明啟蒙思潮考查作者這一思路，在大方向上是可取的。宏觀上結合晚明啟蒙思潮，研究作者瞭解作者是晚明文化巨人，可與湯顯祖、瞿汝夔、徐光啟相併肩。

從各方面的研究考證，會進一步促進對此書創作主體的認識，作者的真面貌真姓名會逐漸清晰明朗起來。木齋的「破譯學」強調，文本經典第一，宏觀整體把握。《金瓶梅》作品展示了創作主體特徵，自證了作家的社會地位閱歷和學養。作者經歷過患難窮愁，入世極深，有深沉的憤怨感慨。熟悉宋史、明史、小說戲曲，熟悉魯南蘇北方言，熟悉北京的地理環境，作者假託清河，實際上寫的是嘉靖年的北京。

吳曉鈴先生以明嘉靖年間張爵撰《京師五城坊巷胡同集》和《金瓶梅詞話》裏出現的清河縣城地名對照，能在北京城裏找到的市坊、府邸、衙署、寺觀的名目達五十六處之多，說明作者對北京的地理環境瞭如指掌，如：豬市街、構闌胡同、王皇親宅、王府井、兵馬司、惜薪司、白塔、土地廟、真武廟等。《金瓶梅》中宋徽宗形象影射嘉靖皇帝，二人都崇信道教都兄終弟及。蔡京影射嚴嵩，林靈素影射陶仲文、朱勔影射陸炳。第七十一回揭批當朝天子「朝歡暮樂」「愛色貪花」。第三十回又寫道「那時徽宗，天下失政，姦臣當道，讒佞盈朝，高楊童蔡四個奸黨，在朝賣官鬻獄，賄賂公行，縣秤陞官，指方補價。夤緣鑽刺者，驟升美任，賢能廉直者經歲不除，以致風俗頹敗，贓官污吏遍滿天下，役煩賦重，民窮盜起，天下騷然。」「指斥時事」把批評的矛頭指向皇帝，冒殺頭的危險。所以把真實姓名隱藏得很深。我們今日破譯作者之謎，只應回歸文本，從全書形象體系，創作主旨，細節描寫，人物形象，引用活用文獻資料瞭解作者走近作者，回歸歷史現場，與原作者交流對話，讓作者活在當下，活在讀者心中。這需要吃透讀懂每個細節每個人物。不可能一蹴而就，一錘定音。

由於《金瓶梅》的複雜厚重，多種蘊含，內與外，表與裏的矛盾，對傳統寫法的打破，塑造的人物西門慶、潘金蓮，是亙古未有的形象。作品難讀難懂，破解作者之謎越發艱難，成為文化史文學史上的一大歷史難題。

李時人先生在上世紀八十年代末就提出《金瓶梅》研究「要回到作品」，撰寫了《關於蘭陵笑笑生》（見《金瓶梅新論》）。2014 年，山東的作家寫作了電視連續劇本《蘭陵笑笑生傳奇》，試圖從作品出發描繪《金瓶梅》作家的形象，給作者畫一幅真實的圖像。李時人生前，結合研究生培養，編著《中國文學家大辭典・明代卷》收錄 3046 位作家。從《金瓶梅》文本出發分析梳理創作主體總特徵，在嘉靖萬曆作者中逐一篩選，大約可以找到蘭陵笑笑生的真姓名真面貌。

《金瓶梅》作者的考查破譯在近年較為沉寂，沿著老路徑遇到了困境。在這種處境下，木齋研究破譯作者之謎，表現了擔當大任的雄心壯志，更加令人欽佩。

預祝木齋撰著《中國文學源流史・明清小說源流卷》早日問世。

序二　晚明士商文化與明清小說發展
——木齋明清小說名著研究贅言

周啟榮〔註1〕

一、「士商」新文學與明清通俗小說

我是最沒有資格為木齋教授這部巨著寫序的！最初答應木齋教授，以為是為他的《金瓶梅》研究寫序，後來收到文稿後才知道大作還有《紅樓夢》研究，而《金瓶梅》部分也包括《三國志演義》、《水滸傳》與《西遊記》的研究！這部書的範圍，其實囊括了明清小說的五大經典著作了！這本身就是一部明清小說史了！雖然我的研究領域是明清思想、文化史，對文學問題，重大文學著作與明清時代的社會、文化、思想的關係都有一些個人的理解與看法，但從文學專科的標準來說，尤其對這些小說作者的考證問題，談不上深入和有系統的研究。然而，既然應允木齋教授寫序，也不好食言，硬著頭皮，也要寫幾句讀後的感想！有了木齋教授對這些小說的深入而詳盡的研究，我的話其實是多餘的，所以我這篇「序」無疑名為「贅言」或駢拇、「絮言」更為恰當！

由於專業不是文學史研究，我的「序」只能是拜《金》者言，而無法涉足《紅》樓！先在此向木齋教授致歉！在這個「絮言」裏，我的評論主要集中在

〔註1〕周啟榮（Kai-wing Chow）教授，目前是東亞語言文化系、歷史系、中古史教授，2014 年當選為美國中西部亞洲研究會（Midwest Conference on Asian Affairs）主席。主要研究範圍包括中國思想史、儒學史、印刷文化史、禮學史、宗族史、身份建構史、社會史、與公共文化史（包括法律、慈善與公共組織史）。目前的研究重點是明清時期「士商社會」的結構與「公共文化」（public culture）的形態及其發展與中國近世社會轉型的問題。

木齋教授研究中《金瓶梅》與李贄關係的一些問題的討論，對於《紅樓夢》的文學性與作者考證的分析只能提出一些皮相之見，不足以把木齋教授的許多重要創見揭示呈現於讀者眼前。因此，這篇文夠不上作為研究三部巨著的書序，只能是多餘嘮叨之贅言而已。讀者識之！

這部巨著的結構分為上、下兩篇；上篇主要討論紅樓夢，下篇則是以《金瓶梅》為主，兼論《西遊記》、《三國演義》的作者問題。木齋教授本書的書名凸出《金瓶梅》、《紅樓夢》、《西遊記》等小說的作者研究。〔註2〕但其實書中除了對於作者、成書過程、槁本流傳、刻印出版等圍繞小說作品生成、傳播的諸問題外，對於文學史一般關注的問題也多有分析論述。例如上篇第四章《金陵十二釵的形成及其原型》、第五章的《紅樓夢的雙重藝術結構》。文學史與思想史相關的問題亦有兼顧。例如《下篇》第九章《佛學思想對李贄及《金瓶梅》的影響》等都超越作者考證的範圍。

本書原來主要是以兩部小說研究為核心的合集！雖然《金瓶梅》與《紅樓夢》分別成書於明、清兩代，木齋教授把《金瓶梅》與《紅樓夢》的研究合為一書出版也是合理的。這兩部著作在內容上都是書寫世情的長篇小說，也同屬於通俗文學作品。從中國社會史與文學史的發展來看，《金瓶梅》與《紅樓夢》確實是可以或應該相提並論的。兩書故事中的主要人物已非帝王將相、後宮粉黛，眾多的人物來自社會各階層；《紅樓夢》雖然是以宦官家族的賈府為故事背景，敘事的主線雖然還算環繞中上層社會的官宦家庭與人物，但情節的鋪排與展開穿插於民間生活日用的市井世情、複雜的人際關係，與人物不同的命運。但值得注意的是：小說中重要人物的命運，家族的興敗並不與皇朝的興衰、淪亡直接相關。

明清的中國社會經歷了巨大的變化，已經進入了近現代。商品與貨幣經濟發達、國際與長程貿易蓬勃、消費主義興起、地理與社會流動頻密、市民階級擴大、大量「剩餘士人」在追求功名的漫長歲月裏需要從事各種行業以維持生計，導致各種職業具有知識與文化的人才的增多，加速了行業內的分工與專業化（professionalization），擴大與加劇了社會階層結構的變動，尤其是「士」與「商」在個人、家族與宗族多層面的融合。「士商」階層的擴大同時通過各類文化生產擴散他們的社會經驗與士商調和的新價值。

〔註2〕木齋原本提供給本序作者的書稿原名為《紅樓夢金瓶梅西遊記作者研究》，分為上下兩篇。

明清時期中國社會可以說已經進入「士商社會」的階段，所謂「士商」階層包括了「士」階層、「商」階層和身兼士與商的「士商」。「士商」並非一個身份名稱，而是作為一個分析概念來應用，與英國的「中間階層」（middling sorts）相似。「士商」階層或社群指三代及以上的家族與宗族裏都有擁有科舉功名或官方身份的「官紳」與「士紳」。這些「官」與「士」的親人、族人中都有從事工、商業生產與交換的活動。「士商」是一群以工商業財富為基礎，投資子弟教育，參加科舉考試，進而獲得「士紳」與「職官」資格與地位的個人、家族與族群。「士商」社群之內的個人又可以在再分為「經營士商」與「服務士商」兩類。直接參與經濟生產、物流與營銷一切農業、加工品與製品的商賈、工匠都屬於「經營士商」。提供各種藝文、知識、文化、教育服務的專業文人屬於「服務士商」。士商同時或異時在三個場域佔有位置，爭取經濟資本、文化資本與政治資本。他們是掌控明清社會各個場域的「統治」階層。由士商階層主導的社會自然產生折射與推崇「士商」價值的文學。遲至晚明，通俗文學如戲曲、小說、小品文等文學體裁已經成為士商文學的經典形式。這些新文學與社會各方面所顯示的聯繫的重要性遠遠超越官方儒家的四書五經。

在明清的中國社會裏，士商無論在政治場域裏、經濟場域裏、文化生產場域裏都佔有領導的地位。他們的世界同時包括傳統的上層文化、官文化、儒家價值、商人的逐利求富的物質主義。中國人價值觀念的轉變莫過於生氣勃勃，燦爛的通俗文學如明清小說與戲曲。〔註3〕通俗小說、戲曲的文學形式具有包容各種階層生活的能力，可以書寫複雜的人物經驗、思想、心理、社會關係與事件，順理成章地成為以隱喻的方式發表政治話語的重要平臺。這種以通俗語言書寫的「士商文學」在晚明已經蓬勃發展，原創長篇的章回小說、中、短篇小說、歷史演義、多齣戲曲的傳奇為士商作家提供眾多靈活、多維度的創作平臺。

「士商新文學」的發展延續至清代，《金瓶梅》與《紅樓夢》屬於明清士商新文學創作的巨著，具有劃時代意義。民國新文化運動鼓吹的新文學、新

〔註3〕有關明代商業出版與士商文化生產的關係，參看 Kai-wing Chow, Publishing, Culture, and Power in Early Modern China，史丹福大學出版社，2004年版。有關「士商社會」理論，可參看周啟榮《醫治公眾：醫治公眾：清代士商社會的公共文化與慈善醫療服務》，《新史學》第9卷（2017）：3～37，北京中華書局；周啟榮，《從清代儒家禮教主義與「士商社會」中的儒家經世模式：論章學誠的宗族思想與活動》，黎志剛、陳永發合編，《經世、實業與近代中國：劉廣京教授紀念集》，臺北：臺灣大學中心出版社，2022年版。

文體在很多方面其實在明清時期都已經萌芽與茁長了。明亡，滿洲的征服，新的政治環境對於「士商新文學」，即「通俗文學」形式的發展無疑是最大的一個新變數。清初儒家禮教主義的興起對於通俗文學與士商文化的價值產生了壓抑的作用，〔註 4〕在異族政權、政治壓迫與文字獄陰影的籠罩下，正面發表敏感的言論，對於執政者、官員的議論變得極為危險，而儒家禮教主義的保守性也一度對士商新文學的發展產生了障礙。但士商社會的發展並沒有隨著異族政權的建立而改變軌道，士商階層的文化在清代繼續發展，而《紅樓夢》就是最好的證據。它屬於士商新文學的通俗文學系統的繼續發展。

我對木齋教授明清小說研究的評論就是從士商文化的視角出發的。木齋教授不僅對於這三部明清文學巨著的作者、寫作、出版與流傳過程作出了詳盡的考證！他把有關這幾部小說的問題當作「歷史公案」來處理，所以，稱之為「紅樓夢破譯研究」。木齋教授在書中的分析屬於歷史的，而不是傳統意義的文學研究。它算是文學史研究但重點在考證小說裏的人物、故事與歷史事實的對應關係。木齋教授稱自己研究《紅樓夢》的方法為「大紅學史觀史料學方法」是很貼切的。我的感想沒有經過嚴密的思考，也不特別組織書寫次序，隨記隨寫。但總體還是依照原書的組織以個別小說為區分。木齋教授的書把《紅樓夢》的研究放在前面，但由於我是史學家，我按照時代的先後，所以把《金瓶梅》置於《紅樓夢》之前。從社會史與文化史的角度來看，這是比較容易看到兩部小說折射明清時期中國士商社會發展的輪廓。

二、《金瓶梅》的作者與晚明士商作家李贄

學界對於《金瓶梅》的作者是誰眾說紛紜，各家分別提出不同的作者近四十人。但根據木齋教授的研究，學界用以鑒定作者的標準都不合理，他另外提出《金瓶梅》的作者必須滿足四個條件：「1.此書從水滸中西門慶潘金蓮故事衍生而來，則《金瓶梅》作者必定與《水滸傳》有密切關聯；2.此書的最早信息來自於袁宏道，則此人必定與袁宏道有密切關係，特別是在思想認知上觀念一致；3、此書是一部思想顛覆性大作品，可視為明末思想史的里程碑，則此書作者必定是與明代中後期具有同樣思想者；4、此書署名蘭陵笑笑生，則此人的名號中也應該有相似的名稱。」木齋教授認為能滿足這四個條

〔註 4〕有關清代儒家禮教主義的興起及其與倫理思想、經學、及宗族發展的關係，參看周啟榮《清代儒家禮教主義的興起》，天津人民出版社，2017 年版。

件的只有李贄。

木齋教授認為《金瓶梅》的作者是李贄，而他創作該小說的起因是因為他與耿定向的對人的情慾的爭執。「《金瓶梅》寫作緣起於關於情慾問題的哲學論爭：耿定向為萬曆時期著名的理學家，耿、李之爭的主要論爭點在於對「情慾」的認識」。耿定向代表官方程朱道學的立場，而李贄代表對人的情慾的肯定。李贄甚至說：「佛以情慾為生命」。與耿定向的爭論終於導致李贄因為「枯燥的學術語言無法生動準確傳達，遂使李贄開始了模仿水滸而撰寫金瓶的小說寫作之路。」耿定向與李贄在思想上的交惡無疑是事實。但李贄使用小說來表達他思想的決定卻不是他個人的才智，忽然想到的決定，而是明代士商社會裏，士商作家順理成章，自然會考慮的文化生產環境所決定的。木齋教授認為李贄寫作《金瓶梅》開始是他在龍湖時批點《水滸傳》引起的想法。這個說法並非空穴來風。但是，我們要問：李贄為什麼會批點《水滸傳》？作為一個士商作家，部分依靠出賣自己的藝文勞動力，李贄的經驗是當時非常有代表性。以評點形式出版的文本是明代書籍史與商業出版的一個特色與普遍現象。李贄在閱讀《水滸傳》時不但寫了閱讀感想，還編輯出版，他的做法就是一個晚明典型士商作家的行為。

明代士商最容易增加收入的活動是參與商業出版，或為書商編寫各種書籍如實用性的日用類書、士商專用路程指南、消閒性的小說、傳奇、小品等。由於明代讀者群最大的仍然是考科舉與當官的士階層，大量為科舉與準備仕宦的書籍都需要大量文人參與出版。這些都是士、商職業軌跡兼於一身的士商文人。李贄也不例外，他很早便參與編寫與出版活動。他刻意編寫八股文，早在龍湖耿定向家的時候便出版了《說書》，也名《四書評》的八股文評選集。李贄私下告知焦竑，收集在《四書評》的八股文中的評語源於：「因學士等不明題中大旨，乘便寫數句貽之，積久成帙。」〔註5〕很多李贄所謂的友人向他請教寫作八股文的方法。〔註6〕為了確保讀者不會忽略《四書評》這一實用的應試功用，李贄在序文中補充直接指出「《說書》亦佑時文。」〔註7〕這些話無疑有宣傳作用，吸引讀者將此書視為制舉用書。然而李贄筆鋒一轉，又告誡讀

〔註5〕李贄，《答焦漪園》，《李贄全集注》，第1冊第17頁。

〔註6〕例如李贄，《與焦弱侯》，《李贄全集注》，第3冊第130頁。關於科舉考試的一般研究，參見 Benjamin A Elman, A Cultural History of Civil Examinations in Late Imperial China,Berkeley, University of California Press, 2000.

〔註7〕李贄，《自序》，《李贄全集注》，第1冊第1頁。

者：「然不佑者故多也。」〔註 8〕這般靈活地利用「超附文本」（paratexts）中的話語空間（discursive space），使得李贄得以掩蓋自己投身出版背後的任何經濟動機。所以，李贄是晚明士商作家中最懂得利用商業出版來為自己做廣告，靈活又有創意地運用「超附文本」〔註 9〕提供的話語空間來傳播自己思想與影響力。〔註 10〕李贄評點《水滸傳》充分體現了士商作家在晚明積極參與商業出版的社會事實——李贄因為評點《水滸傳》而想到自己寫《金瓶梅》來表述自己的思想的說法符合當時的社會與文化狀況。

木齋教授認為《金瓶梅》的出現象徵明代思想的一個巨大轉折，代表明代儒學從程朱理學分化為王陽明的心學。他說：「《金瓶梅》寫作緣起於明代心學向人學的思想史嬗變：廣義而言，《金瓶梅》是明代人文主義思潮演變，程朱理學經歷王陽明心學而走向反撥和分化的結果，是萬曆時代以李贄新學說反對程朱理學「存天理滅人欲」在文學領域的必然表現。」木齋教授認為李贄的思想屬於「獨立的思想體系，可以稱之為「人學」，即以人為本體的學說，以人性自由、解放為特徵的學說；由南亞印度、孟加拉傳來的佛教教義之外，裹挾著自由、平等、博愛的人文主義精神，為李贄開闢了一個極為廣闊的嶄新的新的世界。金瓶梅全書貫徹全書的主旨思想，正是佛教的因果輪迴報應思想。」

作為一個士商作家，李贄的宗教思想是比較複雜的。李贄晚年沉潛佛學是事實。但是，他的佛學思想比較複雜，並不能用一般的佛教徒標準來理解，需要深入分析。李贄不是一個普通的出家僧人！他雖然自己剃髮，居於麻城的芝佛院，然而他多次反對朋友、學生剃髮出家！〔註 11〕他的宗教思想在晚

〔註 8〕李贄，《自序》，《李贄全集注》，第 1 冊第 1 頁。

〔註 9〕「超附文本」指書籍的所有物質載體上的文字與圖像，包括書名、作者、序、跋、注、批評，以及與文本有關的各種維度如字體、書法等。國內一般翻譯 paratexts 為「副文本」。但這種翻譯沒有帶出「超附文本」的兩種特性：超越書本的文本（超書文本 epitexts）與附連在書籍（peritexts）中的文本。有關「超附文本」的理論與應用，參看 Kai-wing Chow, Publishing, Culture, and Power in Early Modern China（Stanford: Stanford University Press），2004（周啟榮《中國前近代的出版、文化與權力——16～17 世紀》商務印書館，2023 年版。

〔註 10〕Kai-wing Chow（周啟榮），“An Avatar of the Extraordinary（qi）: Li Zhi as a Shishang Writer and Thinker in the Late Ming Publishing World,” in The Objectionable Li Zhi: Fiction, Syncretism, and Dissent in Late Ming China. Co-edited by Pauline C Lee, Haun Saussy, and Rivi Handler-Spitz（Seattle: University of Washington Press, 2021）, 145~163.

〔註 11〕有關李贄宗教思想的分析，可以參看 Kai-wing Chow（周啟榮），“An Avatar of the Extraordinary（qi）: Li Zhi as a Shishang Writer and Thinker in the Late Ming

明的士商階層中其實是很有代表性的。他對假道學常有猛烈的批判，但他並不反對儒家。對他來說，孔子是三教聖人之一。在對於儒、釋、道三教的無數不同的組合關係中，包括士人與商人、或簡稱士商在內的受教育群體無不踐行著三教合一的觀念。士商的三教合一的不同模式被李贄的朋友如焦竑、陶望齡（1562～1609），以及其他士商作家如屠隆（1543～1605）和湯顯祖（1550～1616）所踐行。李贄的平等思想，對於個性自由的嚮往的人文主義，不必來自佛教，更不必與儒家思想相衝突。李贄的思想充滿活力、張力、或被視為矛盾。但很多貌似不相容的思想卻在更深的層次得到協調。儒、釋、道三教對於李贄來說各有不同的重要性。他的摯友焦竑曾經問他對自己所著的哪本書最為得意。李贄回答說：「皆得意也，皆不可忽也。《藏書》，予一生精神所寄也；《焚書》，予一生事蹟所寄也；《說書》，予一生學問所寄也。」〔註 12〕《說書》就是他對《四書》的解讀與八股文的具體內容。《藏書》是他讀歷史的札記。這些都不是佛教徒應該或需要鑽研的。而最奇怪的是，他說這三本書都不是直接有關佛教的，反而更接近儒家，尋常士人的關懷。

李贄對於情慾的肯定與論述的思想來源不可能來自傳統意義的佛教。他的「人文主義」完全立足於俗世的人間社會，是士商作家對於官方與道學價值的一種「糾正」或協商。程朱理學的道德學說凸出性理，禮義等形式方面的道德行為，流於形式主義與虛偽，缺乏對真實自發的人情的提倡與辯護。士商階層的價值有來自士的文化教育，自然包括儒家基本的價值觀，然而由於士商並不代表官方的立場，所以能夠調整而靈活地與「商」階層價值結合與調和。從士商作家的通俗作品來看，李贄對於「情慾」的肯定並非個例，而是一個普遍現象。士商作家在晚明的通俗文學作品裏，處處流露對於「情慾」的合理滿足與安頓的論述與要求。研究文學史的學者多有指出明代文學凸出對「情」的書寫。湯顯祖在《牡丹亭》的序裏對「情」的論述最有代表性。他說：「情不知所起，一往而深。生者可以死，死可以生。生而不可與死，死而不可復生者，皆非情之至也。夢中之情，何必非真？」

士商文學呈現出重「情」輕「性」的傾向。在各種社會關係中產生的情

Publishing World," in The Objectionable Li Zhi: Fiction, Syncretism, and Dissent in Late Ming China. Co-edited by Pauline C Lee, Haun Saussy, and Rivi Handler-Spitz（Seattle: University of Washington Press, 2021）, 145～163.

〔註 12〕袁宏道，《袁宏道集箋校》，轉引自張建業，「李贄研究資料彙編」，《李贄全集注》，第 26 冊第 149 頁。

之中，男女之情，夫婦之情在小說與戲曲中作為主調而出現的論述尤為凸出。《西廂記》、《牡丹亭》、《鳳鳴記》等作品代表了士商對於夫妻、男女之情的新觀點。高穎頤 Dorothy Ko 指出的「伴侶」婚姻是士商夫婦觀的代表。明後期興起為亡妻撰寫碑傳、行傳。日本學者野村鮎子指出：「明人不隱諱與朋友談夫妻之間的感情。」〔註 13〕這些充分體現士商文學觀中對於人倫間以情為基礎的例子。馮夢龍的《情史》、馮夢龍凌濛初的《三言》、《二拍》都是士商對於發生在不同階層的情的關懷、觀察、書寫與記錄。馮夢龍說：「六經皆以情教也。」他對儒家六經的新論述可以視為士商對於儒家價值傳統的新詮釋。六經教訓內容是人情而不是道學的嚴格道德規範或孟子的性善論！君臣、父子、兄弟、朋友的關係是由真情，而不是空有形式，疆固的禮法來維繫的。在馮夢龍的《情史》裏，維持人倫的關鍵是真情，而不是上下尊卑的等級。他說：「子有情於父，臣有情於君」〔註 14〕父子、君臣有情，忠、孝才有真正堅實的基礎。缺乏真情維繫的父子、君臣關係只能是虛偽、蒼白的道德欺騙。

孩童的率真天性，最能表達真摯的情感。李贄直接以童心作為真心的象徵，提出「童心」作為定義優秀文學的標準。文學形式隨時代而變但真心卻是優秀文學不變的核心。他說：「童心者，真心也……若失卻童心，便失卻真心；失卻真心，便失卻真人。人而非真，全不復有初矣！……天下之至文，未有不出於童心焉者也！苟童心常存，則道理不行，聞見不立，無時不文，無人不文，無一樣創制體格文字而非文者。詩何必古選！文何必先秦！降而為六朝，變而為近體；又變而為傳奇，變而為院本，為雜劇，為西廂曲，為水滸傳，為今之舉子業，皆古今至文，不可得而時勢先後論也。故吾因是而有感於童心者之自文也，更說甚麼六經，更說甚麼語、孟乎？夫六經、語、孟，非其史官過為褒崇之詞，則其臣子極為讚美之語。又不然，則其迂闊門徒，懵懂弟子，記憶師說，有頭無尾，得後遺前，隨其所見，筆之於書，後學不察，便謂出自聖人之口也，決定目之為經矣！孰知其大半非聖人之言乎？縱出自聖人，要亦有為而發，不過因病發藥，隨時處方，以救此一等懵懂弟子，迂闊門徒云耳！藥醫假病，方難定執，是豈可遽以為萬世之至論乎？然則六經、語、孟，乃道學之口

〔註 13〕野村鮎子，《明清亡妻行狀與士大夫心態》，論文收入《新文化視野下的明清、民國文學研究——反思與前行》。

〔註 14〕馮夢龍《情史》序第 4～5，8 頁。

實，假人之淵藪也。斷斷乎不可以語於童心之言明矣！」〔註15〕

李贄的《童心》說可以視為士商新文學以通俗小說、戲曲為文學主體的宣言，是對士大夫文化以六經、四書為標準的價值系統的挑戰。木齋教授認為李贄的童心說的提出是針對儒家道學：「李贄的童心說，是在與假道學的激烈論辯之中逐漸形成的理論總結，同時，也是其西遊記、金瓶梅小說寫作的理論闡發。其鋒芒所向，直指統治了華夏民族文化漫漫長夜的儒家理學思想的牢籠，並超越宋明理學，而直接指向孔孟六經的經典，認為所謂六經，經過理學家的改造，已經成為了「道學之口實，假人之淵藪也，斷斷乎其不可以語於童心之言明矣。」

李贄的思想是複雜而深邃的，充分折射了晚明中國社會在經濟、文化各方面的巨大變化，各種不協調的變遷、斷裂、衝突與創新。中外學者歷來都被他的思想所吸引、迷惑。各家對他的思想提出差異非常巨大的評價。自晚明以來有視之為洪水猛獸，有膜拜之如先知！美國漢學家狄百瑞（William Theodore de Bary）認為李贄是「一個幾乎與其身處的社會及文化相疏離的典型案例」。這個評價表面上好像合理。然而，實際上似是而非。與之相反，我認為李贄的倫理思想符合當時日漸重要的士商群體所萌生的價值觀念。〔註16〕李贄大聲疾呼並極力維護的價值觀，呼應並形成了士商的新式倫理，後者不能用任何儒、釋、道等傳統知識體系加以劃分而認知。李贄思想的主旋律是士商階層開闢的新價值觀，融合儒家的「士」文化與「商」文化，鎔鑄出新的「士商」文化。他高調捍衛廣大工商業者的社會價值。他說：「且商賈亦何可鄙之有？挾數萬之貲，經風濤之險，受辱於關吏，忍詬於市易，辛勤萬狀，所挾者重，所得者末。」〔註17〕

李贄的思想不再是以儒家的士為標準，而是從平民百姓的立場來衡量一切價值。與官方程朱道學不同，他提出「穿衣吃飯，即是人倫物理；除卻穿衣吃飯，無倫物矣！」〔註18〕李贄不但以基本的物質生活為人倫的基礎，更進一步肯定私人、私家對於美好物質生活追求的合理性，提出心的本質就是「私」。他說：「夫私者，人之心耳。人必有私而後其心乃見。若無私則無心

〔註15〕《焚書》，《童心說》第98～99頁。

〔註16〕De Bary, “Individualism and Humanitarianism in Late Ming Thought,” Self and Society in Ming Thought, New York: Columbia University Press, 1970, p.203.

〔註17〕《焚書》《又與焦弱侯書》，第49頁。

〔註18〕《焚書》《答鄧石陽》，第4頁。

矣。如服田者私有秋之獲而後治田必力，居家者私積倉之獲而後治家必力，為學者，私進取之獲而後舉業之治也必力，故官人而不私以祿，則雖召之必不來矣。苟無高爵，則雖勸止，必不至矣…此自然之理，必至之符。」〔註19〕

對李贄來說，儒家的經國濟民抱負，道學家的成聖成賢不再是最重要的價值與追求。他的基本價值就是士商階層對於物質生活的滿足與提升，對於個人的情慾的合理追求與滿足。李贄為「百姓日用」而辯護。百姓「如好貨，如好色，如勤學，如進取，如多積金寶，如多買田宅為子孫謀，博求風水為兒孫福蔭，凡世間一切治生產業等事，皆其所共好而共習，共知而共言者，是真邇言也。」〔註20〕他對耿定向可恥行徑的反感，一方面源自他對於虛偽，偽君子行為的厭惡，另一方面因為耿定向對平民追求私利的正常欲望與努力橫加干涉。李贄確信，包括耿定向在內的所有官紳，無不汲汲於同一個目標：即他們自身努力獲取更好的生活環境來實現「關愛自我」。〔註21〕李贄的倫理思想可以用福柯提出的「關愛自我」（care of the self）來理解。不同於「個人主義」（individualism），「關愛自我」的倫理一方面重視個體對於自身的利益與幸福的追求，同時不排除對於他人尤其是親屬、朋友，以及所有人的關懷與愛護。李贄的倫理思想不能落入狹隘的「個人主義」框框，更符合福柯的「關愛自我」的概念。〔註22〕

李贄的《焚書》當時是暢銷書，洛陽紙貴。風靡宴席間，社聚談笑不可或缺！「卓吾書盛行，咳唾間非卓吾不歡，几案間非卓吾不適」。〔註23〕李贄著作之所以受歡迎，除了他的議論新奇，眼光獨到，批評文字辛辣，動人以情，服人以理等原因外，還有就是他的經驗與所鼓吹的價值代表當時士商階層的共同追求。

士商新文學如《金瓶梅》不再以四書、五經為價值的權威來源。《金瓶梅》以另一個小說《水滸傳》的人物與故事來展開，充分體現了士商文學經典自我

〔註19〕李贄《藏書》，《德業儒臣後論》。

〔註20〕李贄，《答鄧明府》，《李贄全集注》，第1冊第94頁。

〔註21〕關於李贄與耿定向的衝突，詳見第四章。

〔註22〕參看周啟榮 Kai-wing Chow, "An Avatar of the Extraordinary（qi）: Li Zhi as a Shishang Writer and Thinker in the Late Ming Publishing World," in The Objectionable Li Zhi: Fiction, Syncretism, and Dissent in Late Ming China. Co-edited by Pauline C Lee, Haun Saussy, and Rivi Handler-Spitz（Seattle: University of Washington Press, 2021）, 145~163.

〔註23〕《焚書》《李氏焚書跋》，第251頁。

徵引的文學特徵。這是因為士商新文學的價值觀並非完全建立在儒家的道德倫理之上，而是整合了儒家倫理，從強調形式的天理與禮法轉而重視人在變動的社會中動態地對於情慾滿足的追求。人類普遍嚮往幸福生活，努力滿足對於真、善、美的追求。在中世紀貴族社會的價值觀裏，道德、信仰無疑是高於對於物質與感性的滿足。但明清時期，士商重視生活、生命的美感經驗，對於善（道德）與真（知識）的重視有了新的認識與要求。

木齋教授認為「《金瓶梅》可以視為是耿、李論爭的延續，進一步則可以說，是有明時代思想史中心學分路揚鑣的延續，是李贄由心學而走向獨立的「人學」的具象闡發。」研究明代思想史的學者不一定同意木齋教授把李贄的思想視為「由心學而走向獨立的『人學』」的觀點，但從文化史的角度來看，明代的通俗小說、戲曲已經成為思想發展的重要文學體類（genre），是士商階層發表新的價值與思想的文化載體。在明末的士商作者心中，通俗小說的重要性與四書五經並肩，而在流通與打動人心的功效，教化群眾方面，甚至更有優勢。

木齋教授在這部分除了集中論證《金瓶梅》的作者是李贄，書中很多人物都與李贄及其評擊的對象耿定向的交遊圈相對應之外，還討論《三國志演義》、《水滸傳》和《西遊記》的作者問題。認為李贄是這後一部小說的作者！這些觀點牽涉每一部作品的大量歷史與文本研究與分析，筆者只能望門興歎，無由置喙。但是，從社會史、文化史的大背景來看，這個觀點也不是完全脫離事實，天馬行空的臆想。

明代士商作家把通俗小說視為道德價值的一個載體。這個發展可以在李贄的思想中看到。木齋教授書中提到李贄與管志道對於道德與文章價值的討論。他引李贄的話說：「如空同先生與陽明先生同世同生，一為道德，一為文章，千萬世後，兩先生精光具在，何必更兼談道德耶？人之敬服空同先生者豈減於陽明先生哉？」他分析李贄與管志道對於道學與文學的爭論，認為「李贄在這裡對管志道的譏諷，似乎是離題太遠，管志道分明是道學家，甚至有將其列入泰州學派人物，李贄卻勸他還不如寫寫詩詞小說文學作品，其實，李贄是在利用此一個話頭，來有意透露其自家襟懷，借用管志道來闡述自我在晚年的人生依託，來闡述自己由道德文章而向文學特別是小說的寫作轉型。」木齋教授對這段話的分析無疑點出由李贄代表的士商作家對於通俗小說創作的肯定與褒揚。

木齋教授認為《西遊記》的作者也是李贄。理由是：「首先，文學作品是作者思想的產物，《西遊記》全書的思想，體現了對於現存政治體制、君權神授的深刻批判，對與之配套的儒家理學思想的深刻否定，全書充滿了孫悟空式的造反精神……體現了孫悟空精神——孫悟空成為百回本的全書主角，三藏取經以及豬八戒和沙僧等師徒，則成為了孫悟空的配角。因此，找出有明時代的孫悟空原型人物，此人基本就是此書的作者。」根據木齋教授的研究，李贄不但是《西遊記》的作者，他也是孫悟空的原型，是李贄反叛精神的化身！而孫悟空「跟隨三藏西天取經，則可以視為以佛教思想全面改造儒家體系這一思想的正面闡發，而西天取經一路上的妖魔鬼怪，九九八十一難，則對應了李贄自從 1581 年寓居道學家耿定向家，隨後被冷酷驅逐這一苦難人生經歷的再現。」

李贄的宗教信仰中佛教思想無疑佔有重要的地位，然而，不能以儒、釋、道三家為三個不相交涉的分割思想系統來理解他的宗教思想。他對佛教的態度比較複雜。他反對佛教傳統中出家的修煉模式。「聞公欲薙髮，此甚不可！公有妻妾田宅，且未有子，則妻妾田宅何所寄託？有妻妾田宅則無故割棄，非但不仁，亦甚不義也。果生死道念真切，在家方便，尤勝出家萬倍！今試問公果能持缽沿門乞食乎？果能窮餓數日，不求一餐於人乎？若皆不能，而猶靠田作過活，則在家修行，不更方便乎？……何必落髮出家，然後學道乎？我非落髮出家始學道也。千萬寄取！」〔註 24〕

鑒於李贄對於佛教的態度的複雜性，能否從《西遊記》中找到對應的思想需要考慮李贄宗教思想整體的系統性。《西遊記》這部小說的主題思想究竟是什麼，學者可以有很多不同的解讀。從故事的主體來看，《西遊記》的主要人物確實屬於佛教，但全書充滿儒家、道家的思想與價值。很難說整部《西遊記》是反對某一個宗教或思想體系。我認為它更多的是體現晚明的三教合一思潮，而李贄自身的思想也展示對於三教的融攝兼收。李贄極為推崇王陽明。王陽明與他的眾多弟子如王畿、羅汝芳、袁黃（1533～1606）、林兆恩（1517～1598）、以及李贄的老師王襞、其友焦竑等等，都對不同的宗教傳統展示出開放與包容的態度。〔註 25〕晚明三教合一的思潮可視為士商的多元宗教觀的體現。士商從儒教的道德規範及其對異端的理論指責中得以解脫，自

〔註 24〕《續焚書》，《與曾繼泉》。

〔註 25〕關於不同形式的三教合一的研究，參見 Berling, The Syncretic Religion; Brokaw, The Ledgers of Merit; Ch'ien, Chiao Hung.

由地追尋其個人的宗教興趣。宗教在晚明已變得極為私密與個人化了。李贄思想的複雜性在錢謙益的評論中可見一斑，他說：「余少喜讀龍湖李禿翁書，以為樂可以歌，悲可以泣，歡可以笑，怒可以罵，非莊，非老，不儒，不禪，每以撫几擊節，盱衡扼腕，思置其人於師友之間。」〔註26〕

錢謙益的品評充分顯示李贄思想的複雜性、多樣性、充滿張力，甚至矛盾，難以劃清思想的界線及其系統的邊界。讀者即使不完全接受木齋教授的觀點，以李贄一人是《金瓶梅》、《西遊記》兩書的作者，但整體看明末的士商作者，他們對於文學作品確實寄予承載他們的新思想與士商對將來的憧憬，而李贄的文學思想卻是士商新文學最有力的代表，極其具有代表性。如果李贄是一個象徵，代表明代士商作家群體，木齋教授的觀點在文化史的觀照下無疑是可以成立的。

三、《紅樓夢》、士商生活與清代政治文化

根據木齋教授的研究，《紅樓夢》的重要人物是以康熙雍正時期四個高官家族為原型：江寧織造李煦和曹寅、康熙的老師熊賜履、兩江總督赫壽。他考證了李煦與曹寅兩家的抄家與小說中人物與故事情節的對應。令人耳目一新，驚歎其對應的切合度！基於對這四大家族的歷史的研究，木齋教授提出《紅樓夢》創作者的理論。木齋教授對於《紅樓夢》的創作過程、作者身份與家庭、書中情節與歷史的對應的分析與論證都有很多創見，其中較為重要的莫過於他認為《紅樓夢》是寫作非出於一人之手，而是經過三人接續完成的，而其中一個是林黛玉的原型，也就是脂硯齋。他推測林黛玉是江寧織造李煦的女兒，而李煦本人就是林如海的原型。他說：「《石頭記》——《紅樓夢》一書為多人所作，具體而言，是三人接力合作的產物，按照參與寫作的時間次序而言，先後為曹頫（以秦可卿、秦鐘為中心的幾個回次）、曹霑（《風月寶鑒》的回次）、脂硯齋（全書的總撰寫人）、曹頫（後四十回的整合完成）。」就是因為要證明小說中的情節、人物來自歷史的事實，所以木齋教授這部著作的組織方式不全是論文式的，而是論文與評點兩種體裁併用。

以我對《紅樓夢》研究的極為有限的理解，從文學史的角度來看木齋教授的研究，雖然他自別於索隱考證派的紅學研究，但他整體的研究方向大抵也算是沿著胡適、蔡元培的歷史考證、索隱路子來繼續前行的。木齋教授認

〔註26〕錢謙益，《松影和尚報恩詩草序》，《牧齋有學集補》。

為《紅樓夢》「這本書是政治的書，是「理治之書」，當時文字獄盛行，不能出版。」《紅樓夢》不能出版的原因，除了政治因素之外，還有思想與市場變化的原因。清初的商業科舉書籍反映了儒家禮學研究及朱子禮學在清初的復興。〔註 27〕清政府對於印刷市場的影響之一是吸納印刷市場的大量人力資源，轉而為官方出版各類書刊。北京興起成為北方一個強大的出版印刷中心。武英殿大量編纂與出版大部頭的官方書籍，並由官方渠道流佈到商業市場。殿版書進入書籍市場，並通過對外貿易輸出到日本。

從文化史與士商文化的角度來審視木齋教授的《紅樓夢》研究，雖然它具有政治諷喻的目的，但是小說中的人物及其故事並不是以官場生活為背景，而是發生在仕宦家族的日常生活、私人空間如閨房與庭園中。與《金瓶梅》一樣，在描述服飾、飲食、娛樂、居所環境的刻畫方面，《紅樓夢》都是極為細緻，充分顯示作者對於物質生活的重視。書中人物對於現實生活中種種消費與享受也視為理所當然而無絲毫隱諱詬病的言辭，充分反映士商作家的通俗文學傳統在清代的繼續發展。《金瓶梅》與《紅樓夢》這些共同的書寫特點不是偶然的，而是寫實地折射了明清時期中國特定的社會環境。

四、明清小說與儒家文化

木齋教授這部大作雖然是以明清小說的創作過程與作者為研究主題，但同時也對中國文化提出整體的評論，尤其是以儒家為核心的傳統社會與文化，多有針砭。最明確的例子見於他對《三國演義》的評價：「兩宋時代，尤其是北宋時代，由於整個社會處於上升階段，學術與文化都達到了登峰造極的歷史高度，由此也就掩蓋了帝王制度的弊端和劣根性；到了明清時代，帝王君主的權利登峰造極，發端於兩宋的理學君臣父子、夫為妻綱，忠孝節義、餓死事小，失節事大的理學核心內容，其弊端日益凸顯。而《三國演義》，正是理學世俗化、市井化的典型反映。」木齋教授《三國演義》的評價，指出三個弊病，其中一個是「忠孝節義、陳腐不堪：《三國演義》的主旨思想，承接擁劉反曹的政治路線，大力鼓吹劉關張三結義的忠孝節義思想，華夏民族文化，由此走向人情社會，其總根源雖在儒家早期經典之中可以尋覓根源，但將這一儒家之中的糟粕深入人心，融入所謂民族劣根性之血液之中，則非三國莫屬。」木齋教授這些論點似滲入了「民族性」話語與新文化運動批儒

〔註27〕參看周啟榮《清代儒家禮教主義的興起》，天津人民出版社，2017 年版。

反孔的餘緒。

木齋教授認為明清小說：「從水滸、西遊開始，四大名著走向了與三國的美化儒家、理學以及官府附庸的反撥，開始了一條人性解放的道路，到金瓶、紅樓，更實現了由民間累積的放大的話本小說形式，走向了文人獨立創作，闡發精英文人深邃的人性解放思想的嶄新道路，從而與此前已經發生演變了數千年的詩詞文賦匯流合一併實現完美的超越。」明代的《水滸傳》、《西遊記》、《金瓶梅》自然是文人創作的文學作品。內容折射了明代士商社會及其相應文化的輪廓與發展。但它的意義是否象徵「人性解放思想的嶄新道路」則可以商榷。士商文化由於是結合「士」與「商」的價值的產品，它繼承了儒家的一些基本價值，但沒有完全脫離儒家的文化軌道而走上「人性解放的嶄新道路」。

木齋教授對於《金瓶梅》與《紅樓夢》兩書作者的研究，議論新奇，舉證歷史人物的歷史事實的契合，可以說是讓人眼花繚亂，大開眼界！金學與紅學的專家不一定都同意其分析，然而，從社會史與文化史的角度來審視木齋教授的研究，他的結論也是非常值得欣賞的，具有相當的合理性。

上面說明清時期中國社會已經進入士商社會階段，折射士商階層經驗與價值的文學在明代蓬勃發展。從這個角度來看兩部小說，它們都產生在相似的社會環境，在很大程度上摺射了士商的社會經驗與價值。木齋教授說：「如果限制只能用一句話來分別概括兩書的不同意義：金瓶梅在於以其大膽的男女情慾描寫，顛覆了程朱理學的存天理滅人欲，從而成功地以文學的具象闡述了人性的解放和人學的哲學思想；紅樓夢則在此基礎之上，首次以女性的寫作，女性的視角，宣示了女性作為獨立的情愛主體的別一種人性的解放，並從而使得金瓶梅的人學得以完善，並將情慾的解放，實現了從欲望而向情愛的昇華，從而成為後來五四新文化運動的先聲。」

木齋教授撰寫本書不僅僅是中國文學史的研究，明清小說的研究，也是中國思想史的研究。他的「大文學史」的特點就是要把文學史放在歷史的社會文化中去研究他們的關係與意義。所以他認為李贄的文學創作代表了一種新的思想。「滿清入主中原之後，中斷了明末李贄發起並領軍的人本主義思潮，李贄的人學／人性學說思潮，也在《金瓶梅》問世之後，不得不戛然而止。」

讀者不一定同意木齋教授提出的各種新奇可喜的觀點，但是他這種不孤立地研究文學，把文學史與社會史、文化史、政治史同時考慮它們的複雜關係，卻是傳統中國文學史需要借鑒學習的。這種「大文學史觀」無疑與西方當代文學研究如斯蒂芬格林布拉特 Steven Greenblatt 的「新歷史主義」(New Historicism)與「新文化史」如林恩亨特 Lynn Hunt 的「文化轉向」(Cultural Turn)的文學研究有一些相似之處。兩者都強調文本解讀必須結合歷史語境，反對非歷史像「新批評主義」(New Criticism)的研究方法。〔註 28〕當然木齋教授對歷史的理解與這些西方學者的觀念也有很大的差異。不過在把文學作品放置在歷史脈絡中來研究的大方向卻是一致的。

最後，我想整體地討論木齋教授這部著作的意義。木齋教授這部小說研究不但是對明清五大小說的作者與成書的研究，同時勾畫出了中國小說史的整個發展路線。他說：「縱觀中國小說史，大約經歷了幾個歷程：先秦到六朝，可以稱之為宮廷貴族小說階段，中唐傳奇的發生，主要與新興的科舉制度有關，由此產生士大夫傳奇小說；宋代則新興市民階層文化興起，遂產生市井文化白話小說。到明清時代，則市井文化小說與士大夫文人小說並進，遂有長篇小說的興起。」有關明清時期的小說創作與社會階層的關係，木齋教授認為「市井文化小說」作者的社會階層是「新興市民階層」，他們與「士大夫文人」有什麼關係？為什麼到了明清時期「市井文化小說與士大夫文人小說並進」？其實，隨著士商階層在明清時期不斷擴大，中國小說到了明清時期已經進入通俗小說創作的高峰期，大量士商作家通過通俗小說創作，把士商社會的新價值，對新社會的憧憬，對傳統社會文化的批判，都通過通俗長篇小說與戲曲來抒發流播。晚明以來商業出版的蓬勃發展大大地促進了士商文化的生產，而通俗小說遂進入創作的爆發時期。《金瓶梅》與《紅樓夢》分別代表士商文學與思想發展的高峰。

〔註 28〕有關分析「新歷史主義」學者與「新文化史」學者對歷史的看法，參看 Sarah Maza, "Stephen Greenblatt, New Historicism, and Cultural History, or, What We Talk about when we Talk about Interdisciplinarity," Modern Intellectual History, Vol. 1, No. 2（August 2004），第 249～265 頁。

目次

緒論　李贄小說寫作與四大名著演變的地位、背景和意義

一、概說

四大名著之說，最早的說法，應當是來源於馮夢龍的四大奇書，李漁《三國志演義．序》說：「嘗聞吳郡馮子猶賞稱宇內四大奇書，曰三國、水滸、西遊及金瓶梅四種。余亦喜其賞稱為近是。」〔註1〕馮子猶指的是明末著名的文學家、出版家馮夢龍，明代後期優秀的作品，大多經他手而問世。他的評價應該是基本準確的。但馮夢龍的四大奇書，僅僅是囊括了明代的四部長篇小說作品，到後來《紅樓夢》問世，遂取代《金瓶梅》而為新的四大名著。

問題是：即便是《紅樓夢》問世，增補一本也不是不可以的，即可稱之為五大名著，為何一定要剔除《金瓶梅》來存留這四大名著之說？

從明代四大奇書，到明清四大名著，看起來是由於需要保持「四大」數字不變，其實，數字並非不可改變，在《紅樓夢》出現之後，完全可以增加一位數字而為五大名著，之所以還要保持四大名著的數字，其原因主要在於，滿清入主中原之後，中斷了明末李贄發起並領軍的人本主義思潮，李贄的人學／人性學說思潮，也在《金瓶梅》問世之後，不得不戛然而止。

康乾之際伴隨著文字獄大興，文人不得不鑽進故紙堆象牙之塔，龜縮以求全身，理學成為時代的顯學，李贄及其作品都成為被嚴厲批判的對象，《金瓶

〔註1〕李漁《三國志演義．序》，兩衡堂刊本《三國志演義》卷首。黃霖編《金瓶梅資料彙編》，中華書局2012年版，第236頁。

梅》則成為誨淫的禁書。在這種歷史背景之下，原本側身其中而為四大奇書之一的《金瓶梅》，則就自然會被歷史階段性的拋棄出局。

乾隆中期開始逐漸嶄露頭角的《紅樓夢》，則很自然替補入選為新的四大名著之一。《紅樓夢》的產生，同樣是在前述的這種大歷史背景之下的產物，也正是由於它是這一歷史背景之下的產物，它才得以存活而不被抄家滅門，而有南直禍起。當然，它的產生還有脂硯齋作為女性作者自身戀情人生經歷的作者背景，從而雙向結合，而有大旨談情之作。

二、中國小說的起源發生及其早期的演變

探討李贄小說寫作的歷史地位，則不能不探討四大名著的演變歷程，探討四大名著的演變歷程，則不能不追究中國小說的起源發生問題。為何探討李贄小說寫作的歷史地位和意義的問題，一定要追溯到中國小說的起源發生這麼遠古，這麼似乎毫無關係的問題？這是由於中國人的觀念，幾乎是從西漢的時代，就認為小說來自於民間的道聽途說，來自於稗官，從而確定了小說的本質在民間的創造。這就從根本上決定了、影響了許多的學者，將金瓶梅詞話視為是世代累積的說部文學。

小說的起源發生，傳統多認為來自於稗官。這一認識與其說主要來自於《漢書・藝文志》的記載，毋寧說，直接來源於魯迅之說。而魯迅之說，主要闡述在《中國小說史略》。故理應從魯迅之論談起：

《史略》開篇即言：「小說之名，昔者見於莊周之云『飾小說以干縣令』。(《莊子・外物》)，案其實際，乃謂瑣屑之言，非道術之所在，與後來所謂小說者固不同。……而徵之史：源自來論斷藝文，本亦史官之職也。」〔註2〕

魯迅開篇之論，雖然徵引莊周在前，但最後歸結於「本亦史官之職」是較為貼近歷史的真實。但隨後的引述，卻從「稗官」之說，引向班固《漢書・藝文志》：「小說者，街談巷語之說也」，並最終得出了小說起源於「民間」之說。

「小說家者流，蓋出於稗官。街談巷語，道聽途說者之所造也。」顏師古注：「稗官，小官。如淳曰：『細米為稗，街談巷說，其細碎之言也。王者欲知閭巷風俗，故立稗官使稱說之。』」劉勰《文心雕龍・諧隱》：「然文辭之有諧隱，譬九流之有小說。蓋稗官所採，以廣視聽。」

何謂稗官？雖然有後來者之解釋為小官，小官者何官？卻並不能落在實

〔註2〕魯迅《中國小說史略》，人民文學出版社，1976年版，第1頁。

處，除此記載之外，亦並無其他史料之佐證。「小說家流蓋出於稗官。」不知其所據為何？魯迅說：「稗官者，職為採集而非創作，『街談巷語』蓋出於民間，固非一誰某之所獨造也，探其根本，則亦猶他民族而言，在於神話與傳說。」〔註 3〕小說固非一誰某之所獨造，也就似乎成為定論，這就像是其他民族的早期文學作品，主要在於神話與傳說。

班固作為東漢明帝時代的大儒，其《藝文志》對於上古之文學文藝多有編造之說，如詩三百之「采詩」說即從此公處所由來，而其所編造之淵藪，又多由西漢末期之劉向所來，劉向為王莽篡權而作輿論準備，故重在強調文化之民間創造說，以淡化皇權之天授，班固承接此說，則與儒家「民本」之說吻合。探討中國小說之起源發生，只能從中國文學之文本原典出發，而不能偏信這種所謂的記載之說。所謂小說，其與詩歌的區別，就中國文學的實際而言，主要在於敘事文學與抒情文學之別。兩者皆主要為貴族的、士大夫的、思想家的、精英文化的產物。所說主要，指的是本質上的、主要的歷史階段。其中通俗演義小說較為特殊，則主要為唐宋時代市井通俗文化的產物，話本小說興起，正是這一市井文化的口頭小說作品的標誌，到《三國演義》的完成，則標誌了這一歷史進程的終結。李贄作為時代思想巨人來全力參與小說寫作，並成功將其作品進入到四大名著之中，標誌了市井話本小說的衰落和小說寫作重回精英文化的歷史範疇之中。

先秦到漢魏晉時代，為小說之濫觴時期，主要來自於幾個系統：

1.來源於先秦王室對祖先的祭祀崇拜，由此發生神話系統：詩三百中之《大雅・生民》等數篇，記載有周先民之誕生，出自於對先周祖先的祭拜，則來自於制禮作樂的政治制度，已經略具細節和敘事故事的性質；戰國時期，隨著禮樂制度的衰落，亦伴隨儒家思想的式微，遂有對於神話世界的想像，而孟子等儒家一篇也開始對遠古的儒家道統給予傳說和編制，寓言故事遂盛行於時，以故事來闡發思想和理論，亦可視為後來小說之濫觴，其後之《莊子》寓言、屈原《天問》，至《山海經》有神話地理歷史故事，為小說之先聲，後來汲冢竹書之《穆天子傳》，記載周穆王駕八俊西征見西王母故事，則為此一條線索的繁衍。

2.來源於史傳系統，左史記言，右史記事，史官亦為先秦王室貴族文化之重要組成，先秦儒家雖然不語怪力亂神，但儒家文化中本身含有對上帝天命的

〔註 3〕魯迅《中國小說史略》，人民文學出版社，1976 年版，第 7 頁。

敬畏，《春秋左氏傳》可以視為史傳系統之小說性質的發軔，兩漢為經學經術時代，但司馬遷《史記》，其中列傳世家本紀三部分都有有小說成分，如對高祖之誕生，老子之時代、甘羅十二為上卿等，所謂無韻之離騷，正指出其文學性和小說性。

如前所述，中國的敘事文學，首先萌生於詩體文學，在詩三百的演變歷程中，在經歷了《周頌》的散文體祭祀之後，進入到《大雅》的對有周歷史的頌詩階段，其中多有神話的細節描寫，可以視為中國敘事文學的最早萌芽；在隨後的小雅和風詩寫作中，又不斷增補細節性的對話描寫，這些都為後來的史傳文學做出了寫作方法的準備；「王者跡息而《詩》亡，《詩》亡而《春秋》作」，《春秋》之後，則有《春秋左氏傳》的出現，標誌了紀傳體文學在階段上取代了詩體文學，敘事文學與抒情文學在戰國時代並駕齊驅，孟子、莊子、屈子、《山海經》在其作品中，都有大量的寓言和神話故事，這個階段，不僅僅是敘事文學的興盛，而且，是文學精神、想像、虛構、誇飾、神話等走向極致的時代。這種時代思潮，一直延續到漢武獨尊儒術，司馬遷的《史記》，名為史書，實則文學，乃「無韻之離騷」，開闢了中國史學的特殊體例，即文史一體化的史傳傳統，這一史傳傳統，正是後來中國小說之來源、發源、濫觴。

司馬遷之後，正是獨尊儒術發端的時代，中國從此走向了儒家一統的思想禁錮，司馬遷開創的史傳文學傳統，由此而不得不消泯，在史學形式上固然承傳而為列傳，似乎仍舊是以人物為中心帶動史實，但人物的記載卻抽去了文學的、情節的、細節的、描寫的內涵，而僅剩下政治的、儒學的簡歷。

3.來源於宮廷中之歌舞表演俳優文化，漢武帝時代東方朔，雖並非俳優，但可以視為士人中的俳優類，魏晉以來宮廷之中的樂府文化，實為後來戲曲小說之重要文化源頭之一。「現存之所謂漢人小說，蓋無一人真出於漢人，晉以來，文人方士，皆有偽作。」〔註4〕根據魯迅說法，署名東方朔的《神異經》《十洲記》皆仿《山海經》，當為晉以後人作，《飛燕故事》則為唐宋人所作。但也不盡然，西漢後期，劉向編撰《列女傳》《列仙傳》，一方面為儒家思想發展之需要，另一方面，也是迎合王莽以非皇室學統而禪讓做出輿論準備。建安曹魏期間遊仙類傳說甚多，如王子喬七月七日成仙故事等，當為受到這一類圖書的影響。

〔註4〕魯迅《中國小說史略》，人民文學出版社，1976年版，第19頁。

4.來源於宮廷的鬼神文化：鬼神文化在曹魏宮廷氣氛濃厚，與曹魏中後期的血腥殺戮和生命短促有關。魏文帝曹丕曾經撰有《列異傳》《二十五史補編．三國藝文志》中有「魏文帝列異傳」條目，下載：隋志史部雜傳家《列異傳》三卷，魏文帝撰，又曰：魏文帝作《列異》「以序鬼物奇怪之事」，宋相繼而作者甚眾。案唐《經籍志》雜傳家有列異傳三卷，張華撰。唐《藝文志》小說家有張華《列異傳》一卷，意張華續文帝書而後人合之。《御覽》所引文帝後事，當出張華。《初學記》果木類引魏文帝列異傳言袁本初時事，則實出文帝。〔註 5〕高貴鄉公謎語：自魏代以來，化為謎語。謎也者，回互其辭，使昏迷者也。或體目文字，或圖像品物，纖巧以弄思。淺查以衒辭。義欲婉而正，辭欲隱而顯。荀卿《蠶賦》已兆其體，至魏文陳思約而密之，高貴鄉公博舉品物，雖有小巧，用乖遠大，然文辭之有諧隱，譬九流之有小說云。案劉勰言則文帝陳王高貴鄉公集中皆有謎語，至公博舉品物尤多於前云。〔註 6〕魏文帝之所以多序鬼物奇怪之事，以及魏文陳王多隱語謎語，原本與曹植甄后之間這種被擠壓之下的不倫之戀有著直接關係。兩者由於多有不能為外人道者，因多隱語，兩者戀情由於為當世不能實現者，因多神仙鬼怪之思，影響所及，連帶文帝，遂為一代之風尚。此當為六朝志怪小說之直接源頭也。

5.來源於魏晉時代的敘事詩與文賦：同樣出自於曹魏宮廷貴族文化之佼佼者，若從廣義的敘事文學而言，《陌上桑》《孔雀東南飛》可以視為是詩體小說，《洛神賦》可以視為是賦體小說，到陶淵明《桃花源記並序》可以視為南朝士人文化中的詩文一體之小說。但以上之種種，均非狹義之純粹小說，而是一種寄託於傳統之詩文賦中的小說的濫觴。到南朝晉宋階段，才開始有志怪小說和筆記小說，即干寶之《搜神記》與劉義慶編纂之《世說新語》。干寶（？～336），字令升，祖籍河南新蔡。明天啟《海鹽縣圖經》云：「父瑩，仕吳，任立節都尉，南遷定居海鹽，干寶遂為海鹽人」。自西晉永嘉元年（307），干寶初仕鹽官州別駕（刺史的從吏官），後因劉聰、石勒之亂，西晉亡，東晉立，南北對峙，干寶舉家遷至靈泉鄉（今海寧黃灣五豐村與海鹽澉浦六忠村的交界處）。永嘉四年（310），父卒，葬澉浦青山之陽，干寶

〔註 5〕〔清〕姚振宗撰《三國藝文志》，《二十五史補編》第三冊，開明書店輯印，1936～1937 年版，第 3266 頁。案，為姚振宗案。

〔註 6〕〔清〕姚振宗撰《三國藝文志》，《二十五史補編》第三冊，開明書店輯印，1936～1937 年版，第 3266 頁。案，為姚振宗案。

為父守孝。至三世時，遷至梅園（今海鹽通元），自此，海鹽成為干氏子孫繁衍的居住地。《晉書・干寶傳》說他有感於生死之事，「遂撰集古今神祇靈異人物變化，名為《搜神記》。」作者在《自序》中稱「及其著述，亦足以發明神道之不誣也。」《搜神記》原本已散，今本係後人綴輯增益而成，20卷，共有大小故事454個。所記多為神靈怪異之事，《干將莫邪》《李寄》《韓憑夫婦》《吳王小女》《董永》等，常為後人稱引。

唐五代時期，傳奇興起，「傳奇」字面上的意思就是「傳述奇異之事」，晚唐裴鉶《傳奇》將幾則志怪文言短篇小說結集起來，後人就以此表示唐代的短篇小說。唐傳奇是在神話傳說、史傳文學、六朝志怪和志人小說的基礎上發展起來的，不過它們之間最大的差別在於，唐傳奇之前，文人寫小說是無意為之，而依照魯迅《中國小說史略》的說法，唐傳奇的作者「始有意為小說」，他們已意識到自己在寫小說。這意味著中國小說發展進入另一個新階段。

唐代的城市經濟發達，各種文學形式興盛。當時參加科舉考試的讀書人中有一種風氣，為求推薦或加深考官對自己的印象，他們會在應試前將自己的作品進呈名人顯要，稱作「溫卷」，而許多人便會寫作傳奇。這種種因素推動了傳奇的產生。

由《左傳》發端而到《史記》大成的這一文學史傳傳統，從史學領域分離開來，散見於隨後的詩歌散文之中，並成為中國小說獨立於詩文體裁的直接源頭。正由於這種史傳傳統，中國早期的小說作品多以「傳」為書名，到了唐代，如初唐的《補江總白猿傳》，中唐的《鶯鶯傳》《霍小玉傳》等，到了明清時代，長篇白話小說興起，仍有《水滸傳》等，《金瓶梅》最早的原稿書名則為《金瓶梅傳》，以後才改為《金瓶梅詞話》，最後落實而為《金瓶梅》，從而宣告了脫離史傳文學母體的新的歷程。《紅樓夢》原名《石頭記》、《金陵十二釵》，後者其實就是「十二釵傳」的意思，顯示了從中國小說從史傳文學脫胎而來的影響痕跡。

中國小說雖然具有通俗文化的特性，但卻並非來自於民間，此前所述，從先秦兩漢一直到晚唐五代，小說的寫作始終在於文人之手，與傳統詩文的區別，主要在於敘事文學和抒情文學的不同而已。「道聽途說者」之流僅僅是小說的素材，而非作為文學的小說，真正進入到市井文化之中，是要進入到宋話本小說，此與宋代都市文化的繁榮，市井文化說唱文藝的興起具有直接的關係，由於作為商業文化的重要組成部分，小說才開始了以白話取代文言的歷程，宋代話本小說在其中起到了這一變革的樞紐位置，從而成為明清長篇白話小說五大名著的濫觴。

「話本」的「話」意指故事，「本」意指文本，「話本」就是說故事的底本。話本大致流行於宋、金、元、明四代，它是講唱藝人口頭創作的書面記錄。宋代的城市商業活動繁榮，市民階層逐漸壯大，在求得溫飽之餘，他們的生活娛樂就是到喝茶聽故事。現存宋元話本的「小說」，很多收錄於《京本通俗小說》、《清平山堂話本》和《喻世明言》、《警世通言》、《醒世恒言》中。話本的題材多樣，但要能說到吸引聽眾進場，主題不外乎就是歷史、愛情、司法懸案。這幾類話本作品的成就也最高。〔註 7〕

考之中國文學史之實際，中國小說的起源發生，就階層而言，與中國詩歌和散文，應該是同源共生，同樣來自於先秦到六朝時期的士階層，縱觀中國小說史，大約經歷了幾個歷程：先秦到六朝，可以稱之為宮廷貴族小說階段，中唐傳奇的發生，主要與新興的科舉制度有關，由此產生士大夫傳奇小說；宋代則新興市民階層文化興起，遂產生市井文化白話小說。到明清時代，則市井文化小說與士大夫文人小說並進，遂有長篇小說的興起。

三、略說李贄小說寫作對四大名著的重要貢獻

李贄的小說寫作，肇始於《水滸傳》的評點。這麼說，不僅僅是時間性的，源流關係性的，而且，《水滸傳》的評點，是對小說寫作演變歷程的直接參與實踐，換言之，李贄的水滸評點，不僅僅一種評點方式的開啟，而且，扭轉了此前由話本到三國的市井文化統治小說文壇的歷程，從此，開始了文人寫作小說，士大夫精英寫作小說，偉大思想家寫作小說的新的歷程，也可以說是對司馬遷史傳文學、六朝世說新語小說、唐傳奇小說的歷史回歸。在正統的詩詞文賦領域，蘇東坡以詩為詞，以文為詩，李贄則以小說為詩詞文賦，將其改造而為文人傳遞先進思想的重要載體。

可以說，一直到李贄的《水滸傳》評點問世，伴隨同樣由李贄著作的《西遊記》《金瓶梅》先後問世，才開始形成了萬曆時代新的時代思潮。李贄評點水滸幾乎是眾所周知的，但卻並不深知其開始評點的時間，及這一評點與《金瓶梅》一書出現的時間關係。1589 年天都外臣序的一百回本《水滸傳》

〔註 7〕節選自《寫給年輕人的簡明國學常識》鄒濬智著，北京大學出版社出版。

刊行，李贄《復焦弱侯》尺牘中幾乎是第一時間就購買水滸一書：「聞有《水滸傳》，無念欲之，幸寄與之，雖非原本亦可，然非原本，真不中用矣。」尺牘中還說：「袁公果能枉駕過龍湖，明年夏初當掃館烹茶以俟之，幸勿爽約也。」尺牘結尾處說：「弟今年六十三矣，病又多，在世日少矣。」〔註 8〕可知此一尺牘，寫作於李贄六十三歲，即 1589 年（虛歲）。

對於《水滸傳》的評點，李贄所執的思想其實是矛盾的、糾結的，是在傳統舊思維之中尋求其合理的因素。其矛盾和糾結之處主要在於：1.就宋江起義反抗北宋政權而言，由於北宋時代是中國歷史上最好的黃金時代，也是陳寅恪先生所稱之為華夏歷史文化，連同文人的地位、華夏學術的演變之登峰造極之時代，也是皇權體制之下所能形成的文人制約皇權的最好的時代，就宋江造反北宋而言，李贄無疑問應該是站在北宋文官制度的立場之上，反對宋江；就知識精英與市井流民的對立而言，李贄也應該是站在反對宋江的立場之上，此一點，需要有深度理解的同情，才能讀懂李卓吾評點水滸傳的基本出發點，而不將這種矛盾性視為是偽作偽書。

譬如第六十八回回末評點：「李卓吾曰：要知宋江之讓，只為心中有愧於盧俊義耳，非真讓也。原與吳用粧成局面，了卻此件，不然其中可讓者盡多，何急急讓此一人哉？平白地引誘他上山，到底良心過不去也。」〔註 9〕

如果宋江造反有理，何必「心中有愧於盧俊義」？又何必「平白地引誘他上山，到底良心過不去也」，李贄的所謂良心，到底還是不應造反，特別是不應該造北宋這個相對而言，皇權之下最好的文官制度時代的反。

第七十三回回後評：「宋公明已是假道學了，又有假假道學的，好笑，好笑。」〔註 10〕此回寫李逵和燕青在劉太公莊上投宿，遇到兩個賊人假裝宋江一夥，搶走了他的女兒，李贄在文中眉批：「呵呵！道學可假，強盜亦要假，大奇，大奇。」〔註 11〕

可知，李贄對宋江一夥的造反於宋，也同樣持有批判態度，如第三十七回：「李和尚曰：宋公明每至盡頭處，便有救星，的是真命強盜。」〔註 12〕第

〔註 8〕李贄著《焚書・增補二・復焦弱侯》，中華書局，2009 年版，第 268 頁。
〔註 9〕容與堂本《李卓吾評水滸傳》，上海古籍出版社，1988 年版，第 1012 頁。
〔註 10〕容與堂本《李卓吾評水滸傳》，上海古籍出版社，1988 年版，第 1081 頁。
〔註 11〕容與堂本《李卓吾評水滸傳》，上海古籍出版社，1988 年版，第 1076 頁。
〔註 12〕容與堂本《李卓吾評水滸傳》，上海古籍出版社，1988 年版，第 541 頁。

三十六回：「凡是有用人，老天畢竟要多方磨難他。只如宋公明，不過一盜魁耳，他經了多少磨難。」〔註 13〕；對與宋江等人對抗的文官，並不都持批判態度。如對宋江、戴宗有著學海般干係的黃文炳，第四十回，在黃文炳道破了文書機密後，李贄眉批：（黃文炳）「是國家大有用之人，如何叫他閒住在家。可惜，可恨。」又在書中有詩為證「姦邪」下面評論：「他如何是姦邪。」〔註 14〕李贄不僅僅是站在黃文炳的立場，評價這位能臣，而且，實際上有了自身的感情色彩，將自己視為黃文炳一類的人物。

但水滸傳全書所帶有的批判現實精神，特別是李逵、魯智深等人所先天就帶有的真性格，卻與他所倡導的童心說不謀而合，絕假純真的性格、人格精神處處可見。譬如讚美李逵：「李大哥真是忠義漢子，他聽得宋公明做出這件事來，哪裏再問仔細。此時若參些擬議進退，便不是李大哥了。」〔註 15〕

可知，李贄更為看重水滸傳在李逵這些人物的性格上，尋求童心、絕假純真的真性情。正如李贄在第九十七回回末評點：李和尚曰：「水滸傳文字不好處，只在說夢、說怪、說陣處，甚妙處，都在人情物理上。人亦知之否？」〔註 16〕

李贄的弟子兼助手懷林《批評水滸傳》述語：「和尚自入龍湖以來，口不停誦，手不停批者三十年，而《水滸傳》《西廂曲》尤其所不釋手者也。蓋和尚一肚皮不合時宜，而獨《水滸傳》足以發抒其憤懣，故評之猶詳。……和尚又有《清風史》一部，此則和尚首自刪削而成文者，與原本《水滸傳》絕不同矣，所謂太史公之豆腐帳，非乎？」〔註 17〕此處所說的「和尚又有《清風史》一部」，《清風史》是何書學術界不詳。根據作為李贄助手的懷林和尚所說，首先，應該是從《水滸傳》所來，或說是與水滸密切相關的書；其次，《清風史》與評點水滸不同，評點水滸只是評點文字，而《清風史》則是「和尚首自刪削而成文者，與原本《水滸傳》絕不同矣」，它既不是水滸的評點，但又與水滸密切相連，否則，不會說「與原本《水滸傳》絕不同矣」；再次，這本《清風史》也同樣是小說體裁，而且，是瑣碎的家常的如同「豆腐帳」式的寫作方式，是有歷史真實人物和故事作為背景的，所謂「太史公」筆法

〔註 13〕容與堂本《李卓吾評水滸傳》，上海古籍出版社，1988 年版，第 525 頁。
〔註 14〕容與堂本《李卓吾評水滸傳》，上海古籍出版社，1988 年版，第 583 頁。
〔註 15〕容與堂本《李卓吾評水滸傳》，上海古籍出版社，1988 年版，第 1076 頁。
〔註 16〕容與堂本《李卓吾評水滸傳》，上海古籍出版社，1988 年版，第 1426 頁。
〔註 17〕懷林《批評水滸傳述語》，《李卓吾評水滸傳・附錄》，上海古籍出版社，1988 年版，第 1485 頁。

是也。

以上諸多材料，無不說明：李贄撰寫《金瓶梅》，應該是批點水滸所衍生的結果。李贄批點水滸，開始於萬曆十九年即公元1590年左右於龍湖，李贄認為此事「甚快活人」，李贄批評水滸，重在賦予水滸強人以忠義美名，只是為了與偽道學形成對照，意在批判偽道學，但水滸原作本身並不意在批判偽道學，袁中道也認為李贄對水滸不可「過為尊榮」，「崇之則誨盜」。而這一點，恰恰也正是李贄不能滿足於批評水滸，而是從水滸攔截下來一個情節，從武松武大潘金蓮故事生發開去，來表達自己欲要闡述的人性倫理。懷林此處所說的《清風史》，應該指的是李贄在評點水滸之後，寫作了另外的一部與水滸相關，但又不是水滸的書，即李贄創作《金瓶梅》一書的最早書名。換言之，李贄正是從水滸的評點的契機中，走向了金瓶梅的創作。

當然，在寫作水滸之前，李贄已經完成了《西遊記》的寫作。關於《西遊記》作者，當下主流的觀點，認為是吳承恩之作，此說雖云來自所謂鄉邦文獻，但就其本質而言，蓋從魯迅之說為端。魯迅之所謂的鄉邦文獻，除了天啟、光緒府志之外，其餘的文獻均不採用，根據乾隆編修的《淮安府志》，吳承恩主要特長在於「金石、碑版、嘏祝、贈送之詞」，吳承恩是一個終生以舉業、應酬、阿諛讚美為生的貢生。李贄寫作《西遊記》，其成書過程與其出生地福建泉州的西遊文化密切相關，也與雲南滇中的地理風貌有關；1582年，李贄五十六歲在麻城，開始其終生著述的專職寫作的人生方式，此為其《西遊記》寫作的開始時間。

若將《西遊記》作者預設若干標準，則李贄為其不二人選。首先，文學作品是作者思想的產物，《西遊記》全書的思想，體現了對於現存政治體制、君權神授的深刻批判，對與之配套的儒家理學思想的深刻否定，全書充滿了孫悟空式的造反精神，全書的故事雖然是在漫長的歷史歲月之中形成的，但最後定型的百回本《西遊記》卻充分體現了作者的這種主動創作精神，體現了孫悟空精神——孫悟空成為百回本的全書主角，三藏取經以及豬八戒和沙僧等師徒，則成為了孫悟空的配角。因此，找出有明時代的孫悟空原型人物，此人基本就是此書的作者。縱觀明代思想史的人物，李贄為其中唯一的人選，李贄公然以異端自居，公然批判孔孟，公然不以孔子是非為是非，公然提出要以西方佛教思想來改造中國的儒家思想——這一點，在書中體現尤其明顯，如果說，前十四回中的孫悟空，還是李贄異端、造反、革命思想的體現，跟隨三藏西天取經，則可以視為以佛教思想全面改造儒家體系這一思想的正面闡發，而西天取經一路上的妖魔鬼怪，九九八十一難，則對應了李贄自從1582年寓居道學家耿定向家，隨後被冷酷驅逐這一苦難人生經歷的再現。

《西遊記》寫的是神魔世界，其所體現的、表達的、卻是明代嘉靖之後的社會現實、思想現實、苦難現實，以及對於擺脫這種苦難的深刻訴求——最早的書名為《西遊釋厄傳》，正是這一精神解放訴求的本質性表達。萬曆時代，具備此一種精神者，非李贄莫屬，非李贄莫能寫出也！

其次，就百回本《西遊記》的成書時間、版本、作者署名等諸多方面，能夠諸多方面完全吻合者，亦唯有李贄一人而已。就時間而言，李贄從1577年開始全面否定儒家思想，全面肯定佛學精神，從1582年開始「唯有朝夕讀書，手不敢釋卷，筆不敢停揮，自五十六歲至今七十四歲，日日如是而已。閉門閉戶，著書甚多」的職業作家生活，到1589年世德堂本首次付梓面試，時間方面完全吻合；就作者署名而言，李贄深知此書的問世，乃為石破天驚的大顛覆行為，因此，不可能不在完全機密的情況之下進行，但仍舊留下了「華陽洞天主人校」的痕跡，為後來的作者留下了破譯的線索，這個時代那位作者與華陽洞天關係密切，即為作者的主要人選。而李贄恰恰是最早撰寫華陽洞天故事的作者，而這一故事的情節與《西遊記》《金瓶梅》因果報應是同一主旨的作品。因此，李贄即為「華陽洞天主人」——華陽洞天因果報應故事的主人。

其三，李贄與百回本《西遊記》不僅主旨精神、創作時間、作者署名完全吻合，而且，有關此書最早的一些傳說，也與其人生經歷密切相關。有學者關於《西遊記》佚本的研究，其中提及「耿定向所聞本」這一概念，而耿定向恰恰就是李贄終生的政敵，可以說，書中的妖魔鬼怪，九九八十一難，固然有其各種不同的故事來源，但其現實的指向，卻是針對耿定向而來的。李贄在被耿定向從耿家天窩山驅除之後，仍舊在麻城一帶生活，李贄寫作小說，以小說形式繼續與耿定向進行思想論戰，即先有《西遊記》，後有《金瓶梅》，耿定向在臨終之前兩年左右的1594年，已經風聞此事，作為道學家的耿定向，顯然是異常焦慮的。因此，帶病臥床寫下了自己的傳記《觀生紀》，但此一篇傳記反而坐實了金瓶梅是以他為原型而寫的，因此，其家族主持的全集反而不能收入此文，而被其他版本所收入。

關於李贄撰寫金瓶梅的寫作背景和意義，由於此書的主要部分即為此一內容，此處則無需贅述。下面，在略論一下李贄寫作小說的時代背景及其意義。

四、李贄童心說與萬曆時代的思想解放

關於李贄小說寫作的時代背景和意義，這個論題，其實當下學術界已經有很多精彩的論述，不妨先摘引其中之佼佼者，以便能站在時代巨人的肩上，鳥瞰當下學術界所大體認知的歷史回顧，茲以南開大學歷史學家李冬君教授的相關論述為基礎進行探討：

明代萬曆年間，文藝氣象風調雨順，孕育了一大批文藝復興式的文藝巨人，僅戲劇舞臺上就有魏良輔、湯顯祖、高濂、沈璟、徐渭、張岱、李渝等錦繡人物，他們比肩噴薄，啟蒙了那個時代，萬象生焉。他們與莎翁生逢同代，風月同天。那是怎樣一個世紀呀？為什麼山川異域卻都流行戲劇，因為那是一個人類精神發展同步的時代，性靈是那個時代的主題象徵，人們為之狂歡的人性指標或人文數據已經給出了文藝復興的節奏，只可惜漢文化在它達到了最高峰之際，忽然被北來的馬蹄硬給帶出一個拐點。

與今天追劇娛樂至死不同，那個世紀的戲劇擔待了一代人斷崖式的精神跳水，這裡的清溪歡唱就在這裡嬉戲，先知先覺的大師們為時代洗澡，他們在戲劇裏大膽抒發人慾對自由審美的追求，將被天理桎梏於深淵的男女愛情打撈出來，直接曬於太陽之下，陳妙常與潘必正的自由戀愛刷亮多少愛情的眉眼，抛出愛情的抛物線，打散了理學因過度對稱而僵化的幾何線條。人情的世界，性靈是不對稱的，或傾而不倒，或危而不慌，孤獨的，個性的，歡暢的，寂寞的，敢愛敢恨的，無拘無束的。擺脫禁慾的道學權威，一切自然的欲望都被允許，才是最愉快的養生療法，養生尊體養成，君子玉樹臨風才是天理。回歸自然是中國文化的宿命，中國人幾乎一邊倒的寵愛，自然首先以自然為師，在向自然學習的過程中獲得了生活的經驗，其次以自然為主要審美對象，借自然之物言志抒情，從自然中獲得無限的審美快樂。

在今天看來，脫離某種體制，作為做一個獨立的自由人，就是真隱，既然體制讓人受苦，那就轉個身離開他。歸隱，是中國文化所能給予中國士人奔向自我的唯一途徑了，唯有對審美不妥協的人，才會選擇這一具有終極美的生活方式。〔註 18〕

〔註 18〕參見李冬君《原點・給青年人的生活美育書系列》總序，北京時代華文書局，2020 年。

以上所引述，可謂是妙筆生花，精彩紛呈，一位歷史學教授的文字，具有如此文學之審美，令我作為文學教授，難免有自慚形穢之感。我已經很久不寫這種性靈文字了，在苦心孤詣追尋謎案本質的旅程中，卻無視旅程中魅力四射的花朵。因此，採摘她者之花朵，以裝飾本書這理性的庭園。李冬君老師的大作其中不乏精彩的論述，譬如以下這一大段可以稱之為華采的樂章，以審美的話語，論述了萬曆時代小說戲劇（特別是後者）的盛況：「擺脫禁慾的道學權威，一切自然的欲望都被允許……」

簡而言之，這是一個個性的時代、一個歡暢的時代，一個敢愛敢恨的時代，一個無拘無束的時代，一個擺脫禁慾的道學權威的時代，一個一切的自然的欲望都被允許的時代。

就萬曆時代的時代特徵而言，李冬君老師的描述，已經可謂是精妙絕倫，無以復加了，可惜的是，李教授並未能指出其中一個更為本質屬性的問題：這一個思想解放、性慾解放的總源頭發生於何處？

這是一個具有普遍性的問題，譬如金瓶梅的出現，固然有學者慧眼識珠，指出金瓶梅之前並無此類所謂的「淫書」，金瓶梅就是開風氣之先的始作俑者，但更多數的學者，仍然認為，金瓶梅不過是嘉靖萬曆時代淫史演變的自然結果，從而就抹殺了金瓶梅開一個時代風氣之先的開創者地位的價值和意義。李冬君教授的闡釋，由於尚未能認識到李贄正是金瓶梅的作者，而這一切的時代特徵，正是由李贄這一個時代思想的發動機所創造的，因此，才會將李贄僅僅是作為其中的一位重要的思想家來認知和定位，雖然，她也大力強調了李贄的重要地位和影響力。

萬曆時代，思想解放，人才眾多，為何李贄才是這一時代的里程界碑，是這個時代的主要思想締造者？其中的原因甚多，其本質原因來自於李贄的童心說，童心說必然會走向人性說。

李贄童心說，「夫童心者，真心也。若以童心為不可，是以真心為不可也。夫童心者，絕假純真，最初一念之本心也。若失卻童心，便失卻真心，失卻真心，便失卻真人。人而非真，全不復有初矣。」〔註19〕所謂童心，就是人的真誠、真心，真誠之所以稱之為童心，是由於人類在尚未接觸社會，尚未被社會的虛偽所污染，因而尚能保持絕假純真的本心，如同俗話所說的童言無忌。問題是，每一個童子，都不可避免地走向社會，接受社會所給予的道

〔註19〕李贄《焚書・卷三》，中華書局，2009年版，第98頁。

德教育，從而成為一個社會人。如果社會所給予的道德教育是吻合於人類自身的真心，則由童心時代而走向社會人則反而會更加成熟，更加完美。問題就出在當時的社會所給予的儒家教育，並不能吻合於人的真心。因此，李贄繼續闡發道：「其長也，有道理從聞見而入，而以為主於其內而童心失」，也就是儒家的重重教育，使得童心喪失，從而成為紅樓夢中所說的利祿之徒，然後，「既以聞見道理為心矣，則所言者皆聞見道理之言，非童心自出之言也」，「以假人言假言，而事假事文假文矣。」李贄更進一步明確將批判的鋒芒直接指向孔孟六經經典：「然則六經、語、孟，乃道學之口實，假人之淵藪也，斷斷乎其不可以語於童心之言明矣。嗚呼，吾又安得真正大聖人童心未失者而與之一言文哉？」〔註 20〕

此一篇童心說，寫作於萬曆二十年 1592 年，正是完成水滸傳評點，開始寫作金瓶梅之際，同時，其背景也正是與耿定向的情慾之爭的數年之後。可以說，李贄的童心說，是在與假道學的激烈論辯之中逐漸形成的理論總結，同時，也是其西遊記、金瓶梅小說寫作的理論闡發。其鋒芒所向，直指統治了華夏民族文化漫漫長夜的儒家理學思想的牢籠，並超越送明理學，而直接指向孔孟六經的經典，認為所謂六經，經過理學家的改造，已經成為了「道學之口實，假人之淵藪也，斷斷乎其不可以語於童心之言明矣。」是與童心背道而馳的壓抑人性的罪惡源頭，同時，李贄還對其同時代的所謂聖人君子疾呼：「嗚呼，吾又安得真正大聖人童心未失者而與之一言文哉？」也就是說，與他同時代的士大夫精英，並無一人可以稱之為「真正大聖人童心未失者」。

李贄此一篇童心說，振聾發聵，可謂是吹響了萬曆時代思想解放的號角，是宋明理學暗夜時代以來的第一道曙光，一語道破了這個時代苦悶士大夫階層的內心感受，因此，才會出現隨後從三袁到馮夢龍等一系列詩人、小說家、出版家的雲蒸霞蔚，風起雲湧，以及李冬君老師所描述的「孕育了一大批文藝復興式的文藝巨人，僅戲劇舞臺上就有魏良輔、湯顯祖、高濂、沈璟、徐渭、張岱、李漁等錦繡人物，他們比肩噴薄，啟蒙了那個時代，萬象生焉。」

為何童心說如此重要，一個童心說就能帶來一個時代的文藝復興一般的文藝巨人的群體，就能喚醒一個時代的錦繡人物比肩噴薄，時代啟蒙，萬象生焉？其中的因緣何在？我們說，童心說，即真心說，就相當於或說是類似於實

〔註 20〕李贄《焚書》，中華書局，2009 年版，第 99 頁。

踐是真理的唯一標準，也很像是筆者在學術研究方法論上一貫倡導的原典第一的原則。面對以往的諸多說法，不論是誰的理論，哪怕是聖人之說，也需要通過本心、真心、童心的檢測，通過實踐的檢測，才能信奉為真理。這在儒家理學已經成為士人虔誠宗教的宋明時代，幾乎是不可能的，特別是科舉制將理學家詮釋過的儒家經典，信奉為考試的標準答案，而幾乎全部的士大夫精英人物都需要從科舉制度的牢籠中驗明正身，類似全盤的洗腦，則要想突破其枷鎖桎梏，則幾乎是不可能的。而李贄其人，正是其中最早的覺醒者。

或曰：既然此一個時代的人物，皆不能獨立完成這一思想的突破，為何獨有李贄就能發人之所未發，篳路藍縷，重伐山林呢？

其中，可能有幾個方面的因素：首先，是性格的因素，所謂性格即命運，李贄自身的性格，就是一個赤子之心的真人，這就使他從少年時代開始，就具備了以真心、童心來看待社會，看待儒家理學思想的因素，從而走向了一個批判現實的人生道路。李贄五十歲的時候，在南京任刑部郎中，寫作《聖教小引》：「余自幼讀聖教不知聖教，尊孔子不知孔子何自可尊，所謂矮子觀場，隨人說研（同悅妍），和聲而已。是余五十年以前真一犬也。因前犬吠形，亦隨而吠之。若問以吠聲之故，正好啞然自笑也已。五十以後，大衰欲死，因得友朋勸誨，翻閱貝經，幸於生死之原窺見斑點。」〔註21〕五十歲之前，李贄尚未從程朱理學之時代思想的窠臼之中跳脫出來，「隨人說研，和聲而已」，但內心卻已經積鬱了對儒家理學的批判的萌芽，五十歲之後，開始「翻閱貝經」，開始沉迷於佛教經典的學習，應該是學習佛教的原典，佛教的眾生平等、人人成佛，連同印度自身文化所具有的情慾開放的觀念，成為李贄超越儒教，形成自己的人文主義思想體系。如果說，此前的李贄，尚在王陽明心學之泰州學派的範疇之內，此後，特別是在又十年之後，在麻黃一帶與耿定向發生激烈爭辯的過程之中，逐漸形成了獨立的思想體系，可以稱之為，即以人為本體的學說，以人性自由、解放為特徵的學說；由南亞印度、孟加拉傳來的佛教教義之外，裹挾著自由、平等、博愛的人文主義精神，為李贄開闢了一個極為廣闊的嶄新的新的世界。

當然，性格既有先天因素，也有後天的培養，「人學」李贄的這種童心性格，其本身與其家族（祖上有波斯人血統）、出生地（泉州為當時最為重要的商埠之一）、青少年成長經歷等密切相關。李贄曾經自敘其自幼的性格倔強難

〔註21〕李贄《聖教小引》，《續焚書》卷二，中華書局，2009年版，第66頁。

化：「余自幼倔強難化，不信學，不信道，不信仙，釋，故見道人則惡，見僧則惡，見道學先生尤惡。」〔註22〕正是這種先天叛逆的性格，成為了後來童心說的種子，在後來人生的旅程之中，漸次發芽、扎根，並最後葉大根深，成為時代的參天大樹。

1582年，李贄五十六歲，開始其終生著述的人生，《續焚書》卷一《與焦弱侯》：「唯有朝夕讀書，手不敢釋卷，筆不敢停揮，自五十六歲至今七十四歲，日日如是而已。閉門閉戶，著書甚多」〔註23〕，《高潔說》：「余自至黃安，終日鎖門；……自住龍湖，雖不鎖門，然至門而不得見，或見而不接禮者……殊不知我終日閉門，終日有欲見勝己之心也。終年獨坐，終年有不見知己之恨也。此難與爾輩道也。」〔註24〕換言之，李贄從1582年，開始了其職業作家的人生道路。這對於李贄童心說的形成，以及幾部偉大小說作品的寫作，具有深遠的意義。

李冬君女士在另外的一篇文章中評價李贄說：

> 一出一出看將過來，看到了漢文化到明朝一派爛熟光景，精緻典雅依舊在詩詞山水中陶醉，而王朝政治的陰暗與粗鄙則左右著專制下的世相。被權力異化的人性編織著重重社會關係網，人性窒息在人自己預謀的窠臼中，糾纏、糾結，除了死亡，便是掙扎。掙扎來自內在的自由衝動，任何時候，人生而自由都是存在主義的最高表現。最黑暗的時候，明人有明人的自由出路和活法兒。李卓吾是位獨立不倚的思想家，他的思想之眼凌空蹈虛，俯瞰到理學滅人性、殺私心的反人類傾向，他以一個先知者的良知，向著蒙昧的人群呼籲：「人必有私」而後才能見其真心，有私欲的個人才是正常的，人性是世間常識的出發點。〔註25〕

這無疑是深刻的，是準確的，但尚未能更深一步，來指出在這個思想解放的時代，性慾解放的時代，為何是李卓吾能首先突破儒家理學的藩籬，從而實現前所未有的叛逆和突破？並從而深刻影響了整個的萬曆時代。而此一點，正

〔註22〕林海權《李贄年譜考略》，福建人民出版社，2009年版，第13頁，引李贄《陽明先生年譜後語》。

〔註23〕《續焚書》卷一，第5頁。

〔註24〕《焚書》卷三，105頁。

〔註25〕李冬君《閱讀是一種精神收藏——我的寫房書房廚房》，刊於《新京報·書評週刊》。

是本書所繼續深入探討的問題。

事實上，幾乎萬曆時代的偉大作家，無不深受李贄童心說的影響，也深深受到金瓶梅問世所帶來的巨大的思想衝擊波。其中湯顯祖所受李贄的影響，可謂其中最為典型的案例。萬曆十八年（1590），李贄的《焚書》在湖北麻城出版。那年，湯顯祖正在南京禮部祠祭主事任上，見到李贄的《焚書》，就寫信給擔任蘇州知府的友人石昆玉：「有李百泉先生（李贄別號百泉）者，見其《焚書》，畸人也。肯為求其書寄我駘蕩否？」石昆玉是湖北黃梅人，黃梅與麻城相鄰，故湯顯祖向他訪求李贄的著作。湯顯祖寫此信與《焚書》刻成同年，可見湯之心情迫切。湯顯祖讀了李贄的《焚書》之後，頓受啟發，他在給友人的信中贊道：「如明德先生者，時在吾心眼中矣。見以可上人之雄，聽以李百泉之傑，尋其吐屬，如獲美劍。」湯顯祖很羨慕友人袁宏道與李贄有很深的交往，曾作《讀錦帆集懷卓老》云：「世事玲瓏說不周，慧心人遠碧湘流。都將舌上青蓮子，摘與公安袁六休。」袁宏道曾師事李贄，李贄的激進思想影響了袁宏道「性靈說」文學主張的形成，也為公安派的文學活動奠定了基礎。湯顯祖在讚譽袁氏詩文成就的同時，對李贄反傳統的文學思想表達了由衷的敬仰。萬曆三十年（1602）三月，湯顯祖在家中聽到李贄獄中自殺的噩耗，不勝悲憤，遂作《歎卓老》詩以哀之。詩云：「自是精靈愛出家，缽頭何必向京華？知教笑舞臨刀杖，爛醉諸天雨雜花。」湯顯祖說這位導師「笑舞臨刀杖」，簡約而準確地凸現出李贄的鬥爭精神和性格特點。

可知，正是來自於李贄的童心說和他率先垂範寫作的水滸傳評點，以及西遊記、金瓶梅兩部偉大作品，萬曆時代那不甘於被儒學異化塗炭的性靈，經人性之美吻過之後，才開出了新思想的花朵。

第一章　《金瓶梅》的作者及其寫作緣起〔註 1〕

一、概說

《金瓶梅》的作者是誰？為何要寫這樣一部作品？是從何時開始寫作以及寫作的過程如何？這部作品最早的傳播和出版過程如何？廣義而言，《金瓶梅》是明代人文主義思潮演變，程朱理學經歷王陽明心學而走向反撥和分化的結果，是萬曆時代以李贄新學說反對程朱理學「存天理滅人慾」在文學領域的必然表現；狹義而言，是由於本書作者於 1580 庚辰年開始，從雲南太守任上，放棄官場的仕途經濟（故書中潘金蓮出生為庚辰年，正為此標誌），翌年開始寓居於湖北黃安耿定向、耿定理家中，從而開始其歷時 21 年的「流寓客子」的人生歷程——這是明代少有的人生方式，可謂是一種特殊的專職寫作人生方式，也唯有擁有這種人生方式者，才有可能具備如此豐富而深刻的人生閱歷和超越時代的哲學思考，從而具備寫作《金瓶梅》的諸多條件。

《金瓶梅》作者作為流寓客子，寄食於耿家兄弟，如果始終相安無事，或許就不會產生《金瓶梅》這樣的偉大傑作，但這種長期全家寄居在另一個家族中為生，本身就是一個奇特的畸形的產物。長期生活在一個屋簷之下，互相之間並無血緣親屬關係，而是依靠類似桃園結義的兄弟義氣而寄食為生，這本身就是儒家思想演化到這個時代特殊的一種社會現象，尤其是，作為邀請方主人的耿定向與作為寄寓耿家的「流寓客子」，兩者之間正是此一個

〔註 1〕本文發表於《哈爾濱師範大學社會科學學報》2021 年第 1 期，86~93 頁。

時代兩種哲學思想的代表人物，在耿定理死後，兩者之間就人性的情慾問題展開了激烈的論爭，並由思想的論爭而必然地轉向了人身的攻訐甚至人身的迫害，因此，也可以說，《金瓶梅》也如同司馬遷發憤著書一樣，是一部「有所謂也」的揭露作品，也是一部以小說來闡述其哲學思想的血淚《史記》。

《金瓶梅》，廣義而言，取材於發生於 1581～1601 年之間的事情，由於開始來此地居住的 1581 年到開始動筆寫作的 1591 年，正為十年，從開始寫作的 1591 年到作者完成寫作，並將書稿交付給弟子汪可受轉袁宏道的 1601 年，也正好是十年時間（作者翌年自刎於獄中），書中因此借用耿定向弟子祝世祿作為書中人物「祝實念」，來諧音「住十年」；此書的早期傳播為 1595～1610 年之間 15 年，袁宏道和袁中道兄弟及汪可受是直接與原作者發生聯繫、直接獲得原稿的第一層次傳播者，隨後沈德符、謝肇淛等人為第二層次傳播人。

二、研究方法及過程

以上的結論，都出自具體的史料文獻，篇幅所限，只能簡單說說破譯過程和方法。金瓶梅一書的作者問題，被稱之為金學界的哥德巴赫猜想：「關於《金瓶梅》的作者問題的討論，仍是研究的一個熱點問題，被人稱作是『金學』中的『哥德巴赫猜想』。這個問題之所以引起人們經久不息的探索熱情，一是因為自明以來說法就撲朔迷離，莫衷一是；二是搞清作者問題是《金瓶梅》研究的基礎工程之一。只有這個問題得到徹底的解決，其他諸多相關的問題才能得到更為完滿的闡釋。」〔註 2〕

如果說，不能破譯詩三百和漢魏古詩的起源發生歷程，就不能真正釐清中國早期古典詩歌的生成歷程；不能破譯詞體的起源發生史，就不能真正理解中國詞史的演變歷程的話，不能破譯金瓶、紅樓兩書的作者及其寫作歷程，就不能真正讀懂中國通俗長篇小說的演變史歷程。正如任訪秋先生所說：「就中國小說的發展來看，不論從創作方法上，作品的題材上，以及藝術手法上，《金瓶梅》實為上承《水滸》與宋元評話，而下開清初小說中諸名作的一部偉大作品，拋開了它，則中國小說的發展史，就缺少了重要的一頁，不容易說明它的來龍去脈。」〔註 3〕

〔註 2〕 張進德：《金瓶梅新視閾》，中國社會科學出版社，2014 年，第 36 頁。
〔註 3〕 張進德：《金瓶梅新視閾》，中國社會科學出版社，2014 年，第 38 頁。

根據學者們的相關綜述，有關《金瓶梅》的作者研究的概括：「新提出的作者名單有：賈三近、屠隆、馮惟敏、沈自邠、沈德符、袁中郎、馮夢龍、陶望齡兄弟、丁耀亢、丘志充、丘石常、劉九、湯顯祖、王稚登、李先芳、謝榛、鄭若庸、田藝蘅、臧晉叔、金聖歎、丁惟寧、賈夢龍、王寀、唐寅、屠大年、李攀龍、蕭鳴鳳、胡忠等……近 40 人」。〔註 4〕

顯然，這一長串的名單，都不是正確的答案。筆者在開始進行具體研究之前，針對此書的特殊性，確立了四項必須條件：1.此書從水滸中西門慶潘金蓮故事衍生而來，則《金瓶梅》作者必定與《水滸傳》有密切關聯；2.此書的最早信息來自於袁宏道，則此人必定與袁宏道有密切關係，特別是在思想認知上觀念一致；3.此書是一部顛覆性大作品，可視為明末思想史的里程碑，則此書作者必定是與明代中後期具有同樣思想者；4.此書署名蘭陵笑笑生，則此人的名號中也應該有相似的名稱。

相反，我不採納當下金學界流行的幾個切入點：1.認為此書為山東方言，由此在山東籍或是熟悉山東方言的作家中尋求突破；2.認為早期傳聞中多認為是王世貞的復仇之作，從而在早期傳聞的王世貞等人中尋求突破；3.認為此書的藝術手法高妙，因此，從當時的小說家、戲曲家中尋求突破；4.認為此書多寫淫穢之事，故從當時有同樣生活經歷記載的人物之中尋求突破。此四個方面，都僅僅有可能是此書作者所具備的條件，但都不是必須具備的前提條件：

1.之所以山東方言不能成為必備前提：首先，作為一種語言，是可以學習的，不一定山東籍的人才會使用山東方言，就如同中國人同樣可以熟練掌握外語一樣。此書的語言，也並不一定都是山東方言，至少有的學者就認為，《金瓶梅》中的方言不是一種，而是多種，如吳語、湘語、贛語、粵語、閩語、客家話、湘淮次方言等，可以稱之為「南北混合的官話」，或「語言多元系統」；其次，以筆者的研究，此書作者是一位客寓四方的天涯游子，不僅如此，即便是此書的寫作過程，也不是在一個地方完成的，其中，先在湖北麻城寫作了六七年的時光，隨後在流寓的不斷遷徙中繼續寫作並完成，因此，才會出現這種多元系統的混雜語言；再次，之所以多用山東方言，是在於此書是從水滸傳演繹出來的，水滸中的原發生地制約或說是引導了作者更多使用山東方言；水滸及明代其他山東方言作品，也為作者提供了豐富的語彙庫；此書作者雖非山東

〔註 4〕 張進德：《金瓶梅新視閾》，中國社會科學出版社，2014 年，第 39 頁。

人，但卻在濟寧地區居處長達半年多的時光，從而為其提供了鮮活的方言和生動的素材。

2.早期傳聞中多認為是王世貞等人的復仇之作，從而在早期傳聞的作者人選中尋求突破，這也是錯誤的選擇——需要補充確立另兩個原則：首先，需要系統吻合於作者及原作的文獻，需要系統的、歷時性的寫作歷程，還需要書中主要人物與所原作者之間關係的吻合；其次，需要對作品產生時代大背景的「理解的同情」——《金瓶梅》在當時的出現，是對傳統儒家道德和程朱理學的一次革命性的顛覆，士大夫群體的多數人尚不能接受，因此，最早傳播者連同原寫作者，都不得不採取一些遮蔽措施，採用真真假假的方法——所指人物為假而具體事情為真，所說時代為假而所說背景為真。如所謂王世貞復仇說，王世貞為假而復仇為真，嘉靖時代為假而萬曆為真，「紹興老儒」為假而「鉅子」為真，「門客」是假而「客寓」揭露是真；「鳳州中毒」是假而以真人為史記抨擊是真。

3.關於此書作者一定需要是小說家，必定會擁有其他小說作品，這一點也不能作為先決條件：很多優秀的作品是平生心血之作，紅樓夢一書的作者無論是舊說的曹雪芹還是筆者研究出來的脂硯齋，此前均無小說作品，以一生心血寫作第一部小說就是傳世之作並非罕見，這是由小說的特點決定的；還有一種可能，就是原作者並非僅有一部作品，而是其他作品同樣被歷史的灰塵湮沒遮蔽。筆者所研究出來的《金瓶梅》作者，並非沒有其他小說作品，只不過由於某些原因，後人無從知曉而已。

4.關於此書作者必定擁有與書中人物相似的經歷，此一條也同樣具有主觀性，金瓶梅一書開了大量寫性的先河，被稱之為第一部豔情之作，由此，就從有類似這樣傳聞的人物之中尋找，這也同樣是緣木求魚，不可得之。認為作者必定擁有相似的人生經歷，或說是必定擁有全書總體的人生經驗，這是對的，但將原作者視為書中的西門慶，則是小人之心。因為，我們還不知道此書作者在書中是何種角色，在何處出場，作者雖然也是書中的在場者，但卻是冷眼旁觀的記載者。所謂「房中之事，人皆好之，人皆惡之。」「食色性也」，性是人之本性，在程朱理學的道德約束下，才會將「人皆好之」的性表現出「人皆惡之」的假象。而能將這種虛偽的面紗揭穿者，必定是「蓋有謂也」的大思想者，是具有「不以孔子之是非為是非」而有意顛覆程朱理學，並「有意於時俗」，有意以這種似乎是過猶不及的極端表達，試圖顛覆漢武獨尊儒術以來的思想牢籠。

筆者在開始研究的階段，與各位金學研究者並無不同，主要局限於有關《金瓶梅》的崇禎本、詞話本、資料彙編，以及研究《金瓶梅》的專著和論文，這些當然都是必備的基本材料。但我很快發現，僅僅局限於閱讀直接涉及金瓶的史料，可能就會永遠局限於舊有的說法而無法獲得真正的破案線索。原因很簡單，當時的金瓶梅也同樣被視為穢書，被當時的士人主流輿論所不能容忍，所以，從原作者到最早傳播者，無不處於地下狀態，指東說西，遮遮掩掩，在遮蔽的謊言中透露真實的信息和破案的線索。因此，欲要完整地破譯這一金瓶密碼，必須要擴大懷疑的範圍，從無金瓶梅字眼處，找出金瓶梅寫作和傳播的蛛絲馬蹟。由此，我從有關人物的諸多全集及相應史料入手，如《袁宏道全集》、袁中道《珂雪齋集》、焦竑《澹園集》、耿定向《耿天台先生全集》、李贄《焚書》及全集、《李贄年譜考略》、沈德符《萬曆野獲編》、許自昌《樗齋漫錄》、梅國楨有關史料、《明會典》、馮夢龍等明末思想家、文學家的全集或是傳記等，有關小說史前後的源流，主要研究容與堂本和匯評本《李卓吾評點水滸傳》，以及前後相關的豔情小說《繡榻野史》《癡婆子傳》《如意君傳》《浪史傳奇》等。

在這些史料之中，我是從袁宏道入手的——袁宏道是有關金瓶梅一書最早的透露人，換句時髦話語，是第一個吹哨人，自然就要深入調查他的歷史檔案，先重點關注他的被傳為 1596 年的尺牘，反覆閱讀前後生平和交遊關係，發現這一封信札的寫信的對象並非董思白。一旦確認其作者和主要原型人物，再將李贄及耿定向等相關人的文集對照閱讀，則其直接的證據就如長江大河滔滔汩汩，引不勝引矣！——將《金瓶梅》主要相關人的全集對照閱讀，就會全然失去了此書的淫書特性，你所能見到的，不過是將抽象的人倫物理、人情性慾，虛偽道學，以鮮活的生命和生命歷程格物而出，一部以性描寫著稱的小說作品，其實也是一部中國思想史的藝術巨著，當然，它始終也是小說作品，偉大的小說作品。只有那些思想狹隘而齷齪者，才會將此書視為誨淫之作。

三、李贄名號與「蘭陵笑笑生」的吻合

以上的概述，多數研究晚明文史的學者已經讀出：李贄是吻合於以上四個吻合條件的唯一人選：李贄（1527～1602），初姓林，名載贄，後改姓李，名贄，字宏甫，號卓吾，福建泉州人，別號溫陵居士、百泉居士等。溫陵是泉州

的別稱，據說當年朱熹當年冬季在泉州城北講學，稱讚泉州「山陵獨溫」，因此，泉州也被稱之為溫陵。李贄以自己的家鄉泉州為號而稱之為溫陵居士。先不說山東之蘭陵是否亦名溫陵，單說「蘭陵笑笑生」這五個字中，以「陵」為號而又與金瓶一書的生活時代吻合者，則非李溫陵莫屬。李贄同代人多稱其為李溫陵，如袁中道寫有《李溫陵傳》，其開篇即云：「李溫陵者，名載贄」〔註5〕，更何況，位於山東省蒼山縣城西南 25 公里處的蒼山縣蘭陵鎮，同樣也名為溫陵，其得名相傳是因為「高陵」上遍生蘭草或蘭花的緣故。山東蘭陵的溫陵很有名氣，《漢書．五行志》記載：「惠帝二年正月癸酉旦，有兩龍見於蘭陵廷東里溫陵井中，至乙亥夜去。」〔註6〕溫陵「陽多瓦礫，相傳蘭陵盛時，民居至此，是廷東里地也」（民國五年《臨沂縣志．古志》）李贄撰寫《金瓶梅》不僅僅是直接寫情慾的問題需要隱藏作者身份，更主要的是，他是以自己的政敵耿定向作為書中原型人物西門慶加以揭露的，則必然不能直接以李溫陵署名，採用他人並不熟知的蘭陵別號溫陵，這樣就已經得到了瞞天過海的效果。

對於《漢書．五行志》所記載：「有兩龍見於蘭陵廷東里溫陵井中，至乙亥夜去」的「乙亥」這一時間，作者特意通過劉瞎子給潘金蓮算命中點明，崇禎本：「婦人說與他八字，賊瞎用手揑了揑，說道：『娘子庚辰年，庚寅月，乙亥日，己丑時。初八日立春，已交正月算命。依子平正論，娘子這八字，雖故清奇，一生不得夫星濟，子上有些防礙。』」先點出庚辰年，這是李贄辭官姚安太守從此成為「流寓客子」的日子，「乙亥日」，則點醒《漢書》記載蘭陵之溫陵的「乙亥」時間。李贄本人出生於丁亥，晚年之戀人梅澹然出生於癸亥，亦皆為亥年屬性。

李贄除自號溫陵居士之外，還自號「百泉」，百泉在河南共城，邵堯夫安樂窩所在之地，安樂窩：「在蘇門山百泉之上，居士生於泉，泉為溫陵禪師福地。居士謂：『吾溫陵人，當號溫陵居士。』至是日遨遊百泉之上，曰『吾泉而生，又泉而官，泉於吾有夙緣矣！』故自謂百泉人，又號百泉居士云。」〔註7〕《金瓶梅》三十六回：西門慶自稱：「賤號四泉，累蒙蔡老爺抬舉，雲峰扶持，襲錦衣千戶之職。見任理刑，實為不稱。」西門慶「四泉」這一雅號，是在寫至三十六回之際首次出現，之所以給西門慶如此雅號，除了此處

〔註5〕李贄：《焚書》，中華書局，2009 年，第 3 頁。
〔註6〕班固撰，嚴師古注《漢書》，中華書局 1962 年，第 1118 頁。
〔註7〕李贄：《焚書》，中華書局，2009 年，第 84 頁。

情節的需要，還有一種可能，李贄還自號「思齋居士」:「故其思白齋公也益甚，又自號思齋居士」〔註 8〕白齋公是李贄的父親名號，四泉的四，可能諧音「思齋」的「思」，泉，則為百泉的泉，這樣，就將自己的兩個號集中在一個名號。當然，不是說作者自己是西門慶，而是意在以此來署名，如同詩三百在作品中署名，即百泉居士為這一藝術形象之創造者之意，亦即自己為西門慶形象之創造者。由此出發，《金瓶梅》中還不斷出現這一名號，如王三官（原型人物為劉承禧）為「三泉」，還有「一泉」(「新狀元蔡一泉，乃老爺之假子」) 和兩泉：書中第六十五回，黃主事道：「學生還要到尚柳塘老先生那裏拜拜，他昔年曾在學生敝處作縣令，然後轉成都府推官。如今他令郎兩泉，又與學生鄉試同年。」西門慶道：「學生不知老先生與尚兩泉相厚，兩泉亦與學生相交」等，意思是：一泉、兩泉、三泉、四泉……一直數下去，就是作者百泉。尚柳塘是周柳塘周思久，耿定向的終生摯友。

笑笑生的出處：讀林海權先生《李贄年譜考略》，1582 年耿定向丁憂在家，管志道（字登之，號東溟）也時來天窩聚會，但不久住。到 1599 年，在李贄基本完成《金瓶梅》書稿之際，兩者之間發生辯論。該年，管志道自太倉寄來新刻《問辨讀》一冊，管志道遊於耿定向之門，焦竑說他「平生銳意問學，意將囊括三教，鎔鑄九流，以自成一家之言。」(管志道墓誌銘），其實管志道是三教歸儒說的積極維護者。李贄對他很反感，尤其對他的談問學和兼談道德更是鄙夷之至。李贄《焚書》增補一《與管登之書》：

> 承遠教，甚感。細讀佳刻，字字句句皆從神識中模寫，雄健博達，真足以超今絕古。其人品之高，心術之正，才力之傑，信足以自樂，信足以過人矣。雖數十年相別，宛然面對，令人慶快無量也。如弟者何足置齒牙間，煩千里枉問哉？愧感！愧感！第有所欲言者，幸兄勿談及問學之事。說學問反埋卻種種可喜可樂之趣。人生亦自有雄世之具，何必添此一種也？如空同先生與陽明先生同世同生，一為道德，一為文章，千萬世後，兩先生精光具在，何必更兼談道德耶？人之敬服空同先生者豈減於陽明先生哉？願兄已之！待十萬劫之後，復與兄相見，再看何如，始與兄談。笑笑。〔註 9〕

李贄回覆管志道的此一封尺牘，亦可謂神品佳作，先讀起首一個段落，讀

〔註 8〕李贄：《焚書》，中華書局，2009 年，第 86 頁。
〔註 9〕李贄《焚書》增補一《與管登之書》，267 頁。

者會誤以為李贄讚賞欽佩其佳作：「雄健博達」「超今絕古」，可謂是無以復加矣！但從「信足以自樂」之句，已透露出本文旨在譏諷管志道。然兩者之間，畢竟是數十年相別，宛然面對，令人「慶快無量」也。何況，是管志道「煩千里枉問」。「幸兄勿談及問學之事。說學問反埋卻種種可喜可樂之趣。」

意思是說：寫道德文章，還不如寫文學，李贄舉例說：「如空同先生與陽明先生同世同生，一為道德，一為文章，千萬世後，兩先生精光具在，何必更兼談道德耶？人之敬服空同先生者豈減於陽明先生哉？」空同即明代前七子領袖人物李夢陽。李贄在這裡對管志道的譏諷，似乎是離題太遠，管志道分明是道學家，甚至有人將其列入泰州學派人物，李贄卻勸他還不如寫寫詩詞小說文學作品，其實，李贄是在利用此一個話頭，來有意透露其自家襟懷，借用管志道來闡述自我在晚年的人生依託，來闡述自己由道德文章而向文學特別是小說的寫作轉型。

「願兄已之！待十萬劫之後，復與兄相見，再看何如，始與兄談。」意思說：老兄就算了吧！等待十萬劫之後，我們再來相會，屆時再看看如何。十萬劫之後，顯然人的肉身都已經消泯無形，唯有文字、文章、文學還在，因此，暗喻我們的靈魂在天上來讀我的作品。

隨後署名「笑笑」。此處之「笑笑」，首先，是對此文之畫龍點睛之筆，是對自已後半生人生旨趣追求的總結：既點出前一段落「信足以自樂，信足以過人矣」之快樂，又點出後面「說學問反埋卻種種可喜可樂之趣」，這實際上是李贄對前半生寫理論文章乏味，顯示出對從評點水滸以來的新人生志趣追求；再次，點出了「一為道德，一為文章，千萬世後，精光具在，何必更兼談道德耶」，對未來「精光具在」——即便是十萬劫後仍能「與兄談笑」的快樂。

《金瓶梅》書中管志道化身而為「卜志道」，諧音「不知道」，或是「不志道」。書中先後出現四次，首次，是在第一回熱結十兄弟的名單之中，卜志道在書中隨後很快就死去了，從情節需要來說，是隨著李瓶兒故事出現，「熱結十弟兄」情節中需要死去一位人物，而由花子虛來填補。管志道原本就不是李贄主要的對手，因此，借用他的原型來起到幾處串場的作用也就罷了，因此，才取名「卜志道」，深層次或許還有：「不必知道、作罷、饒了他吧」這樣的含意；此外，卜，取占卜的意思，以呼應於李贄寫給管志道「待十萬劫之後，復與兄相見，再看何如」這一占卜式預言。

四、《金瓶梅》的寫作緣起

李贄寫作《金瓶梅》的寫作緣起，主要是由兩個方面所促成：

1.李贄自從 1581 年從雲南姚安知府卸任，就開始了其人生二十餘年的流寓客子的人生歷程，再也沒有回到自己的家中居住，其中在黃麻一帶，由一開始的依附耿定向、耿定理兄弟寓居，到耿定理在三年之後死去，與理學家耿定向反目為仇，並矛盾日趨激烈，乃至於鬧到天翻地覆，耿家將李贄全家驅逐，先是驅逐其家，後又指使弟子撰寫文章攻訐，1591 年之際，李贄和袁宏道在武昌，幾乎要慘遭毒手，幸虧時任湖北左布政使劉東星出面安撫，才免遭一劫；而 1591 年，正是李贄完成了水滸傳的評點寫作之際，由此，產生了以水滸的一個部分演繹開來，從而系統記錄自己這一段流寓麻黃一帶的悲慘人生經歷，並揭露耿定向假道學虛偽的面目。

2.水滸傳的評點，是李贄寫作金瓶梅的另一個寫作緣起。如果說，寓居耿定向家族為生的六七年時光，為李贄提供了豐富而鮮活的寫作素材，與耿定向其家由莫逆之交的好友而淪落為被驅逐的流浪者，是李贄寫作《金瓶梅》的一大背景的話，水滸傳的評點，則成為李贄寫作《金瓶梅》的直接出發點。李贄於 1590 年獲得天都外臣本的《水滸傳》，經歷一年時間的閱讀和學習，從而對小說寫作藝術的規律實現了飛躍，水滸傳的小說寫作技巧，成為了李贄取之不盡，用之不竭的極好教程，其中特別是對小說人物的「如畫」性質，李贄心領神會，從而導向了李贄的自然主義、現實主義結合的審美導向，而水滸對其中小人物如鄆哥的生動描寫，對書中女性人物的刻畫，也給予李贄極大的開啟。

但水滸傳的英雄傳奇的宗旨和主題，市民游民的審美趣味，並不完全吻合於李贄的士人精英文化的審美趣味，更不能吻合於他作為大思想家欲要表達對宋明理學以來的反思和批判，而李贄與耿定向矛盾爭論的開始，就正是關於人性的問題，具體而言，是關於怎樣認識人的情慾問題。爭論的開始，發生於萬曆十四年（1586）春，新科進士鄧應祈（號鼎石）被授麻城縣令，四月攜父母赴任，而其父為李贄早年好友鄧林材（號石陽）。鄧石陽到麻城，帶來了鄧豁渠的遺著《南詢錄》。圍繞鄧豁渠和《南詢錄》，以及正統與異端、天理性命與情慾等問題，耿、李二人發生了激烈的論爭，並直接導致二人關係交惡。鄧豁渠，本名鄧鶴，號太湖，僧名豁，四川內江人。鄧豁渠曾師事趙貞吉（號大洲），也是泰州學派的代表人物之一，黃宗羲《明儒學案》有介紹。後棄儒歸佛，落髮為僧，遊歷天下，遍訪知名學者。如前所述，李贄與耿定向兩者之間的論辯和交惡，開始是由鄧豁渠、鄧石陽而來。耿定向對鄧豁渠極度厭惡，其在《里中三異傳》說：「鄧鶴寓居吾里時，曾經集其言論，名曰《南詢錄》，中言：『色慾性也，見境不能不動，既動不能不為。羞而不敢言，畏而不為者，皆不見性』云云。余覽此，甚惡之。是率天下人類而為夷狄禽獸也。……麻城令即衛輝司理子亦大洲門人，也嘗從予遊，為述其始終。」〔註10〕此正為李、耿之間論辯爆發之開端。

鄧豁渠還有更為精闢的概括：「色慾之情，是造化工巧生生不已之機」，這些話見於耿定向的轉述，收在《耿天台先生文集》中，而鄧豁渠本人的《南詢錄》卻無記載，參見日本學者溝口雄三《中國前近代思想的曲折與展開》〔註11〕。李贄則與耿定向的觀點完全相反，他在《南詢錄敘》中說：「今《南詢錄》俱在，學者試取而讀焉。觀其間關萬里，辛苦跋涉，以求必得，介如石，硬如鐵，三十年於茲矣。雖孔之發憤忘食，不知老之將至，何以加焉！」〔註12〕可見，兩者之間的觀點截然相反，李贄對於鄧豁渠的評價可謂是無以復加，已經與孔子相提並論，這裡，其實已經不是評價鄧豁渠的問題，而是，李贄藉此來闡發他自己的思想。枯燥的學術語言無法生動準確傳達，遂使李贄開始了模仿水滸而撰寫金瓶的小說寫作之路。

關於李贄寫作小說的早期歷程可略作一概述：李贄的弟子兼助手懷林《批評水滸傳》述語：「和尚自入龍湖以來，口不停誦，手不停批者三十年，而《水滸傳》《西廂曲》尤其所不釋手者也。蓋和尚一肚皮不合時宜，而獨《水滸傳》足以發抒其憤懣，故評之猶詳。……和尚又有《清風史》一部，此則和尚首自刪削而成文者，與原本《水滸傳》絕不同矣，所謂太史公之豆腐帳，非乎？」〔註13〕此處所說的「和尚又有《清風史》一部」，《清風史》與評點水滸不同，評點水滸只是評點文字，而《清風史》則是「和尚首自刪削而成文者，與原本《水滸傳》絕不同矣」，它既不是水滸的評點，但又與水滸密切相連，否則，不會說「與原本《水滸傳》絕不同矣」；這本《清風史》也同樣是小說體裁，

〔註10〕耿定向《里中三異傳》，《耿天台先生文集》，第七卷，安福劉元卿萬曆戊戌六月六日序本，第32頁。

〔註11〕溝口雄三《中國前近代思想的屈折與展開》，三聯書店2011年版，第152頁。

〔註12〕李贄：《續焚書》，中華書局，2009年，第63~64頁。

〔註13〕懷林《批評水滸傳述語》，《李卓吾評水滸傳．附錄》，上海古籍出版社，1988年版，第1488頁。

而且，是瑣碎的家常的如同「豆腐帳」式的寫作方式，但也同樣是有歷史真實人物和故事作為背景的，所謂「太史公」筆法是也。以清風作為《金瓶梅》早期的書名，除了評點水滸中的清風寨之所觸發之外，還來源於李贄此前剛到雲南姚安知府任上所寫的一副對聯，其下聯云：「做官別無物，只此一庭明月，兩袖清風。」〔註 14〕則「清風」二字，就成為了李贄其人自我認同的一個代稱，由此出發，也可知，李贄寫作《金瓶梅》開始的寫作宗旨，仍舊未能從傳統的史傳文學的窠臼之中跳脫出來，欲要寫作自己個人在黃麻一帶依附耿家為生的所見所聞，這就決定了此書的史記性質，或說是自然主義實錄文學的特質。所以，李贄從評點第二十四回開始，產生了以武松故事橫截出去另寫一部小說的創意，到清風寨故事，開始確立書名為《清風史》，《清風史》是《金瓶梅》最早的書名。

五、作品與原型之間的相互印證

以上所論當下流行的四種切入點，由於都不是《金瓶梅》作者之所必備的必須前提條件，因此，由此切入研究下去，必然陷入猜測式研究路線的盲點，難以為繼，也難以尋求到作品與原型之間的相互印證。筆者的金瓶研究，由於在研究金瓶梅之初，就確立了以上的幾個基本原則，因此，才選對了切入點，在這一研究中發現：從前述的四點必須條件之中的任意一點出發，都會自然找到其餘三點。不僅如此，在找對了懷疑人之後，再重讀金瓶原作，就會發現，原來此書的作者，在書中留下了大量的路標，來引導後來者沿波討源、按圖索驥，最終將不僅破譯其作者的真相，同時，也留下其寫作的時間標識，其作品的主要人物，都一一可以從當時的相關人物的全集、傳記、行狀中對應出來。目前已經找到原型人物的主要如：西門慶、應伯爵、王招宣、吳月娘、李瓶兒、孟玉樓、林太太、王三官、蔡狀元、溫秀才、李三、黃四、祝實念等，而這些書中人物，無不與此書的作者之間有著千絲萬縷的密切關係。這些書中人物，或是他的政敵並由這一政敵延伸出去的關係網，或是作者本人在書中的不同側面，或是作者本人的戀人，換言之，如果採用了正確的研究方法，眾多的史料必然會同時指向了同一個人為此書作者，因此，真正的破譯，是不能用一篇論文或是幾篇論文能夠闡釋清楚的，而是需

〔註 14〕《李贄全集注》第二十六冊，第 498 頁；張建業著《李贄評傳》，首都師範大學出版社，2018 年，第 53 頁。

要至少一部乃至幾部專著的篇幅才能較為徹底地完成這一猜想。這些原型依據，也必然需要另一個系列加以詳細論證和闡釋。

研究耿定向生平，得知耿定向的生卒年月日，在《金瓶梅》中對照閱讀，即刻發現耿定向的生日即為此書故事的開端。查閱耿定向與李贄共同的大弟子焦竑對耿定向生卒年的記載：焦紘《澹園集》的耿定向《行狀》說：「先生姓耿氏，諱定向，字在倫，楚黃州麻城縣人。……如假寐者而逝，蓋丙申六月二十一日也。距生嘉靖甲申十月十日，享年七十有三。」〔註 15〕崇禎本第一回：「卻說光陰過隙，又早是十月初十外了。……」，此處之「十月初十」正是作者有意安排的全書故事的開端，此前雖然提及十月初一、初二、初三，明眼人一看即可讀出，此三日皆為十月初十的鋪墊，一晃而過，到了十月初十，就開始進入到「熱結十兄弟」的故事情節之中，也是全書故事的開始。當然，這僅僅是崇禎本系統才有的，詞話本並不知道或是明知道而有意遮掩原作者這一內情，因此，改為了武松打虎的水滸原故事——崇禎本祖本在前，詞話本遠遠在後，這一點參見後文詳論。可知，書中第一回「十月初十」這個日子，正是以李贄政敵耿定向的生日為開端的。

耿定向卒於六月二十一日，書中西門慶的卒日也是二十一曰：「月娘癡心，只指望西門慶還好，誰知天數造定，三十三歲而去。到於正月二十一日，五更時分，相火燒身，變出風來，聲若牛吼一般，喘息了半夜。挨到巳牌時分，嗚呼哀哉，斷氣身亡。」至於耿定向卒年的丙申，作者也自然會念念在茲，將其安排給了李瓶兒之子官哥的生年：「西門慶道：你只添上個李氏，辛未年正月十五日卯時建生，同男官哥兒，丙申年七月廿三日申時建生罷。」耿定向的卒年就寫在李瓶兒所生獨子官哥兒的生日，僅僅多出兩天時間，寓意著耿定向死後在陰間託生的時間。不僅如此，孝哥的生日也同樣是二十一曰：「話說光陰迅速，日月如梭，又早到正月二十一日。春梅和周守備說了，備一張祭桌，四樣羹果，一壇南酒，差家人周義送與吳月娘。一者是西門慶三周年，二者是孝哥兒生日」。耿定向生年為申年，卒年也同樣為申年，故書中借助玉樓之口來說官哥兒的生卒時刻：「我頭裏怎麼說來？他管情還等他這個時候才去。——原是申時生，還是申時死。日子又相同，都是二十三日，只是月分差些。圓圓的一年零兩個月。」換言之，李贄將其政敵耿定向的生卒年月日，分散拆分到幾個相關人物身上，來傳達出因果報應的哲學思想。

〔註 15〕焦竑著《澹園集》，中華書局出版社，2013 年版，第 532 頁。

還有耿定向所患疾病是痰疾，這一點，檢索耿定向全集，其中多次請求退休歸里的奏摺，幾乎每次都要提及他的痰疾，從壬戌年的《病篤不堪重任懇乞天恩放回調理疏》：「今年八月內痰濕傳遞變成痢疾……用藥發散，氣血益虛，眩暈咳嗽。」（《耿天台先生全集》卷三）隨後丁卯年疏：「無分暑夜，因此，積勞重傷，精血日耗，今年六月中，偶病重暑，誤用藥劑，……復染痢疾，晝夜呻吟，諸藥不效。」；再疏：「復幻痰火暈眩泄瀉怔仲，諸症齊發。」對照書中西門慶之死的描寫：便問：「甚麼病症？」陳敬濟道：「是痰火之疾。」，而且是多次反覆提及此一痰火之症狀，幾乎與耿定向奏疏之中提及痰火的次數一致。其餘精血日耗、誤用藥劑、暈眩泄瀉等，無不照抄不誤。

那麼，金瓶梅崇禎本第一回故事的開始時間，具體來說有可能是哪一年的呢？1581 年初夏，李贄到達湖北黃安，住在五雲山耿定理天窩書院，1583 年，耿定向在家中丁憂，其六十大壽（耿定向 1524～1596）的十月十日，則是《金瓶梅》故事的具體開端時刻。李贄在 1583 年寫信給焦竑，希望他能來黃安祝壽，「侗老十月初十為耳順誕期，大會親知，兄固可同如真一枉駕到此。」（《與焦弱侯》）

《耿定向先生全集》卷十一序類，開篇即為耿定向為弟子慶賀自己生日所寫的《碩輔寶鑑序》：「天台生日，與二三弟子弟子員考德之暇……弟子曰：『何歎也！……為民立命者君乎？』……弟子有前者曰：桃李盈門……生曰：唯唯否否，子大夫所謂知其一不知其二者也，狂生過矣。……得碩輔若干人，原始察終，……各為讚述。」〔註 16〕重讀崇禎本系統第一回熱結十兄弟的場景，正是耿定向這一二三弟子「碩輔若干人」讚美為民立命、桃李盈門場景的小說化寫作。

檢索一下兩者之間隨後的大事記：萬曆十二年（1584）甲申七月二十三日（書中將此刻骨銘心的日子安排給了官哥生日），耿定理病逝於黃安，李贄極為悲痛，耿定向開始向李贄施加壓力。袁中道《李溫陵傳》記載：「子庸（耿定理）一死，子庸之兄天台公惜其超脫，恐子侄傚之，有遺棄之病，數致箴切。公遂至麻城龍潭湖上，與僧無念、周友山、丘坦之、楊定見聚。」〔註 17〕

由此再來思考崇禎本第一回熱結十弟兄中的介紹：「其餘還有幾個，都是

〔註 16〕耿定向《碩輔寶鑑序》，《耿天台先生文集》，第十一卷，安福劉元卿萬曆戊戌六月六日序本，第 5 頁。

〔註 17〕袁中道：《珂雪齋集》，上海古籍出版社，2019 年，第 764 頁。

些破落戶，沒名器的。一個叫做祝實念，表字貢誠。……還有一個雲參將的兄弟叫做雲理守，字非去。一個叫做常峙節，表字堅初。」祝實念（住十年）、貢誠（共城）雲理守（雲南大理太守）、非去（不離去）、常峙節（常年遲滯借寓）、堅初（翦除～驅除）。李贄 1581 年到達黃麻一帶，到 1591 年寫作此書之際正好十年，這些人名合起來的意思：雲南古大理太守在此居住十年，與書中人物西門慶共住一城，常年借寓此地，後被這當年的節義弟兄驅除出境。

李贄將作者自己在此書中的人物形象所採用的方法，有兩個顯著特點：其一，作者受西遊記的影響，如同孫悟空七十二變化，採用了分身法，一人而分化為多人，目前筆者所能辨識出來的，除了作為十弟兄身份的雲理守、常峙節之外，還有李智（諧音李贄）、黃四（李贄妻子黃宜人）、溫秀才（李贄號溫陵，以號為姓）、水秀才（李贄又號百泉，泉水同一，故名水秀才）等；其二，一般來說，作者都會維護自我形象，甚至會美化自我，但如此就不是「異端」李贄了。書中的李贄自我形象的分身，除了起到透露作者身世經歷的作用之外，都嚴格按照小說人物形象而自我發展，如書中作為商人形象的李智、李三（李贄原本姓林，從其三祖始改姓為李。）最後在西門慶死後的關頭，顯示其商人見利忘義的本色；而雲理守則出現在孟玉樓的夢中，欲要誘姦孟玉樓。如此處理，不僅起到了吻合於全書揭露黑暗的主旨和風格，而且，更為深刻地揭示了程朱理學牢籠之下人性泯滅、腐朽黑暗的普遍社會現狀。

六、餘論

以上所論及所引材料，包括以作者李贄、西門慶原型人物耿定向等人的全集與書中的對應材料，不過是大略摘引其中數條而已，《金瓶梅》一書確為李贄所著無疑。

結合筆者在進入到這一研究之前所先預設的四個必須條件：李贄是明代人文主義思潮的奠基人，《金瓶梅》正是這一思潮的小說表現，還需要具備全新的創造精神和驚世駭俗的全新觀念，若無此種勇氣，斷然不敢寫出此等文字，李贄正是這個時代新思潮的奠基者；李贄是《水滸傳》最早的評點者，金瓶梅不僅僅是水滸傳演繹出來的作品，而且是通過《金瓶梅》實現的對水滸仍舊在傳統道德窠臼的反撥；《金瓶梅》的最早信息來自於袁宏道，李贄為袁宏道的精神導師；《金瓶梅》署名蘭陵笑笑生，李贄號溫陵，山東蘭陵別號溫陵。

伴隨著研究的深入，可以再增補幾個必要條件：

1.根據金瓶一書在早期傳播中的共同說法，是一位客寓他人家庭中的人，去除「紹興老儒」等遮蔽性的說法，則此書作者必定是一位長期寓居他人家族者。除了具備在官府之中生活的人生經歷之外，還需要具備走南闖北、離開自身家庭、流寓四方的人生經歷。如果一位官員，即便是伴隨官場遷徙，其自身的日常生活如果仍舊局限在自己的妻兒老小家庭中，則雖曰走南闖北，但與社會市井、人際關係的性質，仍隔一層；由此再引申，還需要對當時之市井文藝小說具有高度讚賞，並傾心關注而身體力行的職業作家。若非高度關注小說戲曲這一市井通俗文化，則即便擁有豐富的仕宦生涯，南北遷徙的人生經歷，其人必不會傾心關注類似金瓶一書中的人物素材，而若無專職作家的人生經歷，則既不會在其日常人生中關注並深度解讀世俗社會的眾生相，更無「日逐行事，匯以成編」（謝肇淛語）、「逐日記其家淫蕩風月之事」（袁中道語）的時間和精力。1582 年，李贄開始其終生著述的人生，《與焦弱侯》：「唯有朝夕讀書，手不敢釋卷，筆不敢停揮，自五十六歲至今七十四歲，日日如是而已。閉門閉戶，著書甚多」〔註 18〕，其中的 1591～1601 年之間，金瓶一書正為其這個時期「筆墨常潤，硯時時濕」的寫作成果。

2.此人必定是萬曆時代的大學者，不僅對於傳統文化範疇之中的天文地理、諸子百家無不精通熟稔，而且，對宋元明以來的戲曲傳奇、小說說唱，都成竹在胸，可以信手拈來，左抽右取，不僅如此，還需要具備遊戲三昧的人生態度和寫作原則，絕非學院派的因循守舊者，而是萬物皆備於我，將此書的寫作，既看得很重，如生命之寄託，又能舉重若輕，藐視於世俗的種種清規戒律，唯我所用。

3.金瓶一書中濃鬱的佛教因果報應思想，不僅僅是體現在全書的表層文字上，更是全書的整體結構和其主要哲學宗旨，則此書作者必定是儒家思想的批判者和深度解構者，是深度研究和接受佛教思想者。此處所說的對佛教的接受，不是指的唐宋禪宗一般的中國化的佛禪思想，王維、蘇東坡式的佛禪，尚在傳統儒道釋窠臼之內，不會引發士人階層的群體不適感，金瓶一書的佛教，乃是來自於印度西大的佛教及其開放的性文化，以及由印度文化為媒介的對西方文藝復興以來的人本主義思潮的一種更為鋪張揚厲的接受和表現。

4.金瓶一書的寫作者，其作品及其政敵的作品，必定與書中人物皆可一一

〔註 18〕李贄：《續焚書》，中華書局，2009 年，第 5 頁。

對應驗證。此一點最為世人看重，視為實證。但在筆者看來，此前的四個條件找對之後，必然會有前七個條件的吻合，而前七個條件吻合，則必然會有作者全集與金瓶一書的對應驗證。如果不做前面的基礎性研究，直接從字面上找實證，則無異於緣木求魚，盲人摸象。

由此再重回方法論上，很多學者將我的研究總結為破譯研究，這自然不錯，但就我個人感受而言，可能更近似於自然科學的研究方法，就是需要一個從始發點到另一個始發點的逐層推理、實驗、驗證過程，如此螺旋上升，經歷 N 個實驗過程，最終到達對猜想課題的最終破譯。

第二章　李贄《西遊記》寫作與《金瓶梅》的關係

一、概說：有關《西遊記》的「作者」吳承恩

關於《西遊記》作者，當下主流的觀點，認為是吳承恩之作，此說雖云來自所謂鄉邦文獻，但就其本質而言，蓋從魯迅之說為端。魯迅之所謂的鄉邦文獻，除了天啟、光緒府志之外，其餘的文獻均不採用，根據乾隆編修的《淮安府志》，吳承恩主要特長在於「金石、碑版、嘏祝、贈送之詞」，吳承恩是一個終生以舉業、應酬、阿諛讚美為生的貢生。李贄寫作《西遊記》，其成書過程與其出生地福建泉州的西遊文化密切相關，也與雲南滇中的地理風貌有關；1582 年，李贄五十六歲在麻城，開始其終生著述的專職寫作的人生方式，此為其《西遊記》寫作的開始時間。

魯迅《中國小說史略》第十七篇《明之神魔小說》中部，較為詳細梳理了《西遊記》的作者史，並闡述了吳承恩即應為作者：

> 又有一百回本《西遊記》，蓋出於四十一回本《西遊記傳》之後，而今特盛行，且以為元初道士丘處機作。處機固嘗西行，李志常記其事為《長春真人西遊記》，凡二卷，今尚存《道藏》中，惟因同名，世遂以為一書；清初刻《西遊記》小說者，又取虞集《長春真人西遊記》之序文冠其首，而不根之談乃愈不可拔也。然至清乾隆末，錢大昕跋《長春真人西遊記》已云小說《西遊演義》是明人作；紀昀（《如是我聞》三）更因「其中祭賽國之錦衣衛，朱紫國之司禮監，

滅法國之東城兵馬司，唐太宗之大學士翰林院中書科，皆同明制」，絕為明人依託，惟尚不知作者為何人。而鄉邦文獻，尤為人所樂道，故是後山陽人如丁晏（《石亭記事續編》）阮葵生（《茶餘客話》）等，已皆探索舊志，知《西遊記》之作者為吳承恩矣。吳玉搢《山陽志遺》亦云然，而尚疑是演丘處機書，猶羅貫中之演陳壽《三國志》者，當由未見二卷本，故其說如此；又謂「或云有《後西遊記》，為射陽先生撰」，則第志俗說而已。吳承恩字汝忠，號射陽山人，性敏多慧，博極群書，復善諧劇，著雜記數種，名震一時，嘉靖甲辰歲貢生，後官長興縣丞，隆慶初歸山陽，萬曆初卒（約 1510～1580）雜記之一即《西遊記》（見《天啟淮安府志》一六及一九《光緒淮安府志》貢舉表），餘未詳。……邱正綱收拾殘缺為《射陽存稿》四卷《續稿》一卷，吳玉搢盡收入《山陽耆舊集》中《山陽志遺》四。然同治間修《山陽縣志》者，於《人物志》中去其「善諧劇著雜記」語，於《藝文志》又不列《西遊記》之目，於是吳氏之性行遂失真，而知《西遊記》之出於吳氏者亦愈少矣。〔註 1〕

魯迅先生這一大段精彩闡述，乃為後來《西遊記》作者確認吳承恩之總來源，是故，亦不必徵引更多史料，只集中對魯迅所論進行解讀和商榷，即可明晰有關吳承恩為此書作者之問題。可將此段文字分解為以下幾個方面解讀：

1.「一百回本《西遊記》，蓋出於四十一回本《西遊記傳》之，後而今特盛行，且以為元初道士丘處機作。處機固嘗西行，李志常記其事為《長春真人西遊記》，凡二卷，今尚存《道藏》中，惟因同名，世遂以為一書；清初刻《西遊記》小說者，又取虞集《長春真人西遊記》之序文冠其首，而不根之談乃愈不可拔也。」可知，在西遊記付梓問世之際的明末清初，人皆誤以為是「元初道士丘處機作」，其原因在於「處機固嘗西行，李志常記其事為《長春真人西遊記》，凡二卷，今尚存《道藏》中，惟因同名，世遂以為一書。」換言之，在此書作者問題的演變之中，一開始原本與吳承恩毫無關聯，且認為是元代作品。

2.到清代乾隆時代，知道了此書乃為明末之作，「至清乾隆末，錢大昕跋《長春真人西遊記》已云小說《西遊演義》是明人作；紀昀（《如是我聞》三）更因『其中祭賽國之錦衣衛，朱紫國之司禮監，滅法國之東城兵馬司，唐太

〔註 1〕 魯迅《中國小說史略》，人民文學出版社，1973 年版，第 134～135 頁。

宗之大學士翰林院中書科，皆同明制』，絕為明人依託，惟尚不知作者為何人。」既然「皆同明制」，則丘處機之說自然就成為無稽之談，然尚不知作者為何人，認為是「絕為明人依託」，「依託」即假託，此語並不準確，不知作者何人而已，原作者並未依託。

3.既然從頭至尾，一直到乾隆時代，尚不知作者為何人，怎麼會確認吳承恩為作者呢？原來——「而鄉邦文獻，尤為人所樂道，故是後山陽人如丁晏（《石亭記事續編》）阮葵生（《茶餘客話》）等，已皆探索舊志，知《西遊記》之作者為吳承恩矣。」原來是吳承恩所居之山陽中的一些鄉黨同仁，「已皆探索舊志，知《西遊記》之作者為吳承恩矣」，所謂舊志，指的是淮南府志的記載。根據此說，則首發吳承恩作者論的並非魯迅，而是吳承恩的一些同鄉學人，查看到了相關地方志的記載。但既然有鄉邦文獻的明確記載，為何還需要魯迅加以辯證而確認呢？原來，這一記載並不準確——

4.「吳玉搢《山陽志遺》亦云然，而尚疑是演丘處機書，猶羅貫中之演陳壽《三國志》者，當由未見二卷本，故其說如此；又謂『或云有《後西遊記》，為射陽先生撰』，則第志俗說而已。」換言之，雖然知道鄉邦文獻記載中提及吳承恩與《西遊記》有關，但仍舊有學者半信半疑，或是根本不信，如「吳玉搢《山陽志遺》亦云然，而尚疑是演丘處機書」，吳玉搢同為山陽鄉梓同仁，並且將這一記載寫入《山陽志遺》之中，但仍舊不相信此說，而仍舊信奉丘處機說；也有人認為，吳承恩所寫的是《後西遊記》。此說雖為無稽之談，但卻說明，當時人大多不相信吳承恩寫作《西遊記》。

5.既然就連吳承恩的鄉梓同仁都不認可吳承恩作者說，魯迅是如何論證吳承恩為作者？魯迅繼續闡述說：「吳承恩字汝忠，號射陽山人，性敏多慧，博極群書，復善諧劇，著雜記數種，名震一時，嘉靖甲辰歲貢生，後官長興縣丞，隆慶初歸山陽，萬曆初卒（約 1510～1580）雜記之一即《西遊記》（見《天啟淮安府志》一六及一九《光緒淮安府志》貢舉表），餘未詳。」

魯迅吳承恩說，其所根據：就內證而言，有關於吳「性敏多慧，博極群書，復善諧劇，著雜記數種，名震一時」的記載，似此為內證研究不可或缺（雖然即便是真有這種才華，也不一定能寫西遊記），但是哪一些作品顯示出來吳承恩具有這些才能呢？魯迅為做例證說明，外證：「雜記之一即《西遊記》（見《天啟淮安府志》一六及一九《光緒淮安府志》貢舉表）」此為外證，亦即所謂「鄉邦文獻」之實證。換言之，在明清時代的府志之中，也僅有天啟和光緒兩時期的府志有相關記載。

然而，有鄉邦文獻記載就能說明其為作者嗎？眾所周知，中國人素有鄉梓情懷，拉大旗作虎皮的事情屢見不鮮，就像是當下各個地方爭搶《紅樓夢》的作者。我曾經有過這樣的論述：凡是具有功利性的研究，基本都是不可靠的，凡是鄉黨讚美同鄉人的記載，也都需要首先做基本的甄別工作，看看是否是溢美作偽之詞。何況——再看看魯迅進一步的記載：

6.「邱正綱收拾殘缺為《射陽存稿》四卷《續稿》一卷，吳玉搢盡收入《山陽耆舊集》中《山陽志遺》四。然同治間修《山陽縣志》者，於《人物志》中去其『善諧劇著雜記』語，於《藝文志》又不列《西遊記》之目，於是吳氏之性行遂失真，而知《西遊記》之出於吳氏者亦愈少矣。」「清代淮安學者吳玉搢在《山陽志遺》中提到他曾經搜集到《射陽先生存稿》四卷的全部和一卷的續集》。」〔註2〕如此努力為吳承恩搜集遺作者，卻不相信吳承恩是《西遊記》的作者，而寧肯仍舊相信丘處機為作者；同治間的鄉邦文獻，卻不知何故，將魯迅所引述的兩條資料一一刪除，棄之不用。「然同治間修《山陽縣志》者，於《人物志》中去其『善諧劇著雜記』語，於《藝文志》又不列《西遊記》之目」，則魯迅之所謂的外證內證，至此已經自然消亡殆盡。這其實已經說明，此前的相關記載，極有可能是吳承恩的後人及鄉黨同仁的作偽，然魯迅的時代，亟待確認《西遊記》等中國古代名著經典的作者問題，因此魯迅先生錯誤地認為：「於是吳氏之性行遂失真，而知《西遊記》之出於吳氏者亦愈少矣。」將一個原本與《西遊記》素無關係的鄉紳貢生，抬舉而為了《西遊記》的作者，而且，幾乎就要定讞而不可更改。

為此，筆者特意重查淮南府志有關吳承恩的記載，試看乾隆十三年修，咸豐二年重刊本的《淮安府志》：

> 吳承恩，字汝忠，山陽人，嘉靖中歲貢生，官長興縣縣丞，英敏博洽，凡一時金石、碑版、嘏祝、贈送之詞，多出其手。家甚貧，又老而無子，遺稿多散逸失傳。承恩謂文自六經以後，惟漢魏為近古。詩自三百篇後，惟唐人為近古。近時作者，徒謝朝華而不知畜多識，去陳言而不知漱芳潤，即欲敷文陳詩，難矣。官長興時，與徐子與善、沔陽陳玉叔守淮安，子與過淮，三人呼酒，韓侯祠內，酒酣論詩，終日不倦。時又有吳萬山者，善詩及草書，玉叔皆折節

〔註2〕 蔡鐵鷹《吳承恩集．前言》，中國社會科學出版社，2014 年版，第 4 頁。

交之，得娑羅樹舊拓本於承恩家，即萬山雙鉤刻諸石，子與常與玉叔書云，二吳高士，咄咄仲舉，設榻待之，可也。萬山名從道，沭陽人，世居山陽。〔註3〕

從這個版本的府志記載來看，雖然保留了對吳承恩的溢美之詞：「英敏博洽，凡一時金石、碑版、嘏祝、贈送之詞，多出其手」，但其主要特長，在於「金石、碑版、嘏祝、贈送之詞」，這一點，可以從以下分析的《吳承恩集》中得到驗證。至於吳承恩著作《西遊記》之事，則完全沒有記載。其中倒是提及吳承恩交往的一些朋友，其中有後七子之一的徐中行，字子與，長興人，吳承恩任長興縣丞時，徐中行恰巧丁憂在家，二人相處甚為歡洽。《長興縣志・名宦・吳承恩》記載：「官長興時，與邑紳徐中行最善，往還唱和」；陳文燭《花草新編序》：「長興有徐子與者，嘉隆間才子也，一見汝忠即為投合，把臂論心，意在千古。過淮，訪之。」試比較一下李贄其為人交友，何等孤傲，豈肯與後七子之輩「把臂論心，意在千古」乎？不必說徐子與輩，即便是後七子領袖王世貞，李贄亦不入其法眼，當時名震一時的理學家耿定向，則更是論戰激辯不已，直至寫出《金瓶梅》揭露其本色乃已。

二、從吳承恩作品及生平看其人不可能為《西遊記》作者

吳承恩其人，原本為淮南一終生以舉業、應酬為生之腐儒，由於鄉邦文獻——還僅僅是某個版本的府志，在他名下莫名其妙地出現了「西遊記」三字，亦不知地理遊記、散文遊記，還是無中生有的編造。總之，引發了無數學者為之添磚加瓦，營造所謂《西遊記》作者的學術宮殿。但說來說去，從吳承恩的作品和生平，都看不到有任何與《西遊記》相關的蛛絲馬蹟。

茲以蘇興《吳承恩年譜》為例：據其所云，1504 年吳承恩出生於淮安，此後的一生足跡，始終以鄉梓淮安為軸心，大約三十一歲赴南京應舉，不第，約四十歲在淮安結識李春芳，吳承恩寫作於嘉靖四十一年的《元壽頌》：「承蒙恩公（李春芳）殊遇垂二十年」可證，40 頁；四十三歲在淮安結識漕運總兵萬表，寫作有《贈鹿園萬總戎》詩八首，44 頁；一直到 1550 年，約四十七歲，由淮安去北京，又返回淮安，「夏，以歲貢入都，停留約兩個月回南方」，49 頁；1554 年，約五十歲，來往於淮安南京之間，「本年在南京係肄業於南監」，52 頁；1562 年，約五十九歲，開始在北京謁選，在北京有一段時間生活，給李春

〔註3〕《江蘇省淮安府志・吳承恩》，成文出版社有限公司印行，1983 年版，2422 頁。

芳打秋風作阿諛頌詞之類，69 頁；1566 年，約六十三歲，任長興縣丞（應該是給李春芳交往所得的正果），兩年後，被撤職離任長興縣丞，83 頁；約六十六歲，返回淮安，隨補荊王府贊善，87 頁。1570 年～1582 年，在淮安直至死去。〔註 4〕

從以上《年譜》摘抄來看，吳承恩幾乎平生足未出於鄉梓——最遠的旅行不過是南京應舉，北京謁選，問其平生功業，應舉、謁選、幕僚而已；就地理而言，平生從未見過海洋，就思想而言，平生從未顯示有其自己的哲學思想、心學思想和佛道思想，後兩者皆與《西遊記》密切相關，從未見其有創造性思想，更不用說孫悟空造反精神。

從知人論世的角度來看，吳承恩與《西遊記》作者之間，完全是不搭界的關係，但這並不影響一代代的西學論者，為吳承恩說尋求證據。茲以蘇興的年譜為例，論者在嘉靖二十一年（1542 年）下提出：

關於吳承恩本年正在撰寫《西遊記》，其主要證據是朱子價和吳承恩贈答的詩篇，朱子價《贈吳汝忠》詩，有「即從欣賞得奇文」詩句，而吳承恩《贈子價》有「投君海上三山賦」之句。所謂「奇文」，陶淵明《讀山海經》有「周王傳」「山海經」之類，而蘇東坡《和陶詩》，則把「奇書」「奇文」與「三山」聯到一起，由此得出結論，吳承恩詩中所說的《三山賦》，就是《西遊記》。〔註 5〕由此可見一斑，《西遊記》為吳承恩作之論者，何等之牽強附會，何等之荒謬！

觀吳承恩文集，或給嘉靖皇帝寫作《明堂賦》，阿諛奉承，或為自我「一再錯過的科舉進身之路」，「由失落而轉向淡定」〔註 6〕，或參與祝壽而作賀詞，見《壽陳拙翁》。與人賀壽原本人之常情，李贄也曾為焦竑父親祝壽賀詞，但在李贄的全集之中可謂是鳳毛麟角，僅僅佔有其應有的冰山一角位置，絕大多數的文字，卻都在在顯示出一位萬曆時代思想先驅者的孫悟空精神和思想。反之，在吳承恩少的可憐的文集中，這種應酬贈送文字，卻佔據了近乎全部的版面。

茲以《吳承恩集・卷一》為例：開篇即為《明堂賦・有序》，序文比之賦

〔註 4〕 蘇興《吳承恩年譜》，人民文學出版社，1980 年版，第 40、44、49、52、69、83、87 頁。

〔註 5〕 蘇興《吳承恩年譜》，人民文學出版社，1980 年版，第 28～34 頁。

〔註 6〕 蔡鐵鷹《吳承恩集・陌上佳人賦》引述劉懷玉先生評論語，中國社會科學出版社，2014 年版，第 15 頁。

作原文，也許更能體現作者的真實思想，看吳承恩此篇序文，已經可知其必非《西遊記》之作者。先看此篇的按語解讀：明堂，王者之堂也，古代通指帝王宣政明教的場所，此處特指明宮奉天、華蓋、謹身三殿。三殿建於永樂年間，嘉靖三十六年毀於火，四十一年重建落成，改稱皇極、中極、建極，事見《世宗本紀》。本篇是慶祝三殿落成的賀作，但由「今方第四十載」句和仍稱三殿原名的情況，推知有可能預作於嘉靖四十年（1561）。以吳承恩的身份而論，本無需為三殿的落成典禮作如此準備，因此，學界多懷疑本篇為代作，如劉修業懷疑是吳承恩任荊府紀善時代荊王作，蘇興懷疑是吳承恩赴京謁選時代，當時（為）任吏部左侍郎的李春芳作，但考諸吳承恩事蹟，其因李春芳敦喻而赴京謁選應在嘉靖四十三年，其任職荊府紀善是在隆慶二年（1568），似乎均無代作可能。亦有學者認為是吳承恩南監讀書的月課，似乎也不可能。〔註7〕

專門研究《西遊記》和吳承恩的學者，為此感到大惑不解，作為一個身份低下的貢生，原本嘉靖皇帝要建明堂，與爾何關？如果是能寫出《西遊記》這樣孫悟空見到玉帝不拜，一口一個「皇帝老兒」如何的作者，想必斷不肯寫此讚美嘉靖皇帝的《明堂賦》。由此，再來看看吳承恩為嘉靖皇帝歌功頌德的《明堂賦》。先看序，序文曰：我皇上凝道合天，建明堂以臨萬國。今年某月之吉，三殿告成。夫歷代營構多矣，亦豈若今日體玄極，通神功，邁古定規，鎮坤維而宣乾化，億萬祀無疆之鴻業，於此肇焉。儒臣事也，臣齋心述賦，以模寫天地萬一。

「我皇上凝道合天，建明堂以臨萬國」，我皇上，作者與嘉靖皇上何等親密，何等認同，「凝道合天」，嘉靖皇帝信奉道教而近乎瘋狂，這一點，在《西遊記》之中有深刻的批判，並且，是貫穿全書的思想，吳承恩若是《西遊記》作者，豈可出現如此之大的反差？「今年某月之吉，三殿告成。」顯然是預先想像三殿告成之際，萬一自己有幸如同杜甫獻上三大禮賦而受到重用一樣，所謂機會總是留給準備好的人，吳承恩提前數年構思寫作《明堂賦》，正是此意。這樣的一個儒生，如何能成為《西遊記》的作者，無異於天方夜譚。

吳承恩接著說：「大歷代營構多矣，亦豈若今日體玄極，通神功，邁古定規。鎮坤維而宣乾化，億萬祀無疆之鴻業，於此肇焉。」嘉靖時代正是大明王朝由盛而衰的轉折點，吳承恩卻罔顧事實，讚美當下君主，認為此前歷代的營

〔註7〕蔡鐵鷹《吳承恩集．明堂賦》按語，中國社會科學出版社，2014年版，第12頁。

構雖多，卻都不如今日的「體玄極，通神功，邁古定規」並且具有「鎮坤維而宣乾化，億萬祀無疆之鴻業，於此肇焉」的奠基地位。可謂是極力吹捧。

結句：「儒臣事也，臣齋心述賦，以模寫天地萬一。」吳承恩說自己異常虔誠，「齋心述賦」，來盡儒臣的本職，寫下此賦，「以模寫天地萬一」。顯然，能寫出此賦者，不過是一位虔誠的儒家道學人物，將其與《西遊記》作者混為一談，何等荒謬之至！

以下《明堂賦》：「聖天子嘉靖萬年，今方第四十載。如日丹而未中，猶天覆而無外，妙契九玄，光昭四海。……感靈祇之守護，為盛世而初出。……莫不因明堂之建而益幸聖人之在天位也。……萬方喜氣，沸為歌聲，臣庸採擇，謹拜獻於明廷。歌曰：唯此明堂，帝始構兮。……崇功偉列，天子萬壽兮。」

如此為嘉靖皇帝唱頌歌，而且是自己主動去唱頌歌，讚美昏庸的嘉靖皇帝，夢想能夠「臣庸採擇，謹拜獻於明廷」而終生未能如願拜獻於明廷的人，一個吹捧嘉靖皇帝「崇功偉列，天子萬壽兮」的儒臣，怎能和《西遊記》作者聯繫在一起？

《吳承恩集》第二篇《述壽賦》，「本篇為丁雙橋六十壽辰而作」，「丁氏乃淮安富商世族」〔註 8〕；第三篇《陌上佳人賦》，「本篇自比陶淵明《閒情賦》，已挑明有『香草美人』之寄託。……劉懷玉先生曾言及此賦疑與科舉有關，所謂『佳人』即指吳承恩一再錯過的科舉進身之路。此議甚是。」〔註 9〕第四篇《壽陳拙翁》，亦為祝壽之作。

以下為詩歌作品，依次從五言古詩、七言古詩、五言律詩、七言律詩等排列，較之騷賦之作，品格略高，然其中亦多為贈酬之作，其中七言律詩《贈李石麓太史》，此一首寫給李春芳，石麓，為李春芳號，李春芳中舉之後，曾於嘉靖二十年左右在淮安坐館授徒，吳承恩於這個時期結實李春芳，並維持交往至終老。詩中有「移家舊記華陽洞」句，有學者將其與世德堂本聯繫，「此說甚不可靠」（37 頁），同此，也不能說明吳承恩與華陽洞天主人有關。

以下為《頌》，首篇為《平南頌》（有序）代作，開篇即云：「嘉靖□□□□□公奉命督討於南。」空字符號代替的受主為著名的奸臣趙文華。文中多有阿諛奉承之語：「公毅然奮曰」，「神策內運，天聲外飛，安流不揚，千里如掃」，令人不忍卒讀；次一篇為《毛公德政頌》，再次，則為《元壽頌》，為李

〔註 8〕《吳承恩集》，中國社會科學出版社，2014 年版，第 14 頁。
〔註 9〕《吳承恩集》，中國社會科學出版社，2014 年版，第 15 頁。

春芳父親壽辰而作；以下依次結為祝壽之作。

可知，吳承恩其人，基本上是在科舉人生、幕府人生的藩籬之中度過，吳承恩其作，基本也都是打秋風奉承阿諛的作品：或提前數年，為讚美嘉靖皇帝的明堂將要建成而作《明堂賦》，或為巴結權貴，為清流士人所不齒的奸臣趙文華代作《平南頌》，阿諛奉承之語絡繹奔會，與西遊記孫悟空精神何笞霄壤之別。

三、從《西遊記》成書的過程看其與李贄的作者關係

日本學者太田辰夫著《西遊記研究》，論證了西遊故事的歷史形成過程，其中單獨開闢一個章節，論證南宋華南的西遊故事，題目雖為華南，正文論證的卻主要是福建地區，其中特別是泉州為中心的西遊記相關故事的形成過程：

南宋張世南《遊宦紀聞》中的相關記載。張世南雖為江西人，但曾在福建永福（今永泰）任官，書中多有記載永福之事，如卷四記載永福里中有吳氏，所援筆立就的一首詩作：「無上雄文貝葉鮮，幾生三藏往西天。行行字字為珍寶，句句言言是福田。苦海波中猴行復，沈毛江上馬弛前。長沙過了金沙灘，望岸還知到岸緣。夜叉歡喜隨心答，菩薩精虔合掌傳。」「無上雄文」大致是指大乘妙典，「貝葉鮮」是說其書為新出，三藏，指的是玄奘三藏，說他曾經數度轉世，去往西天（印度）。之三四句是說三藏帶回的大乘妙典之珍貴。

第五句的猴行復，是說猴行者即孫悟空在海上自由往返，中唐以後，唐代佛教俗講成風，現存最早的俗講是《大唐三藏取經詩話》（簡稱《詩話》），文本中出現了「來助和尚取經」的猴行者白衣秀士形象，他自稱是「花果山紫雲洞八萬四千銅頭鐵額獼猴王」，因為偷了西王母池十顆蟠桃，被王母捉下，配在花果山紫雲洞。這一形象的出現，標誌了西遊故事的主角由唐僧向孫行者轉變，也標誌了由取經的真人真事向神魔故事的演變。書中出現了深沙神（沙和尚），但還沒有出現豬八戒形象。「唐僧一行似乎曾經渡海，但實際上此事完全沒有任何記述，就連猴行者在海上往返的故事也沒有。然而，從這首贊來看，猴行者似乎出於某種原因，在海上往返。」〔註10〕

第六句的沈毛江，相當於明本中的流沙河，第二十二回形容流沙河，有「鵝毛飄不起」，沙和尚相當於《詩話》中的深沙神。「此詩中寫到由馬背著

〔註10〕日本・太田辰夫著《西遊記研究》，復旦大學出版社，2017年版，第50頁。

（三藏及行李）渡江，這是馬背負著三藏出場，而在《詩話》中我們並沒有看到馬。但泉州開元寺的石塔（指的是西塔，1237 年建立）上，有東海火龍太子的雕像。也許是他化成馬幫助三藏法師取經。這首詩中的馬，大概就是指此。」〔註 11〕

第七句的「長沙」應該也是河名，這個名字在《詩話》、明本等其他文本中未見。明本中有流沙河、黑水河（第四十三回）、通天河（第四十七回）三條河。長沙大概相當於明本中的黑水河，金沙是金沙灘，或是金沙河（木按，應該是指的金沙江）的略稱，是魚籃觀音出現的場所。魚籃觀音的傳說自宋代以來就有，在多種文獻中都有記載，出現的場所是金沙灘（陝西）。在明本中，變成了魚籃觀音在通天河抓住了金魚精。這首詩中的金沙就相當於明本中的通天河。這首詩中有三條河的名字，而且，且可推測其順序與明本相同，此為極為重要的信息。第八句中的「岸」，應該指所謂的彼岸。《大智度論》中，有「以生死為此岸，涅槃為彼岸」之語。這首詩將超越生死的涅槃世界進行了具象化，稱之為岸，此可能相當於《目連救母勸善戲文》中的百梅嶺，明本第九十八回中的凌雲渡。凌雲渡是三藏脫卻凡胎的處所，也就是彼岸。

第九句說的是夜叉歡喜，隨心應答，也許是為三藏一行的到達而喜悅吧，然而在其他資料中，尚未發現與此相當的故事；第十句意為觀音菩薩虔誠地傳授佛經；十一句是說五百六十餘函的經典真真切切就擺在眼前。玄奘得授的經典之數，《詩話》和明本記載是五千零四十八卷，實際上玄奘帶回的經典是六百五十七部，這首詩似將五和六顛倒搞錯了。

總體來看，《詩話》中未嘗出現的馬、三條河、彼岸等，在這首詩中都有記述。此外，泉州開元寺的石造塔有很多雕刻，這些雕像中有六個與西遊故事有關係，西塔（1237）第一層的尉遲恭、秦叔寶。第四層的唐三藏、孫悟空、東海火龍太子、東塔（1250）的賓頭盧（或玄奘）。〔註 12〕

劉克莊有詩句「取經煩猴行者」（《後村先生大全集》卷四十三），「貌醜似孫行者」（卷二十四《攬鏡六言》）劉克莊出生地福建莆田，距離泉州約 80 里，泉州為當時世界上屈指可數的大貿易港，有很多外國人居住，以《羅摩衍那》為題材的皮影戲在此上演，這會對處於樸素的、未成熟狀態的西遊故事產生影響，成為促使它飛躍性發展的刺激劑。永福、莆田、泉州三個地區

〔註 11〕太田辰夫著《西遊記研究》，復旦大學出版社，2017 年版，第 50 頁。
〔註 12〕太田辰夫著《西遊記研究》，復旦大學出版社，2017 年版，第 52～53 頁。

都位於福建省南部，距離較近，這或許顯示了西遊故事是以這一帶為中心而發展成熟。《夷堅甲志》卷六收錄了一篇題為《宗演去妖猴》，後《五朝小說》改題為《福州猴王神記》而收錄。寫猴王作祟擾民，長老宗演念咒超度猿猴，其害遂絕。與明本十四回被壓在五行山下三藏救出類似。〔註13〕李贄正為福建泉州人，乃在西遊故事的形成演變之地，此一點雖然不能作為李贄寫作《西遊記》的必須條件，但至少說明吳承恩不具備成為作者的條件，而李贄可以入選《西遊記》的作者人選之一。

四、從華陽洞天主人的署名來看李贄為作者

《西遊記》最早付梓的金陵世德堂版本，署名的方式是「華陽洞天主人校」，在不能也不敢署名的這個時代，華陽洞天主人就是尋找西遊記作者的主要線索，而李贄正是最早寫作華陽洞天故事的人。

蘇軾有題為《楊康公有石，狀如醉道士，為賦此詩》:「楚山固多猿，青者黠而壽。（此為明本孫悟空長生不老的源頭）化為狂道士，山谷恣騰蹂。（此為大鬧天空之前花果山情狀）誤入華陽洞，竊飲茅君酒。（華陽洞即為花果山花果洞之早期原型）君命囚岩間，岩石為械杻。（明本修改為被如來佛祖壓在五行山下）松根絡其足，藤蔓縛其肘。蒼苔眯其目，叢棘哽其口。（此為壓在山下之情狀來源）三年化為石，堅瘦敵瓊玖。無復號雲聲，空餘舞杯手。樵夫見之笑，抱賣易升斗。（明本改為等候三藏取經釋放）楊公海中仙，世俗那得友。海邊逢姑射，一笑微俯首。……吾言豈妄云，得之亡是叟。」

這個華陽洞，在金陵之南的句容的句曲山上。《梁書·陶弘景傳》：句曲山「此山下是第八洞宮，名金壇華陽之天。……昔漢有咸陽三茅君，得道來此掌此山，故謂之茅山。乃中山立館，自號華陽隱居。」蘇軾此一首詩作，可謂是西遊故事之原型梗概，雖然相似，但論者太田辰夫「並不認為這直接地構成北宋之際的西遊故事的一部分，也許這在當時與西遊故事並無關係，後來才對《西遊記》產生影響。」〔註14〕這無疑是精闢之論。蓋因蘇軾寫作此詩，屬於士大夫精英文化的一種想像摹寫，與泉州為中心的西遊故事演變在明本之前尚未能發生交互影響的關係。到李贄寫作西遊，作為泉州人，自然自小耳濡目染皆為西遊故事，甚為熟稔。

〔註13〕日本·太田辰夫著《西遊記研究》，復旦大學出版社 2017 年版，第 61 頁。
〔註14〕日本·太田辰夫著《西遊記研究》，復旦大學出版社 2017 年版，第 63 頁。

同時，作為自比蘇東坡的學者李贄，自然對東坡此詩也同樣耳熟能詳，因此，將兩個不同來源的華陽洞天孫行者故事整合而一，就是非常自然的結果。李贄《寄京友書》:「《坡仙集》我有批削旁注在內，每開看便自歡喜，是我一件快心卻疾之書，今已吾底本矣。千萬交付深有還我！大凡我書皆為求以快樂自己，非為人也。」(《焚書》卷二，70 頁) 可知李贄與東坡關係之深切。

李贄《因果錄·販糴》講一個因果報應的故事，故事中主人公名為李珏，繼承父業，以販糴為業，「人與之糴，珏但受之升斗，使之自量」，童叟無欺，一直到八十多歲，終不改業。後來有一位朝廷大人物節制江南，與李珏同名，李珏只好更名而為李寬來迴避這位江南節度使的名諱。節制大人下車伊始，就「修道齋次，夢入洞府，見景色正春，煙花爛漫，翔鸞鶴舞，彩雲瑞霞，樓閣交接。獨步堂下，石壁光瑩，上皆填金書字，排列姓名，中有『李珏』二字，珏見而大喜，自謂生世盛明，久歷尊顯，升宰輔，豈無功德在天下？洞府有名，我乃仙人也。」

此一段描寫，與《紅樓夢》夢遊太虛幻境中的寶玉進入到太虛幻境，讀到金陵十二釵，其情景何其相似乃爾！脂硯齋重寫石頭記，深得金瓶壼奧，是洞悉金瓶乃為李贄之所為作也，因此，也應熟悉李贄《因果錄》中的此一篇精彩文字，故而採用變化而為夢遊太虛幻境中的相似情節。那麼，此一個相當於紅樓中的太虛幻境的洞府是什麼名字呢？故事接續說:「方大喜，隨有二童，自石壁出。珏問此乃何所？曰:『華陽洞天。此姓名非相公姓名也。』珏大驚，問是何人？二童曰:『廣陵部民也。』珏至曉，歷歷記前夢，以問道士。」此一段乃為全文之核心所在，眾所周知，《西遊記》最早付梓問世的世德堂版本，不具作者姓名，僅僅是以「華陽洞天主人校」來替代作者署名，因此華陽洞天主人就成為破解西遊之謎的關鍵所在。

從此處的「華陽洞天」四字來看，可謂是含意深遠：首先，華陽洞天為天界洞府，卻寫有人間之善惡名錄，與《西遊記》雖為神魔小說，但卻暗喻人間之善惡，華陽洞天可謂是連接兩者關係的一個縮影，一個紐帶，而其出處正在李贄的《因果錄》中，此豈為偶然哉？

其次，華陽洞天所在何處？翻檢全國的地理地圖，名為華陽洞天者，非僅一家，但能夠連帶因果報應以及神界人間關係者，則非此李珏故事而能連接華陽洞天主人之與《西遊記》作者關係者。

其三，此一故事中的主人公李珏，明確指明是「廣陵部民」。廣陵即今之揚州，正吻合於李贄的人生經歷，即其在萬曆早期在南京任職，南京距離揚州很近，應該是有親自在此一個華陽洞天踏勘的經歷，而李贄最早產生全力研究佛學，擯棄儒家名教理學，也正是在此南京遊宦的時期。因此，書中的花果山，應該是揚州的華陽洞天、福建泉州故鄉的鼓浪嶼，於出任雲南姚安太守時期遍遊滇中山水的結合體，華陽洞天主人也是李贄最早的一個筆名。

《因果錄》中販糴故事中的李珏，其類似老子筆下的人生觀念，正是李贄早期的思想的一個形象體現。故事中的李珏，最後的歸宿是：「忽告童子曰：『吾寄世多年矣，縱胎息長住，何益於汝輩也！』一夕，端坐而化。三日後，棺裂有聲。眾趨視之，衣帶不解，如蟬脫焉。」〔註 15〕對照李贄之死，也同樣是本人自己安排死去，李贄本人是虔誠的有神論者，因此對死亡毫無畏懼之心，而是人為該死的時候，主動安排自己的死去方法，在安排好一些書稿的付梓問世問題，自刎於獄中。這並非是對朝廷的抗議，而是有意的安排。也同樣是「一夕，端坐而化」的主動安排。參見拙文系列論證。

華陽洞就在江蘇的句曲，吳承恩另有《句曲》詩作：「紫雲朵朵象芙蓉，直上青天度遠峰。知是茅君騎虎過，石壇風亞萬株松。」句曲，山名，在今江蘇句容縣，道家洞天福地茅山所在地。吳承恩寫作句曲詩作，卻不提及華陽洞天，而只提及茅君故事，可知矣！

《西遊中》借助孫悟空之口。動輒就罵「皇帝老兒」云云，見到玉帝也不三跪九叩，至多是唱個諾，當下流行署名的吳承恩，作為一個淮南地區的貢生，足跡未見出兩淮，思想未見有異端，文章未見有超越流俗，怎會有如此罵皇帝、鬧天庭的勇氣和襟懷？同此，凡是明代當時自認或說是指認為西遊作者的記載，皆為贗品，必不為真，真則滅門無類矣！唯一具備西遊思想（所謂異端思想）、西遊經歷（恰正是從南京赴任雲南姚安太守期間開始寫作此書，同為西遊也）、西遊之所必備的佛學思想（李贄明確寫明自己拋棄儒學而深研佛理，《答耿司寇》:「僕佛學也，豈欲與公爭名乎？抑爭官乎？」焚書卷一，35 頁）之人，非李贄莫屬。《西遊記》舊稱之為「證道書」，李贄臨終之前最後委託汪可受辦理身後著作付梓問世事宜，正是以「證道歌」相贈。

李贄寫作《西遊記》，其花果山等地理環境原型，並非只有華陽洞天，更

〔註 15〕李贄《因果錄．販糴》，《李贄全集注》，社會科學文獻出版社 2010 年版，第 28～29 頁。

多的則是來自他西遊到雲南一代所採用的地理原型。

李贄自丁丑入滇，於萬曆五年 1577 出任雲南姚安知府，遍遊滇中山水，其中與《西遊記》有關的地理，如位於洱海東北的雞足山。《雞足山志》有關李贄的記載：「故先生得久遊於雞足山，寓大覺寺，與小月禪人論淨土法門，遂作《答佛問答》。」〔註 16〕李贄在雞足山寓居，寫作《四海說》，對四海做了富於想像的思考：儒家經典《禮記·祭義》以東海、西海、南海、北海而為四海，李贄在《四海》中提出「所云四海，即四方也」，也曾思考過：為何只有東南海而無西北海，不知這每日鑽在那裏去又到東邊出來？顯然，李贄的這一困惑是局限於當時的自然科學地理知識所致，但這種思考卻是生動的、有趣的、創新的。

到萬曆八年 1580，五月再入雞足山，途經九鼎山，再到雞足山，初寓大覺寺，後寓迎祥寺。到七月初獲准離任，更是遍遊滇中山水。西遊記中多有雲南地理山水名稱，與李贄在雲南期間的三年多的人生經歷密切相關。當然，李贄寫作《西遊記》，其成書過程還與其出生地福建泉州的文化密切相關，參見前文論述。

五、李贄的職業作家人生與《西遊記》之間的關係

或說，《西遊記》與《金瓶梅》兩者之間，風格迥異，怎麼可能為同一人所作。這種疑問本身，說明對李贄其人缺乏深度的理解，也對李贄寫作兩書的基本原理缺乏深度認知。李贄其人對世俗之流行何種風格，並不在意，他僅僅是按照他自己的方式來寫作。1577 年五十歲之後的人生，是想把來自西方的佛學文化進行中國化改造，從而寄託自我對時代以及對漢武帝獨尊儒術以來的理學文化的不滿，通過孫悟空和西天取經故事傳達出來；到《金瓶梅》，則具有了現實生活的具體的對象——耿定向及其道學一派的不滿，則以現實生活中的人物作為原型對象來加工而為小說。

李贄終其一生的具有里程碑地位的時間點位，大抵有兩個：其一，是 1577 年，李贄五十歲的時候，在南京任刑部郎中，寫作《聖教小引》：「余自幼讀聖教不知聖教，尊孔子不知孔子何自可尊，所謂矮子觀場，隨人說研（同悅妍），和聲而已。是余五十年以前真一犬也。因前犬吠形，亦隨而吠之。若問以吠聲之故，正好啞然自笑也已。五十以後，大衰欲死，因得友朋勸誨，

〔註 16〕林海權著《李贄年譜考略》，福建人民出版社，1992 年版，101 頁。

翻閱貝經，幸於生死之原窺見斑點。」〔註 17〕此一段資料，透露出來諸多信息：

首先，五十歲之後，為李贄人生之一轉折，五十歲之前，尚未從程朱理學之時代思想的窠臼之中跳脫出來，「隨人說研，和聲而已」，五十歲之後，開始「翻閱貝經」，開始沉迷於佛教經典的學習，應該是學習佛教的原典，佛教的眾生平等、人人成佛，連同印度自身文化所具有的情慾開放的觀念，成為李贄超越儒教，形成自己的人文主義思想體系。如果說，此前的李贄，尚在王陽明心學之泰州學派的範疇之內，此後，特別是在又十年之後，在麻黃一帶與耿定向發生激烈爭辯的過程之中，逐漸形成了獨立的思想體系，可以稱之為「人學」，即以人為本體的學說，以人性自由、解放為特徵的學說；由南亞印度、孟加拉傳來的佛教教義之外，裹挾著自由、平等、博愛的人文主義精神，為李贄開闢了一個極為廣闊的嶄新的新的世界。

其二，1582 年，李贄五十六歲，開始其終生著述的人生，《續焚書》卷一《與焦弱侯》:「唯有朝夕讀書，手不敢釋卷，筆不敢停揮，自五十六歲至今七十四歲，日日如是而已。閉門閉戶，著書甚多」〔註 18〕，《高潔說》:「余自至黃安，終日鎖門；……自住龍湖，雖不鎖門，然至門而不得見，或見而不接禮者……殊不知我終日閉門，終日有欲見勝己之心也。終年獨坐，終年有不見知己之恨也。此難與爾輩道也。」〔註 19〕換言之，李贄從 1582 年，開始了其職業作家的人生道路。如前所述：1580 年李贄在從雲南姚安太守任上退休，而去湖北黃安好友耿定理家中寓居，從此開啟了李贄後半生浪跡天涯，以別人故鄉為故鄉，以別人之家為家、長達二十餘年（1581～1602）的流寓客子的人生歷程。1580 庚辰年，李贄人生的一個重要轉折點，即由此前的四品太守而轉型為專職作家，這固然是非常重要的一個里程碑，但筆者仍將此一個里程碑的時間座標標誌在 1582 年，其原因正在於看重李贄自己的自傳性解讀，即從此一年開始，李贄方才開始了「唯有朝夕讀書，手不敢釋卷，筆不敢停揮，自五十六歲至今七十四歲，日日如是而已。閉門閉戶，著書甚多」〔註 20〕的專業作家人生歷程。

綜觀有明時代，李贄是一位最有自我獨特性格的人，也是最有獨特人生

〔註 17〕李贄《聖教小引》，《續焚書》卷二，中華書局，2009 年版，第 66 頁。

〔註 18〕《續焚書》卷一，第 5 頁。

〔註 19〕《焚書》卷三，105 頁。

〔註 20〕李贄《與焦弱侯》，《續焚書》卷一，中華書局，2009 年，第 5 頁。

理想、人生目標的人，同時，也是將自身的人生規劃埋藏最深的人物。從以上筆者標識出來的兩個人生里程碑來說，後來的讀者也僅僅是從表面的文字上讀懂了李贄的意思：從五十歲開始從以前的人云亦云相信儒家學說，而轉型為主要以佛釋學說作為自己的精神武器和理論支柱；此外，從五十六歲開始堅持每天讀書寫作，一直到生命的終結，成為一位明清之際罕見的職業作家。至於李贄這種由隨俗到顛覆，由理學而佛學的心路歷程，是怎樣體現到他的人生行為實踐，以及這種由國家官員到專業作家，特別是一位天才鉅子將近二十年「朝夕讀書，手不敢釋卷，筆不敢停揮」，而且是「日日如是而已」，後來人並未理解他的潛在話語，以至於他自己不得不不避諱自傲地宣稱「閉門閉戶，著書甚多」。

或云：李贄《焚書》《續焚書》不是著作等身嗎？這樣說的人，是讀不懂天才鉅子式的人物的寫作激情噴發所能夠擁有的巨大能量。「日日如是」，按照每天平均 3000 字來說，每年則有百萬字的寫作，即便是扣除生老病旅等因素，即便是扣除一半，也仍可有五十萬字的成果。將近二十年就有將近一千萬字。因此，李贄自己就對汪可受等人談起他的著作，在已經付梓面世的焚書等著作之外，還有大量的著作，而且，是更為優秀的著作。

李贄從 1590 年開始《水滸傳》的評點，翌年，開始《金瓶梅》的寫作，一直延續到其生命的終結，那麼，從 1582 年開始的職業作家寫作，每天鎖門謝客，在寫作什麼書稿？筆者經過反覆考量，認為李贄是在寫作《西遊記》。《西遊記》最早的付梓問世，是在 1592 年有南京世德堂書房刊刻，據說其中有大量的蘇北方言。其中與李贄的人生經歷出現極高的驚人的吻合。茲例舉幾點：

1.李贄從五十歲開始發生以佛學批判孔子及程朱理學，以西方思想來改造傳統儒家文化的思想轉型，《西遊記》正是以唐三藏西方取經作為主體故事來源，李贄精研佛教，特別是佛經原典，同時，熟稔中國傳統的小說戲曲傳奇，成為這個時代將此兩種文化鎔鑄一體的最為具有可能性的第一人選。李贄對佛教以及西方世界充滿了嚮往和憧憬：「僕以西方是阿彌陀佛道場，是他一佛世界，若願生彼世界者，即是他家兒孫。既是他家兒孫，既得暫免輪迴，不為一切天堂地獄諸趣所攝是的。彼上上品化生者，便是他家至親兒孫，得近佛光，得聞佛語，至美矣。……此又欲生西方者之所當知也。若僕則到處為客，……是以但可行遊西方，而以西方佛為暫時主人足矣。……且佛之世界亦甚多，但有世界，即便有佛，但有佛，即便是我行遊之處，為客之場。佛常為主，我常為客。此又吾因果之最著者也。故欲知僕千萬億劫之果者，觀僕今日之因即可也。是故，或時與西方佛座談，或時與十方佛共語，或客維摩淨土，或客祗洹精舍，或遊方丈蓬萊，或到龍宮海藏，天堂有佛，即赴天堂，地獄有佛，即赴地獄。……若全戒全瘳，既不得入阿修羅之域，與毒龍魔王等為侶矣。」〔註21〕這裡，不僅僅顯示了李贄的西方佛教世界的憧憬、嚮往，而且，還顯示了李贄廣博的佛教知識，以及龍宮海藏、方丈蓬萊、祗洹精舍、阿修羅之域，毒龍魔王等西遊記中經常出現的名詞語彙。

2.《西遊記》雖然以三藏西天取經作為基本故事來源，但全書的核心卻是孫悟空的造反精神，而在有明一代，特別是在萬曆時代，李贄乃為此一個時代影響力最大，最為具有典型意義的思想家，孫悟空如果在這個時代找出一個原型人物的話，則非李贄莫屬——李贄就是這個時代的孫悟空。因此，李贄在深刻感受到這個時代一切以孔子之是非為是非的思想的僵化，從而感到汗漫無端的精神苦悶，因此，產生整理佛教文化及以往的話本傳奇，並隨後進一步成為神魔小說《西遊記》的寫作。

3.此前亦有學者以《西遊記》中有淮安風物、淮安方言為據，論證其作者為吳承恩，然而出現了某地風土人情並不能證明作者就是當地人，更何況所謂的「淮安方言」，無非是先有了「吳承恩說」之後，眾人有意進行的附會而已，「淮安方言」的提法亦值得商榷，即便以如今的語言學研究成果來看，淮安一地的方言若是形成文字，又能與整個江蘇地區的方言產生多大差別？在赴任姚安太守之前，李贄長期在南京做官，完全熟悉江蘇一代的方言，而其產生濃鬱佛學思想也正在南京任上，應該是在赴雲南之前，與南京世德堂書坊主有所稿約，已經開始《西遊記》的構思和寫作，這也應該是他堅決辭官不做，而要閉門著述的背景。

4.當下《西遊記》的署名作者吳承恩，乃為淮安地區的文人，既不具備產生此一種遊戲三昧的思想觀念、性格情懷，以及對傳統小說戲曲的關注和研究，僅僅是憑藉者淮安府志的名下「西遊記」三字，很難斷定此一西遊與彼一西遊是否具有直接關係，如此狹隘的人生履歷，寫一篇如同徐霞客的西遊漫記，已經是此一地的榮幸。而李贄一生遊歷足跡遍於天下不必細說，單說他在雲南，在辭官之後，遊歷遍及滇中。雲貴一帶的奇山惡水，正是書中無數不同

〔註21〕李贄《與李惟清》，《焚書卷二》，中華書局，2009年版，第61頁。

山水的現實世界之來源。而李贄從南京買舟，逆流而上，一路西行，或許正是《西遊記》書名的現實來源。

5.《西遊記》的最早付梓問世時間 1592 年，與李贄的人生和寫作履歷，幾乎是天衣無縫地完美對接。李贄自 1584 年耿定理死去，便與耿定向發生日益激烈的論辯，但並未開始進行直接針對耿定向的《金瓶梅》，而是在事發之後的七八年左右的時間之後，才開始投入《金瓶梅》的寫作。而李贄自己坦言，從 1582 年開始，他就開始了這種「手不敢釋卷，筆不敢停揮」，「日日如是而已」「閉門閉戶」的著書生活，則很顯然，《西遊記》的寫作成為了李贄此一個時期苦悶精神之所寄託。

如果說，《西遊記》前部分的孫悟空大鬧天宮，還是主要針對嘉靖皇帝，特別是對嘉靖皇帝煉仙丹的諷刺，是對嘉靖時代政治的抨擊，後者孫悟空被如來佛制服，洗心革面，皈依佛教，跟隨三藏西天取經，則是李贄進入到黃麻一帶人生的折射，伴隨耿定向對他的迫害，遂為書中師徒四人的九九八十一難，以及孫悟空對妖魔鬼怪的一次次痛打。從時間方面的吻合而言，從 1577 年南京時代五十歲開始，到 1590 年 13 年時光，是李贄一心向佛的研究和《西遊記》的寫作時期，1590 年交付書稿，出版商大體需要兩年時光來完成這一本大書稿的編輯、刻板、印製的諸多工序。

隨後，同為 1590 年，李贄開始對 1589 年問世的天都外臣本《水滸傳》發生濃厚興趣，並開始水滸的評點寫作，到 1591 年完成評點，從而開始《金瓶梅》的寫作，可以說是嚴絲合縫的時空對接。

就筆者的研究而言，原本在此一個階段集中撰寫和發表有關《金瓶梅》的研究成果，不應該涉及《西遊記》的作者問題。但只有深度理解了李贄在寫作《金瓶梅》之前的人生歷程，才能更好地理解李贄與耿定向之間的矛盾為何如此難於化解，也就難於理解李贄的《金瓶梅》的寫作緣起。

首先，就能理解李贄作為流寓客子寄寓耿家長期為生的內在動力和底氣所在，在外人眼中的李贄，實在與乞丐無異，而在李贄自我的精神王國裏面，他通過創作的成果，使自己成為了足以傲世的無冕之王，而耿定向自恃朝廷戶部尚書官職榮休官員，自以為可以一言九鼎，力壓李贄。

其次，也可以理解李贄在被耿定向驅除出耿家之後的生活來源，不僅僅是一家老小諸多人口的生活花銷，也不僅還有焚書等的費用，還有他在九十年代之後，竟然自費在芝佛院建造佛塔，以便作為自己死後藏骸骨之所。雖然有無念和尚為之化緣，但畢竟有限。李贄應該是在 1589～1592 年（南京世德堂西遊記首次刊行於世）之間，獲得了一筆豐厚的稿酬，先是刊刻李贄自己的藏書、說書、焚書等著作，李贄《焚書．自序》：「今既刻《說書》，故再《焚書》亦刻，再《藏書》中一二論著亦刻，焚者不再焚也，藏者不復藏矣！」刊刻的時間，正為萬曆十八年 1590；隨後，大量刻印佛經：萬曆二十二年，李贄《與周友山》：「今貝經已印有幾大部矣，佛菩薩、羅漢、伽藍、韋陀等已儼然各有尊事香火之區矣，獨老子未有讀書室耳。可見是諸佛已塑，塔屋已就之後。」〔註 22〕李贄與周友山（即《金瓶梅》書中的周守備原型）之間，還就建塔之事多次尺牘往返協商。《又與周友山書》：「承教塔事甚是，但念我既無眷屬之樂，又無朋友之樂……只有一塔墓室可以厝骸，可以娛老，幸隨我意，勿見阻也。至或於轉身之後，或遂為登臨之會，遂為讀書之所，或遂為瓦礫之場。」〔註 23〕周友山雖然與李贄志同道合，乃為麻城期間的莫逆之交，但對李贄的遠大抱負尚未有深刻理解，因此，從經濟的角度出發，勸阻李贄建塔的想法，但李贄卻執意要建塔，表面說「塔墓室可以厝骸，可以娛老」，實際上，李贄內心深處的志向，是要取代孔子、朱子，而為新時代的奠基人，此一問題需要另文專論。其中涉及到的經費問題，刻書費用不必說已經昂貴，非一退休四品官員所能承擔，建塔的費用，雖然有念公等為之化緣，但李贄自身無疑也需要有相當的承擔。因此，此一個時期，李贄應該是獲得一筆較為豐厚的稿酬，奠定了他從耿家遷出遷出之後的經濟基礎。

再次，我們也才能理解李贄作為一個時代，著名的思想家和小說戲曲評點家，為何直接評點水滸傳就可以一舉成名。其實，應該反過來思考，李贄作為思想鉅子，為何成為這個時代小說評點的開山作家。正是由於李贄具有小說寫作的豐富實踐，才有可能對小說寫作具有如此深度的理解的同情，也正因為如此，他的水滸評點才會如此風靡不衰。

六、從李贄批評凡例及第一回看《西遊記》的作者

最後一點，檢索《李卓吾批評西遊記》，可以清晰讀出李贄著作《西遊記》的原旨，篇幅所限，茲以其中凡例和第一回中的評點對照原作來加以解讀。內閣文庫本《李卓吾先生批評西遊記．凡例》：

〔註 22〕林海權《李贄年譜考略》，福建人民出版社，1992 年版，第 287 頁。

〔註 23〕李贄《焚書》卷二，中華書局，2009 年第 2 版，第 55 頁。

> 善讀書者，正不必典謨訓詁，然後為書也；反是雖典謨訓詁，日與其人周旋，亦與是人有何交涉哉？批猴處，只因行者頑皮，出人意表。亦思別尋一字以模擬之，終不若本色猴子為妙，故只以一猴字贊之，所云游夏不能贊一辭非耶？批趣處或八戒之呆狀可笑，或行者之尖態可喜，又或沙僧之冷語可味，據以一「趣」字賞之。趣字之妙，袁中郎集中備之矣，茲不復贅。總評處皆以痛哭流涕之心，為嬉笑怒罵之語，實與道學諸君子互相表裏。若曰嘲弄道學先生，則冤甚矣！真正留心道學者，讀去自然曉了，想必不用我饒舌也。碎評處謔語什九，正言什一。然謔處亦非平地風波，無端生造。從其正文中，言內言外言前言後而得之也。既可令人捧腹，又能令人沁心，即謂之大藏真言，亦無不可。

筆者此前尚未研究李卓吾及其諸多著作，嘗偶然翻閱《西遊記》李贄評點，當時誤以為此評點非為真本，蓋知卓吾為能寫之人，斷不會常常聊聊數字評點，到當下將其著作及其思想體系閱讀透闢，再讀《西遊記》凡例及其評點，方知此一凡例及書中評點，確為卓吾之作。而此一凡例，則可謂是對《西遊記》之一總論概說。茲試為之點評：「善讀書者，正不必典謨訓詁，然後為書也；反是雖典謨訓詁，日與其人周旋，亦與是人有何交涉哉？」李贄自從南京遊宦以來，已經發生了由此前的典謨訓詁向「不以孔子之是非為是非」的飛躍，由儒學而向佛學的轉型，故此處開篇便亮出底色，響亮提出「善讀書者，正不必典謨訓詁，然後為書也」的口號，而撰寫西遊記一書，亦同樣是以此為宗旨，可以修改一字而為：「善寫書者，正不必典謨訓詁，然後為書也」。

「批猴處，只因行者頑皮，出人意表。亦思別尋一字以模擬之，終不若本色猴子為妙，故只以一猴字贊之，所云游夏不能贊一辭非耶？批趣處或八戒之呆狀可笑，或行者之尖態可喜，又或沙僧之冷語可味，據以一『趣』字賞之。趣字之妙，袁中郎集中備之矣，茲不復贅。」孫猴子、豬八戒等的人物形象，雖然是唐宋以來漸次形成的累積人物，但卻是李贄為之定型人格化的人物形象，其中尤其是孫悟空的叛逆形象，更為體現李贄的異端思想。李贄寫作於客居黃安之後的《與焦弱侯》：「故讀史時真如與百千萬人作對敵，一經對壘，自然獻俘授首，殊有絕致，未易告語。」（《續焚書》卷一）此時正是李贄進入到職業作家為生，寫作《西遊記》的時期，「真如與百千萬人作對敵，一經對壘，自然獻俘授首，殊有絕致」，正可以視為寫作孫悟空對敵的寫作快感，而這種感受卻是「未易告語」，未可示人分享的獨家體會。

凡此種種，一個「趣」字正是李贄寫作此書和評點此書的審美追求，「趣」正在於與理學的綱常倫理對立，而對於「趣」字之妙，在李贄的燈傳弟子袁宏道已經給予系統闡述。「總評處皆以痛哭流涕之心，為嬉笑怒罵之語，實與道學諸君子互相表裏。若曰嘲弄道學先生，則冤甚矣！真正留心道學者，讀去自然曉了，想必不用我饒舌也。碎評處謔語什九，正言什一。然謔處亦非平地風波，無端生造。從其正文中，言內言外言前言後而得之也。既可令人捧腹，又能令人沁心，即謂之大藏真言，亦無不可。」

此一段落值得關注者：1.直接點明本書的主要針對對象是道學及道學先生，是「以痛哭流涕之心，為嬉笑怒罵之語，實與道學諸君子互相表裏」；2.採用互文見義的方式，暗示評文與書中正文實為一體：「碎評處謔語什九，正言什一。然謔處亦非平地風波，無端生造。從其正文中，言內言外言前言後而得之也」，指明碎評處的謔語亦非平地風波，而是從其正文而來，暗示評點與正文實為一體，兩者皆為「大藏真言」，李贄書名之為「藏書」是也。李贄《答李見羅先生》：「閒適之餘，著述頗有，嘗自謂當藏名山，以俟後世子云。」（《焚書》卷一）；3.反思此書的宗旨，前文說「實與道學諸君子互相表裏」，此為正面闡述批判道學之主旨；「若曰嘲弄道學先生，則冤甚矣！真正留心道學者，讀去自然曉了，想必不用我饒舌也」，此為反面闡述本書批判道學之宗旨。說是本書在嘲弄道學先生，是冤枉本書作者和評點者，這是表面話語，似乎是在表明並非嘲弄道學先生，但真正留心道學者，讀去自然曉了。所謂真正留心道學者，指的是他的道學死敵耿定向，說是耿定向一讀此書，心中自然明白是在諷刺他，想必也就不必用我饒舌了。換言之，對於一般讀者而言，不必多想，以為是罵他，但對於作者人生之中的個中人，真正的留心道學的假道學耿定向，自己自然會心裏明白此書講的是什麼。

再看第一回中的評點：第一回開篇詩曰：混沌未分天地亂，茫茫渺渺無人見。自從盤古破鴻蒙，開闢從茲清濁辨。……欲知造化會元功，須看《西遊釋厄傳》。贄評；「『釋厄』二字著眼，不能釋厄，不如不讀西遊。」（1 頁）〔註 24〕

日本太田辰夫認為：「據此推測，《西遊釋厄傳》是這部小說的舊名》。《釋

〔註 24〕內閣文庫本《李卓吾批評西遊記》無頁碼，筆者從第一回增補頁碼，以方便讀者檢索。

厄傳》現在不存，……世本為此書的增補本。」〔註 25〕「而李卓吾本的正文與世德堂本基本無差別，可以說兩者是同一種。」〔註 26〕在此基礎之上，不難得出一個新的結論：從此本開篇即言《西遊釋厄傳》，並且，將其置放於無以復加的地位，「不能釋厄，不如不讀西遊」，以李卓吾之性格，斷不肯如此推崇他人筆下之作，《西遊釋厄傳》即應為李贄的原稿本，也就是從明本《西遊記》開始的新的定型創作，此書原稿原書名應該是《西遊釋厄傳》，如果確曾出版，其出版時間略早於世德堂本，但也存在一種可能，即《西遊釋厄傳》僅僅是李贄手稿的書名，交付給世德堂之後，出於出版發行的需要，由世德堂更改名稱而為《新刻出像官版大字西遊記》，署名：華陽洞天主人校，金陵世德堂梓行。簡稱《出像西遊記》，再簡稱《西遊記》。前有秣陵陳元之撰的《刊西遊記序》，此序中並未提及「釋厄傳」一說。因此，極有可能是李贄原著手稿書名暫定而為《西遊釋厄傳》，蓋因李贄著作此書之際，屢遭耿定向之困厄，作者滿腔血淚無處傾訴，故以著作此書而求釋厄，頗類司馬遷發憤著書之意。

第一回開篇，書中從「蓋聞天地之數，……將一元分為十二會，乃子丑寅卯辰巳午未申酉戌亥之十二支也」（1～2 頁）講起，似乎是羅哩囉嗦，從小孩子開蒙即能背誦的人人耳熟能詳的天干地支說起，而且，不厭其煩，對此，李贄解釋說：「從大道理說起，是會白嚼舌者。」說明李卓吾其人，深知通俗小說寫作的遊戲三昧的個中奧妙——不能太正經，太正經不論是學術性，還是政治性、倫理性、說教性，都不能吸引大眾，反倒是人人所知的一般性常識，只當是聽眾還不懂，這樣，反而讓讀者聽眾坐的住、聽得進、漸入佳境。由此故知，李贄之批評，正是李贄之寫作的一個部分，兩者互為表裏而已。

隨後，在正文描寫一塊仙石：「上有九竅八孔……遂有靈通之意。」評點說：「以說心之始也，勿認說猴。」（5 頁）聊聊數字，亦可視為此書之宗旨所在，即《西遊記》全書都是建立在明代王陽明心學之後演變的產物，而李卓吾更為身當由王陽明心學而向其自身演變的人學轉型之樞紐與里程碑。故李贄評點也時時點出「心」字，陳元之序對此也多有闡述，茲不贅述。

在正文「原來此尋到源頭處遠通山腳之下，直接大海之波。又道：哪一個有本事的鑽進去，尋到源頭出來。」贄評：「今世上哪一個有本事鑽進去討個源頭來？可歎可歎！」（8 頁）遠通山腳之下，直接大海之波，此一場景，終生

〔註 25〕太田辰夫著《西遊記研究》，復旦大學出版社 2017 年版，第 251 頁。
〔註 26〕太田辰夫著《西遊記研究》，復旦大學出版社 2017 年版，第 263 頁。

生活於淮安的貢生吳承恩哪裏能夠想見夢到？至少是出生於海濱的人物方有此場景在心，而從此一場景來看，酷似福建泉州或是廈門的地理形貌，而此一個時代擁有如此情懷、如此心學思想，如此異端思想，而又擁有海濱出生背景者，非李卓吾莫屬也。李贄《與焦弱侯》：「余家泉海，海邊人謂余言：『有大魚入港，潮去不得去。……』余有友莫姓者，住雷海之濱，同官滇中，親為我言：『有大魚如山……』則是魚也，其長又奚啻三千餘里哉？」〔註 27〕故鄉連同遊宦生涯的寬廣見聞，正是書中想像世界的現實視域的根基。而這一點，亦非淮安貢生之所能夢見。正如贄評之所浩歎：「今世上哪一個有本事鑽進去討個源頭來？」

第一回對鐵板橋下是一座天造地設的家當，石碣上鐫寫著：「花果山福地水簾洞洞天」，贄評：「哪個沒有個家當？只是不能受用。」（10 頁）李贄出生地泉州，自從 1552 壬子年考取舉人，到 1555 年開始任河南輝縣教諭，開始出來做官，期間分別於 1560 庚申年父親、1564 甲子年祖父竹軒兩次奔喪守制服喪在家，到 1566 年回到輝縣，隨後仕宦遊歷，終生未回泉州故鄉，而在黃麻一帶安家之後，也同樣是有個家當而不能受用。先是在與耿定向公開論戰前後的 1584 年，李贄曾經一度離開天窩山借寓吳少虞的洞龍書院，同治《黃安縣志》：「處士吳公少虞心學講學在此，溫陵李贄在天窩所著書亦半成於此。」〔註 28〕翌年，離開黃安，徙居麻城，借寓曾中野家；旋即（1585）遷寓麻城維摩庵，鄧石陽子鄧應祈拜訪，李贄以「流寓客子」為名帖回應。因此，此一句評點，正是李贄借題發揮，寫出自己流寓客子、天涯浪跡的辛酸。

隨後，借書中石猴之口說：「我們都住進去，也省得受老天之氣。」贄評：「省得受老天之氣，如此說話，誰說得出？」（10 頁）確實如此，在理學名教高壓的時代，時代之士人多已甘之若飴，享受科舉制度入其彀中的高官厚祿，其時能夠發出「省得受老天之氣」的話語者，不過是李贄、徐渭等少數先知先覺者數人而已。李贄《豫約．感慨平生》：「故兼書四字（指『流寓客子』）而後作客之意與不屑管束之情暢然明白，……蓋落髮則雖麻城本地之人亦自不受父母管束。」〔註 29〕

石猿：「人而無信，不知其可」，脂評：「老猴也曾讀論語。」（11 頁）木

〔註 27〕《焚書》卷一，4 頁。
〔註 28〕林海權著《李贄年譜考略》，福建人民出版社，1992 年版，144 頁。
〔註 29〕林海權著《李贄年譜考略》，福建人民出版社，1992 年版，185 頁。

按：李贄青少年時代雖然不喜歡程朱理學，但也不得不參加科舉，不得不從四書五經讀起。《陽明先生年譜後語》說：「余自幼倔強難化，不信學，不信道，不信仙、釋，故見道人則惡，見僧則惡，見道學先生則尤惡。」（年譜 13 頁）；《卓吾論略》：「稍長，復憒憒，讀傳注不省，不能契朱夫子深心。」（年譜 27 頁）故，此處之石猿老猴，亦為作者自謂其青少年時代。

第一回詩曰：「三陽交泰產群生……稱王稱聖任縱橫。」贄評：「此物原是外王內聖的，故有美猴王齊天大聖之號。」此評延續著前文的評論，「齊天大聖」之名雖然在此前的傳說故事之中已經形成，但李贄採用而寫進書中，必定會有其所寄託。齊天大聖，正與李贄之自我期許暗合。李贄其人，早負雄心壯志，不僅「不以孔子之是非為是非」，而且，很有欲要取而代之之意，晚年在麻城芝佛院化緣建塔，則是取釋迦佛舍利之意，為後人所禮拜。這一點，早在耿李論爭之際，就被耿定向所看穿，其在《又與周柳塘》第二十書中說：李贄「此老心雄，其薙髮也原是發憤求精進耳。……卓吾發憤如此，計必當透此一關，透此一關，便是人天師矣。……吾恐不免墜入十二天魔中去也。」（《耿天台先生文集》卷三）（年譜 186 頁）耿定向看出來李贄發憤如此，透此一關，便是人天師。其實，李贄的志向何止要做「人天師」，他的野心在於要做孔子之後的又一個孔子，一個新時代的里程碑，也就是內聖外王的齊天大聖。

第一回寫樵夫指引神仙住處：「此山叫做靈臺，方寸山（夾註：靈臺方寸，心也。）山中有座斜月三星洞，斜月像一鉤，三星像三點，也是心。言學仙不必在遠，只在此心。」李贄原本出自於王陽明心學思想，亦被認為是泰州學派之重要成員，但實際上，李贄後來的思想已經超越了心學的體系而自成一家，特別是伴隨著李贄與耿定向的論爭，以及《西遊記》寫作之後的《金瓶梅》寫作，李贄的思想已經獨立開創了人學學派。但當李贄寫作西遊記階段，尚在心學思想體系之中，通過西遊記來傳揚心學思想，亦為其主旨之一。故此處贄評：「一部西遊，此是宗旨。」（內閣本 22 頁）

第一回書中猴王對祖師的自我介紹：「猴王道：我無性，人若罵我，我也不惱；若打我，我也不嗔，只是陪個禮兒就罷了，一生無性。」（27 頁）贄評：「好提醒」。李贄在寫給焦弱侯的尺牘中，同樣這樣說自己。

第一回總評：「讀《西遊記》者，不知作者宗旨，定做戲論。余為一一拈出，庶幾不埋沒了作者之意。即如第一回有無限妙處，若得其意，勝如罄翻一大藏了也。篇中云《釋厄傳》，見此書讀之，可釋厄也。若讀了西遊厄仍不釋，卻不辜負了《西遊記》麼？何以言釋厄？只是能解脫便是。」

木按：此一段總評，開篇即言：「讀《西遊記》者，不知作者宗旨，定做戲論」，李贄若非作者，何敢如此大言，發出直截了當判定，並云：「余為一一拈出，庶幾不埋沒了作者之意。」李贄正是作者，故以此批評者視角，方才方便為之一一拈出其作者宗旨。是否如此，且看他所拈出，對照李贄全集及年譜，是否一一對應，便可得之真偽。

李贄還是先從《釋厄傳》談起，何為釋厄，「只是能解脫便是。」解脫便是掙脫枷鎖，特別是掙脫孔子之學、程朱之學，解脫就是獲得自由，此一點正為李贄一生思想的宗旨，是故，此書的總體宗旨亦為釋厄。耿定向曾經評價李贄：「蓋彼（李贄）謂魯橋（劉師召，號魯橋，梅國楨老師）之學，隨身規矩太嚴，欲解其枷鎖耳。」解其枷鎖，亦即「釋厄」也。

又曰：「高登王位，將石字兒隱了，蓋猴言心之動也，石言心之剛也；……故隱了石字，大有微意；又，不入飛鳥之叢，不從走獸之類，見得人不為聖賢，即為禽獸。今即登王入聖，便不為禽獸了。所以，不入飛鳥之叢，不從走獸之類也。人何可不為聖賢，而甘為禽獸乎？」

此兩段評論，分別以書中第一回的「高登王位，將石字兒隱了」的寓意，在於「隱了石字，大有微意」，此等微言大義，若非作者，試問誰人能夠讀出？又闡釋書中「不入飛鳥之叢，不從走獸之類」的微言大義，是在於「人不為聖賢，即為禽獸」，此等微言大義，若非作者，親歷作者之人生履歷，試問誰人能夠讀出其中的微言大義？

耿、李論戰之後，李贄在《答耿司寇》信中，提出「獨有出類之學」的命題：「孔子直謂聖愚一律，不容加損，所謂麒麟與凡獸並走，凡鳥與鳳凰齊飛，皆同類也。……而獨有出類之學，唯孔子知之。」對此，耿定向《與李卓吾》第六書做出反駁：來書云：「麒麟與凡獸並走，鳳凰與凡鳥齊飛，皆同類」云云，夫二物之所以出於禽獸類者……止以其……喈喈之和鳴。他雖猱猿之便捷……終是禽獸之根骨，不能出類也。

李贄針對孔子原論的「聖愚一律」，所謂「麒麟與凡獸並走，凡鳥與鳳凰齊飛，皆同類也」的命題，提出「獨有出類」之學，換言之，知識精英與販夫走卒的出類不同，而耿定向針對李贄的說法，告知，之所以有所區別，在於鳳凰的「喈喈之和鳴」，亦即需要吻合於儒家的人倫思想才能出類。那麼，李贄又是如何回覆耿定向的這一反駁呢？李贄的回覆就寫在《西遊記》書中和評點中，此處，針對耿定向所說的「猱猿終是禽獸之根骨，不能出類特意」，特意點明此猴王：「不入飛鳥之叢，不從走獸之類，見得人不為聖賢，即為禽獸。」明顯，猴王就是李贄，李贄就是猴王，耿定向說我不能出類，我就在此出類給你看看。顯然，《西遊記》寫作在兩者激烈論爭之際，正是有現實的妖魔，不僅激勵著李贄的寫作，而且，成為西遊一路的斬殺妖魔的原型模特。對此，耿定向似乎早就有預感，認為李贄薙髮而為人天師之後，「吾恐不免墜入十二天魔中去也。」（又與周柳塘第二十書，耿定向文集卷三）

七、結束語

以上所論，吳承恩並非《西遊記》作者，大體皆為實證，似可定讞，無可辯駁；論李贄乃為《西遊記》真實作者，多為內證，苦於外證不足，說服力尚未足以定讞，筆者亦只是就這一學術公案問題試進一解，以期在今後的學術討論中得到驗證。其實，若將《西遊記》作者預設若干標準，則李贄有極大的可能性。

首先，文學作品是作者思想的產物，《西遊記》全書的思想，體現了對於現存政治體制、君權神授的深刻批判，對與之配套的儒家理學思想的深刻否定，全書充滿了孫悟空式的造反精神，全書的故事雖然是在漫長的歷史歲月之中形成的，但最後定型的百回本《西遊記》卻充分體現了作者的這種主動創作精神，體現了孫悟空精神——孫悟空成為百回本的全書主角，三藏取經以及豬八戒和沙僧等師徒，則成為了孫悟空的配角。因此，找出有明時代的孫悟空原型人物，此人基本就是此書的作者。縱觀明代思想史的人物，李贄為其中唯一的人選，李贄公然以異端自居，公然批判孔孟，公然不以孔子是非為是非，公然提出要以西方佛教思想來改造中國的儒家思想——這一點，在書中體現尤其明顯，如果說，前十四回中的孫悟空，還是李贄異端、造反、革命思想的體現，跟隨三藏西天取經，則可以視為以佛教思想全面改造儒家體系這一思想的正面闡發，而西天取經一路上的妖魔鬼怪，九九八十一難，則對應了李贄自從1582 年寓居道學家耿定向家，隨後被冷酷驅逐這一苦難人生經歷的再現。西遊記寫的是神魔世界，其所體現的、表達的、卻是明代嘉靖之後的社會現實、思想現實、苦難現實，以及對於擺脫這種苦難的深刻訴求——最早的書名為《西遊釋厄傳》，正是這一精神解放訴求的本質性表達。萬曆時代，具備此一種精神者，非李贄莫屬，非李贄莫能寫出也！

其次，就百回本《西遊記》的成書時間、版本、作者署名等諸多方面，能夠諸多方面完全吻合者，亦唯有李贄一人而已。就時間而言，李贄從1577年開始全面否定儒家思想，全面肯定佛學精神，從1582年開始「唯有朝夕讀書，手不敢釋卷，筆不敢停揮，自五十六歲至今七十四歲，日日如是而已。閉門閉戶，著書甚多」的職業作家生活，到1589年世德堂本首次付梓面世，時間方面完全吻合；就作者署名而言，李贄深知此書的問世，乃為石破天驚的大顛覆行為，因此，不可能不在完全機密的情況之下進行，但仍舊留下了「華陽洞天主人校」的痕跡，為後來的作者留下了破譯的線索，這個時代那位作者與華陽洞天關係密切，即為作者的主要人選。而李贄恰恰是最早撰寫華陽洞天故事的作者，而這一故事的情節與《西遊記》、《金瓶梅》因果報應是同一主旨的作品。因此，李贄即為「華陽洞天主人」——華陽洞天因果報應故事的主人。

其三，李贄與百回本《西遊記》不僅主旨精神、創作時間、作者署名完全吻合，而且，有關此書最早的一些傳說，也與其人生經歷密切相關。有學者關於《西遊記》佚本的研究，其中提及「耿定向所聞本」這一概念，而耿定向恰恰就是李贄終生的政敵，可以說，書中的妖魔鬼怪，九九八十一難，固然有其各種不同的故事來源，但其現實的指向，卻是針對耿定向而來的。李贄在被耿定向從耿家天窩山驅除之後，仍舊在麻城一帶生活，李贄寫作小說，以小說形式繼續與耿定向進行思想論戰，即先有《西遊記》，後有《金瓶梅》，耿定向在臨終之前兩年左右的 1594 年，已經風聞此事，作為道學家的耿定向，顯然是異常焦慮的。因此，帶病臥床寫下了自己的傳記《觀生紀》，但此一篇傳記反而坐實了金瓶梅是以他為原型而寫的，因此，其家族主持的全集反而不能收入此文，而被其他版本所收入。

關於學者就《西遊記》版本提出所謂「耿定向所聞本」，認為這個耿定向所聞本，更早於百回本世德堂本。其實，耿定向正是李贄一生之死敵，即為金瓶梅書中的西門慶原型，此文見於耿天台文集卷十九《紀怪》：「閩秦寧人蕭姓者，余友近溪惑之，謂其術能役鬼……此事類唐玄宗之於貴妃矣！又其數謂能為人接命，近溪曾授之。……侍者云：術士曾取一瓶，今不見何在，……司馬涸其池，其瓶果在，瓶以油紙封口，其中用黃紙書：妾生年月，以針刺之，有書符其上，司馬取碎之，其祟乃息，而妾有挾孕者，竟死焉。……予兒時聞唐僧三藏西天取經，其輔僧行者猿精也，一翻身便越八千里，至西方如來，令登渠掌上，此何以故？如來見心無外矣，從前怪事，皆是人不明心，故而明心千鬼百怪，安能出吾心範圖哉？……世間千妖萬怪，其如我何？寄語柳塘試與此一參會也。」

此文名為「紀怪」，實則以鬼怪故事暗指李贄，起首即提及近溪，羅近溪（1515～1588），又名羅汝芳，江西南城人，明代著名的思想家，泰州學派的重要傳人，被稱為泰州學派唯一特出者，為耿、李兩者之師。先點明為閩人，李贄閩人也，羅汝芳與耿李二人皆有交往，故云惑之等。講述其妖術故事原文甚長，主要是講述王導時候司馬東泉苦艱嗣息，有士紳為其推薦了一個葉姓術士，為之做法除祟，司馬詢諸原術衛士者，使者遂講述了以一個瓶兒做法的過程，李贄便將此瓶兒作為李瓶兒名字的來源故事寫入《金瓶梅》書中。耿定向隨後提及的《西遊記》故事，應為耿定向聽聞李贄寫作《西遊記》之事，將李贄比擬為書中的行者猴精，雖然一翻身便越八千里，但到了西方如來，仍舊不能出其手心，因此，「千鬼百怪，安能出吾心範圖哉？……世間千妖萬怪，其如我何？」主要表達的是這樣的意思，其中所謂兒時聽聞云云，是將兒時聽聞的故事，與已經閱讀到李贄所寫故事混合一體而談的。耿定向卒於 1596 年，此時，《西遊記》已經付梓問世 7 年之久，不足為奇。

此外，李贄寫作《西遊記》的時候，其思想主要還在心學範疇之中，這一點，在《李卓吾評點西遊記》中多有體現，亦可參見前文之詳論。凡此四個方面，吻合於此書之作者，萬曆時代唯有李贄一人而已，是故，筆者認為《西遊記》非李贄不能寫出。

第三章　李贄寫《金瓶梅》始於水滸評點〔註 1〕

一、概說《水滸傳》評點與《金瓶梅》關係

欲要破譯《金瓶梅》一書的作者及其寫作背景，需要從兩個重要的關鍵點出發：首先，從《水滸傳》的評點研究入手，此為《金瓶梅》一書的寫作緣起和寫作史研究；蓋因《金瓶梅》一書的寫作，不僅僅從其開篇是從水滸橫截出來，由西門慶與潘金蓮故事生發開去，敷衍成長篇巨著，其整體框架結構、刻畫人物、繪形繪影、傳神寫照，無不帶有《水滸傳》的影子；其次，從袁宏道的最早相關信息入手，研究袁宏道何時何地從何人手中獲得《金瓶梅》一書的手稿，此為《金瓶梅》的最早傳播史；隨後，在此基礎之上，方能進入到《金瓶梅》一書的出版史、版本史以及全書的藝術結構研究。本文重在研究李贄評點《水滸傳》與《金瓶梅》一書寫作之間的密切關係。

前輩學者多認為，評點《水滸傳》者，即應為《金瓶梅》一書的作者。甚至有學者獨具慧眼，認為兩書為同一個作者：「觀其敘武松之誤打李皁隸也，先走一西門慶，注云：留此以為《水滸》地步。似著《金瓶梅》之人，即著《水滸傳》之人矣！……同此一人，結局殊異，皆其涉筆成之者也。且天下才人行文作句，斷不忍抄踏前人者。王婆之說十分光，則《金瓶梅》與《水滸傳》實無少異。則以對於人情，而有最嘹亮之眼光，立於文界而有最深刻之筆法，如《金瓶梅》者，雖王婆論十分光一段筆法，神乎其神，然未必多此一段而全書

〔註 1〕本文發表於《哈爾濱師範大學社會科學學報》2021 年第 2 期，117~124 頁。

始見其憂，更未必少此一段而全書遂見其拙，則寧忍抄襲前人之筆法為哉？吾以故而疑著《金瓶梅》之人，殆即著《水滸傳》之人也。」〔註2〕

說《金瓶梅》作者即應是水滸作者，民國黃世仲此論，可謂是振聾發聵。筆者讀金瓶之第一感，即為此書決非前後七子之嘉靖時代所能產生，亦絕非後七子之拘泥復古者所能寫出。此書從水滸中敷衍出來，則此書原作者必定與水滸密切相關，無關者不是不會抄寫，而是無從產生這一創作的緣起和靈感。所謂與水滸有關，不一定是水滸的原作者，蓋因此書與水滸的立意精神既有一致之處，兩者同樣具有打破禮教的自由精神；但又有背道而馳的一面，水滸乃為英雄傳奇，金瓶乃為世情小說，更應說是豔情小說、人性小說、暴露小說，更準確說，是一本批判小說，是以小說形式傳達作者的哲學思想。

《金瓶梅》的這一顛覆性的性質，從根本上制約了此書的寫作者不可能為王世貞代表的士大夫官員群體，而必定為前所未有的思想者方能有此胸懷。與《水滸傳》密切關聯者，除了原作者之外，評點者乃為其中首選。《水滸傳》評點者精讀原作，熟稔其語言風格技巧，遂將水滸西門慶潘金蓮一段故事橫截出來，鎔鑄作者親身所歷之現實人物，表達評點者在評點水滸和現實生活中所想表達的新思想，遂有《金瓶梅》之作。縱觀《水滸傳》之評點歷史，則非李卓吾莫屬。李卓吾不僅僅《水滸傳》的第一個著名評點者，同時，也是中國古代長篇白話小說評點的開先河者，其影響之巨大，他人難以望其項背；而後來之著名評點者，如金聖歎評點水滸，張竹坡評點《金瓶梅》，毛宗崗評點三國等，都是明清易代鼎革之後的人物，與《金瓶梅》的寫作和出版都無關係。

二、李贄評點水滸吻合於《金瓶梅》的創作時間

李贄評點水滸幾乎是眾所周知的，但卻並不深知其開始評點的時間，及這一評點與《金瓶梅》一書出現的時間關係。1589年天都外臣序的一百回本《水滸傳》刊行，李贄《復焦弱侯》尺牘中幾乎是第一時間就水滸一書：「聞有《水滸傳》，無念欲之，幸寄與之，雖非原本亦可，然非原本，真不中用矣。」尺牘中還說：「袁公果能枉駕過龍湖，明年夏初當掃館烹茶以俟之，幸勿爽約也。」尺牘結尾處說：「弟今年六十三矣，病又多，在世日少矣。」〔註3〕可知此一尺牘，寫作於李贄六十三歲，即1589年(虛歲)。(尺牘中李贄還提及：

〔註2〕黃世仲《文言小說金瓶梅於人情上之觀感》，1906年《粵東小說林》第七期，黃霖編《金瓶梅資料彙編》，中華書局，1987年版，第523頁。

〔註3〕李贄著《焚書・增補二・復焦弱侯》，中華書局，2009年版，第268頁。

「我已主意在湖上，只欠五十金修理一小塔，冬盡即搬其中。」這個信息涉及李贄另外一部長篇小說的寫作的完成，並已獲得一筆相當豐厚的稿酬，才有可能從寄食耿家貧困交加的經濟狀況而有如此大手筆，參見前論。

李贄的弟子兼助手懷林《批評水滸傳》述語：「和尚自入龍湖以來，口不停誦，手不停批者三十年，而《水滸傳》《西廂曲》尤其所不釋手者也。蓋和尚一肚皮不合時宜，而獨《水滸傳》足以發抒其憤懣，故評之猶詳。……和尚又有《清風史》一部，此則和尚首自刪削而成文者，與原本《水滸傳》絕不同矣，所謂太史公之豆腐帳，非乎？」〔註 4〕此處所說的「和尚又有《清風史》一部」，《清風史》是何書學術界不詳。根據作為李贄助手的懷林和尚所說，首先，應該是從《水滸傳》所來，或說是與水滸密切相關的書；其次，《清風史》與評點水滸不同，評點水滸只是評點文字，而《清風史》則是「和尚首自刪削而成文者，與原本《水滸傳》絕不同矣」，它既不是水滸的評點，但又與水滸密切相連，否則，不會說「與原本《水滸傳》絕不同矣」；再次，這本《清風史》也同樣是小說體裁，而且，是瑣碎的家常的如同「豆腐帳」式的寫作方式，是有歷史真實人物和故事作為背景的，所謂「太史公」筆法是也。

以上諸多材料，無不說明：李贄撰寫《金瓶梅》，應該是批點水滸所衍生的結果。李贄批點水滸，開始於萬曆十九年即公元 1590 年左右於龍湖，李贄認為此事「甚快活人」，李贄批評水滸，重在賦予水滸強人以忠義美名，只是為了與偽道學形成對照，意在批判偽道學，但水滸原作本身並不意在批判偽道學，袁中道也認為李贄對水滸不可「過為尊榮」，「崇之則誨盜」。而這一點，恰恰也正是李贄不能滿足於批評水滸，而是從水滸攔截下來一個情節，從武松武大潘金蓮故事生發開去，來表達自己欲要闡述的人性倫理。懷林此處所說的《清風史》，應該指的是李贄在評點水滸之後，寫作了另外的一部與水滸相關，但又不是水滸的書，即李贄創作《金瓶梅》一書的最早書名。

李贄《與焦弱侯》：「《水滸傳》批點得甚快活人，西廂、琵琶塗抹篡改得更妙。念世間無有讀得李氏所觀看的書者，況此間乎！唯有袁中夫可以讀我書。我書當盡與之，然性散懶不收拾，計此書入手，隨當失散，此書至有形粗物，尚彷徨無寄，況妙精明心哉！已矣！已矣！中夫聰明異甚，真是我輩中人。

〔註 4〕懷林《批評水滸傳述語》，《李卓吾評水滸傳．附錄》，上海古籍出版社，1988 年版，第 1485 頁。

凡百可談，不但佛法一事而已。老來無死，或為此子故。骨頭又勝似資質，是以益可喜。明秋得一明目入京，便相見也。世間有骨頭人甚少，有識見人尤少。聰明人雖可喜，若不兼此二種，雖聰明亦徒然耳。」〔註5〕

此一文當作於1596年，因為有「明秋入京」的說法。李贄於1597年秋入京，但袁宏道並未如約入京，蓋因李贄的《金瓶梅》，過於顛覆，風險很大。李贄此一封尺牘，實際上已經透露了他從評點水滸，而轉向了演繹水滸，只不過借著「《水滸傳》批點得甚快活人，西廂、琵琶塗抹篡改得更妙。念世間無有讀得李氏所觀看的書者」，表達了此書基本寫就而世間無人能欣賞的遺憾。從李贄的此一封尺牘來看，李贄是在隱隱透露自己在改寫並演繹《水滸傳》：「千難萬難捨不得遽死者，亦只為不忍此數種書耳。有可交付處，即死自瞑目。……《水滸傳》批點得甚快活人，《西廂》、《琵琶》塗抹篡改得更妙。」所謂塗抹纂改《西廂》、《琵琶》，已經並非指的是評點了，而是借著西廂。琵琶記的塗抹纂改，來指對《水滸傳》的塗抹纂改，也就是說，暗示了自己在《水滸傳》的基礎之上，塗抹撰寫了新的作品。而這些新的作品，幾乎就是目前苟活於世的理由。

由於撰寫《金瓶梅》帶有這種揭露性目的，並隨寫隨命助手懷林等人抄錄，帶有「急就章」揭底性質，也帶有某種寫實的報告文學性質，並未在完成全書之後作出統一的調整和整合，因此，前後多有乖謬不合之處。此外，於小說體裁而言，如同流水帳，難免婆婆媽媽，皆為家長里短之實錄，但無意之中，卻開了中國小說史寫實主義的先河。徐謙云：「李卓吾極贊《西廂》、《水滸》、《金瓶梅》為天下奇書。」〔註6〕然，李卓吾評點《西廂》，評點《水滸》，卻何曾評點或是提及過《金瓶》隻言片語？唯一的原因正因為他是此書的作者。

三、李卓吾評點《水滸傳》容與堂本的真實性

以上在對李贄《水滸傳》評點與《金瓶梅》寫作之關係，做出了基礎性的論證，本一節自然會進入到對李贄《水滸傳》的評點的解讀研究。根據相關學者的論述，李卓吾評點《水滸傳》的版本，主要有容與堂刻本與袁無涯

〔註5〕李贄《續焚書．卷一．書匯．與焦弱侯》，中華書局，2009年版，第33～34頁。

〔註6〕徐謙《桂宮梯》卷四引《長樂篇》，黃霖編《金瓶梅資料彙編》，中華書局，1987年版，第271頁。

刻本，筆者下文將要解讀李贄的評點版本，正是由上海古籍出版社所出版的容與堂版本，因此，在對李卓吾評點進行分析解讀之前，必要先對容與堂李卓吾評點本的真偽問題做出一個辨析。

1.先對李贄評點水滸傳為偽作之說的由來進行辨析：章培恒先生在此書的《前言》中做出了較為詳盡的闡述：「《水滸》的版本情況相當複雜，有繁本和簡本兩個系統。在繁本中，現在所見到的最早版本為一部明嘉靖時的刻本，但只殘存五回（第五十一回——五十五回）；其次是明萬曆十七年（1589）天都外臣序刻本，……再其次即是此本，卷首有李贄的《忠義水滸傳敘》，《敘》的後面有一行文字：『庚戌仲夏日虎林孫樸書於三生石畔。』當是此本課時所書。則此本當刻於萬曆三十八年（1610）庚戌，僅後於天都外臣刻本二十一年。因此，也可以說，這是現今僅保存著的繁本《水滸》的最早的完整的本子；或者說，這是現今還保存的百回本《水滸》的唯一完整的萬曆刻本。總之，由於天都外臣刻本和此本的存在，我們才知道《水滸》繁本的較原始的面貌。」〔註 7〕

章培恒先生此一段文字，提綱挈領，清晰地介紹清楚了有關水滸的版本情況，以及李卓吾評本的基本情況，同時，也回答了筆者本文之採用容與堂版本的原因：「這是現今僅保存著的繁本《水滸》的最早的完整的本子；或者說，這是現今還保存著的百回本《水滸》的唯一完整的萬曆刻本」；此外，此一段文字，也介紹了天都外臣序刻本的出版付梓的情況，此版本雖然有不少是後來康熙年間補刻的，但並不影響此書是在 1589 年問世，正可與筆者前文所述李贄給焦紘寫信，索要《水滸傳》一書的背景對照閱讀。同此也可以知道，《水滸傳》在萬曆時期的開始流行，是從 1589 年才剛剛開始，李贄的評點正是此書受到極大歡迎的重要推手。

此外，李贄評點的容與堂刻本是在庚戌年問世，這也是一個重要的時間點位，與《金瓶梅》密切相關的袁宏道正在此一年去世，李卓吾則在此前的 1602 年去世，袁無涯隨後在 1614 年，攜帶著新刻印的《李卓吾評點水滸傳》，不遠千里，從蘇州趕赴湖北公安去拜訪袁中道，去向袁中道索要袁宏道的五十卷遺作（實際上是索要李贄創作的書稿即《金瓶梅》。）關於容與堂的這一李卓吾評點版本，是否為李卓吾之所作？章培恒先生給予了否定的回答：「此本雖名為《李卓吾先生批評忠義水滸傳》，但研究者早已懷疑其評語並非出於李贄，

〔註 7〕章培恒《李卓吾評本水滸傳・前言》，上海古籍出版社，1988 年，第 1 頁。

而係後人假託。其主要依據是明代錢希言《戲瑕》卷三《贋籍》中的如下一段記載：比來盛行溫陵李贄書，則有梁溪人葉陽開名晝者，刻畫模仿，次第勒成，託於溫陵之名以行。……於是，有宏父批點《水滸傳》《三國志》《西遊記》《紅佛》《明珠》《玉合》數種傳奇，及《皇明英烈傳》，並出葉筆，何關於李？晝，落魄不羈人也。……即所著《樗齋漫錄》者也。」〔註 8〕

錢希言所說不足為據，儘管錢希言與葉晝生活在同一個時代，兩者之間居住地相近，錢希言為常熟人，葉晝為無錫人，但仍不足以為據。此一版本應為李贄之所評點，其理由甚多：1.葉晝即為許自昌，先看明代人許自昌《樗齋漫錄》他本人相關之記載：「吳郡錢功甫曰：『《水滸傳》成書於南宋遺民杭人羅貫中，以後羅氏三代俱啞……』余聞貫中酷嗜水滸事，凡客從北來者，無不延請於家，諮其稱述，各筆之於槧，篋笥充滿，積有歲年，於是薈萃纂葺，不論事之有無，只即其可駭可愕者，聯而絡之，貫而通之，嘔心刻肝，雕腎刮腸……頃聞有李卓吾名贄者，從事竺乾之教，一切綺語，掃而空之，將謂作《水滸傳》者，必墮地獄，當犁舌之報，屏斥不觀久矣。乃憤世疾時，亦好此書，章為之批，句為之點……李有門人攜至吳中，吳士袁無涯、馮遊龍等，酷嗜李氏之學，奉為蓍蔡，見而愛之，相與校對再三，刪削訛謬，附以余所示雜誌遺事，精書妙刻，費凡不貲。開卷琅然，心目沁爽，即此刻也。其大旨具李公序中，余屑屑辯駁，亦癡人說夢云爾。」〔註 9〕

許自昌所引錢功甫之論，說《水滸傳》的成書過程，此說乃為羅貫中著作水滸，而非當下人所公認的施耐庵著作水滸，李贄的說法則是羅貫中、施耐庵並提，值得關注。許自昌說在李贄之前的時代，「將謂作水滸者，必墮地獄，當犁舌之報，屏斥不觀久矣」，到了李贄，「乃憤世疾時，亦好此書，章為之批，句為之點」，也就是經過了李贄的評點，並且，由李贄的弟子攜帶書稿到吳中，交付給袁無涯、馮夢龍等人，經過精心的校對編輯出版問世，這一過程，非常吻合於筆者對於水滸、金瓶兩書寫作出版的過程，而且，出版時間為袁宏道之死的庚戌年，可謂是嚴絲合縫，不可能是巧合。

2.再看此評點本的思想傾向等內容是否吻合於李贄：根據葉晝之說，李贄其所評點，「章為之批，句為之點」，驗之於容與堂之版本，每一章之後都有李

〔註 8〕 章培恒《李卓吾評本水滸傳．前言》，上海古籍出版社，1988 年，第 1～2 頁。

〔註 9〕 許自昌《樗齋漫錄》，張建業彙編《李贄研究資料彙編》，社會科學文獻出版社，2013 年版，第 166～167 頁。

卓吾的評點，並且，幾乎每一個評點的署名方式都有所變化，署名千變萬化，卻極為吻合於李贄的署名方式和李贄的文筆風格。

茲以容與堂本前十回的章後評為例：第一回：「李載贄曰：《水滸傳》事節都是假的，說來卻似逼真，所以為妙。常見近來文集，乃有真事說做假者，真鈍漢也。何堪與施耐庵、羅貫中作奴！」〔註10〕（開篇就強調「逼真」，正吻合於李贄童心說，「夫童心者，絕假純真，最初一念之本心也。」而「何堪與施耐庵、羅貫中作奴」之評，嬉笑怒罵，亦正為李贄之本色，為此一時代獨有之風格。

第二回：「李禿翁曰：史進是個漢子，只是朱武這樣軍師忒難些。」〔註11〕李禿翁之署名方式，他人莫名頂替，如此則為罵人，自言禿翁，則是其一貫作風，讚美史進為漢子，也正是李贄做人風格。

第三回：「李和尚曰：描畫魯智深，千古若活，真是傳神寫照妙手！且《水滸傳》文字妙絕千古，全在同而不同處有辨。如魯智深、李逵、武松、阮小七、石秀、呼延灼、劉唐等眾人，都是急性的，渠形容刻畫來，各有派頭，各有光景，各有家數，各有身份。一毫不差，半些不混。讀去自有分辨，不必見其姓名，一睹事實，就知某人某人也。讀者亦以為然乎？讀者即不以為然，李卓老自以為然不易也。」〔註12〕小說人物性格鮮明論，個性分明論，李贄也正是以此為借鑒，寫出「各有派頭，各有光景，各有家數，各有身份。一毫不差，半些不混」的小說作品來，此正為後來《金瓶梅》寫法之先聲；而自稱「李和尚」「李卓老」，也都是李贄在龍湖之後習慣的自稱，多見於其文集之中。

第四回：「李和尚曰：此回文字，分明是個《成佛作祖圖》。若是那些閉眼合掌的和尚，決無成佛之理。何也？外面模樣盡好看，佛性反無一些。如魯智深，吃酒打人，無所不為，無所不作，佛性反是完全的，所以到底成了正果。算來外面模樣，看不得人，濟不得事。此假道學之所以可惡也與？此假道學之所以可惡也與？」〔註13〕此一回評點，分分明明是李贄文字，他人卻模仿不得也！蓋因斯時只有李贄才將假道學看得如此之清晰，如此之透闢！此一類文字，在李贄文集之中，在李贄給梅澹然文字中，比比皆是也。

第五回：「李和尚曰：人說魯智深桃花山上竊取了李忠、周通的酒器，以

〔註10〕李贄評：《李卓吾評本水滸傳》，上海古籍出版社，1988年，第11頁。
〔註11〕李贄評：《李卓吾評本水滸傳》，上海古籍出版社，1988年，第34頁。
〔註12〕李贄評：《李卓吾評本水滸傳》，上海古籍出版社，1988年，第48頁。
〔註13〕李贄評：《李卓吾評本水滸傳》，上海古籍出版社，1988年，第67頁。

為不是丈夫所為，殊不知智深後來作佛，正在此等去處。何也？率性而行，不拘小節，方是成佛作祖根基。若瞻前顧後，算一計十，幾何不向假道學門風去也。」〔註14〕此一回評點，借用魯智深的竊取酒器，實則來為自己說法。李贄自身在龍湖，多被人詈罵敗壞風俗，特別是他和寡婦女弟子梅澹然戀情關係，多被人詬病。李贄正借用此一話題，闡述其自由解放之思想，而此一思想解放之力度，在此一個時代，為他人所望塵莫及。是故，此一評點，非李贄莫屬，非李贄所能假託者也。試觀所謂葉晝等人的文字，尚在道學窠臼之中，豈能寫出此等離經叛道之話語耶？

第六回：「李和尚曰：如今世上都是瞎子，再無一個有眼的，看人只是皮相。如魯和尚，卻是個活佛，到叫他不似出家人模樣。請問出家人模樣的，畢竟濟得恁事？模樣要他做恁？假道學之所以可惡，可恨，可殺，可剮，正為恁似模樣耳！」〔註15〕此數回連續就花和尚魯智深作出議論，蓋因李贄正是和尚，而且也是花和尚，不僅喝酒、吃葷，而且被麻城一代的士紳以敗壞風俗「宣淫」而被驅逐，而被焚燒芝佛院佛塔，也就是李贄還有男女戀情的問題，故魯和尚就是李和尚，李贄是在借他人之酒杯，澆心中之塊壘，其對假道學之恨，之詛咒，「假道學之所以可惡，可恨，可殺，可剮，正為恁似模樣耳！」

四、《水滸傳》評點中的《金瓶梅》構思及寫作信息

細讀容與堂本李卓吾評點《水滸傳》，其中甚至有一些地方留下了李卓吾準備修改水滸相關章節而為《金瓶梅》的痕跡。李贄在評點水滸的過程中，有著一個不斷思考，不斷尋求適合表達自我思想突破口的歷程——李贄畢竟是思想家，不能滿足於純文學的評點，而是要通過作品作為表達思想的載體，這是情理之中的事情。

其中，首先聚焦於李逵，他也確實開始動筆搜集資料，來改寫水滸中的李逵故事：清人管庭芬《芷湘筆乘》披露：「李卓吾贄，狂誕之士也，嘗摘錄《水滸傳》中黑旋風事，勒成一帙，名曰《壽張令李老先生文集》，題其端曰：『戴紗帽而刻集，例也。因思黑旋風李大哥也曾戴紗帽，穿圓領，坐堂審事，做壽張令半晌，不可不謂之老先生也。因刻《壽張令李老先生文集》。』嬉笑之言，甚於怒罵，後因狂縱達於當事……自裁。」〔註16〕此一條資料，雖然與李贄寫

〔註14〕李贄評：《李卓吾評本水滸傳》，上海古籍出版社，1988年，第82頁。
〔註15〕李贄評：《李卓吾評本水滸傳》，上海古籍出版社，1988年，第96頁。
〔註16〕清代管庭芬《芷湘筆乘》抄本卷一，張建業彙編《李贄資料彙編》，第291頁。

作金瓶梅一書無關，但卻顯示出來李贄確曾有改寫《水滸傳》的意願，可以視為在最終確定改寫水滸而為《清風史》——《金瓶梅》的中間環節，是一次改寫水滸的練習或說是預演。

之所以選擇黑旋風李逵改寫，無疑是因為李逵的率真性格和造反精神吻合於李贄的童心說與叛逆性格，如同李贄在三十八回回末評點：「凡言辭修飾，禮數嫻熟的，心肝倒是強盜。如李大哥，雖是魯莽，不知禮數，卻是情真意實，生死可託。」〔註17〕第七十四回評點李逵眉批：「李大哥是每意必同我者也」〔註18〕；第七十三回回末評點：「宋公明已是假道學了，又有假假道學的，好笑，好笑。又曰：李大哥真是忠義漢子，他聽得宋公明做出這件事來，就要殺他，哪裏再問仔細。此時若參些擬議進退，便不是李大哥了。所稱畏友非耶？交籍中何可少此人！交籍中何可少此人！」〔註19〕

可以理解為：李贄在第一輪閱讀和隨手評點水滸中，大約到書中第七十四回：「李逵壽張喬坐衙」之際，產生改寫李逵故事來闡發自我思想的寫作動機，尤其是李逵的天然個性，極為適合表達李贄的童心說，為批判假道學這一李贄平生最為痛恨的文化現象的極為適合的題材。但最後之所以在改寫李逵故事之後，放棄而改寫《金瓶梅》，在於李逵的題材寫下去，與《水滸傳》並無太大的創新之處，必將是水滸第二，不能滿足於李贄欲要深度解構儒家發展到宋明理學「存天理滅人慾」的精神枷鎖，於是，李贄轉而思考並構思寫作一部反英雄傳奇，反男性主宰的世界，而寫作一部以「妻子」「婦人」以及日常世俗生活的小說。這應該就是金瓶梅的最早創作緣起。李贄將這一構思的緣起歷程，一一在這部評點之中，留下了思考的痕跡，漸進的痕跡。

這一新的構思，應該是從書中第二十四回，王婆貪賄說風情開始的：西門慶道：「實不瞞你說，這五件事我都有些。第一，我的面兒雖比不得潘安，也充得過；第二，我小時也曾養得好大龜；第三，我家裏也頗有貫伯錢財，雖不及鄧通，也頗得過；第四，我最忍耐；他便打我四百頓，休想我回他一拳；第五，我最有閒工夫，不然，如何來得恁頻？乾娘，你自作成，完備了時，我自重重的謝你。」有詩為證：西門浪子意猖狂，死下工夫戲女娘。虧殺賣茶王老母，生教巫女就襄王。（李贄批點：刪。眉批：說出便無味，亦沒關目。）西

〔註17〕李贄評：《李卓吾評本水滸傳》，上海古籍出版社，1988年，第588頁。
〔註18〕李贄評：《李卓吾評本水滸傳》，上海古籍出版社，1988年，第1086頁。
〔註19〕李贄評《李卓吾評本水滸傳》，上海古籍出版社，1988年版，第1081頁。

門慶當日已意在言表，（李評：只此反有味。）王婆道：……〔註 20〕

再看《金瓶梅》，以崇禎本為例，西門慶道：「實不瞞你說，這這五件事我都有。第一件，我的貌雖比不得潘安，也充得過；第二件，我小時在三街兩巷遊串，也曾養得好大龜；第三我家裏也有幾貫錢財，雖不及鄧通，也頗得過日子；第四我最忍耐；他便打我四百頓，休想我回他一拳；第五我最有閒工夫，不然如何來得恁勤。乾娘，你自作成，完備了時，我自重重謝你。」西門慶當日已意在言表，王婆道：……〔註 21〕

不難看出，李贄水滸傳評點本與崇禎本兩者基本相同，只是將評點語中標注刪除的四句詩刪除了，這正是李贄在評點到此一處之際，為自己以後從此處生發出去寫作《金瓶梅》留下的標記。可以初步推斷，李贄在評點到此處，即第二輪評點《水滸傳》書中的第二十四回的時候，已經開始動心由此處橫截出去，而成為一本由自己創作的新的作品。這一大膽的構想，伴隨著李贄隨後的閱讀和評點，逐漸成型、日益豐富。

再看李卓吾水滸第二十四回回後評語：「李生曰：說淫婦便像是淫婦，說烈漢便像是烈漢，說呆子便像是個呆子，說馬泊六便像是個馬泊六，說小猴子便像是個小猴子，自覺讀一遍，分明淫婦、烈漢、呆子、馬泊六、小猴子光景如在目前，淫婦、烈漢、呆子、馬泊六、小猴子聲音在耳，不知有所謂語言文字也。何物文人，有此手眼！若令天地間無此等文字，天地亦寂寞了也。不知太史公堪作此衙官否？」〔註 22〕此一段，分明為李贄的小說寫作人物個性論的總結和昇華，《水滸傳》的精彩寫法，特別是精彩的個性化的人物創造，極大地開啟了李贄的寫作思路：如果不能確證李贄此前已經創作過偉大的小說作品，則可視為是李贄一生之中的重要節點，是小說寫作的搖籃、學校和範本；如果可以確認李贄此前已經有過豐富的小說寫作經驗，則可視為是開啟了李贄要效法水滸，自己也要寫一部「說淫婦便像是淫婦，說烈漢便像是烈漢，說呆子便像是個呆子，說馬泊六便像是個馬泊六」的作品，能夠「自覺讀一遍，分明淫婦、烈漢、呆子、馬泊六、小猴子光景如在目前，淫婦、烈漢、呆子、馬泊六、小猴子聲音在耳，不知有所謂語言文字也」。由此前的思想說理的焚書式的說理文而為「不知有所謂語言文字也」的小說思維、小說話語、小說境

〔註 20〕李贄評《李卓吾評本水滸傳》，上海古籍出版社，1988 年版，第 345 頁。
〔註 21〕蘭陵笑笑生撰《新鐫繡像批評原本金瓶梅》，內閣文庫藏本。
〔註 22〕李贄評：《李卓吾評本水滸傳》，上海古籍出版社，1988 年，第 356 頁。

界。因為，「若令天地間無此等文字，天地亦寂寞了也」。

後來的中國文化史進程也確實如此，自從李卓吾批評水滸之後，三國、水滸、西遊等長篇白話小說，風靡全國，其影響之大，堪稱是孔子之後，程朱理學之後的又一個里程碑——只不過，此次是以小說的形式出現，它們生動地走入到尋常百姓的日程生活和語言文化思維之中，成為了一個新的時代的文化載體。李贄作為其中的旗手，自然能充分體會到其中的偉大意義，因此，他自然會為之興奮不已。此一作為段評語的結束語，他說：「不知太史公堪作此衙官否？」衙官，小說被認為來自於稗官，稗官又被解釋為小官，故此處的衙官，指的就是稗官，即小說家的意思。李贄一向自信、自傲，以太史公自居，故此處明確說出自己要作稗官，要以小說來記載歷史、批判現實，只是尚未知道自己是否能勝任否？帶有這樣的創意和動機，李贄在隨後的水滸評點中，特別著意於小說表現的技巧方法，甄別其中優劣，同時，伴隨著評點，一路讀下去，並不斷完善自己的這一構思。

第二十五回評點：李生曰：「這回文字，種種逼真。第畫王婆易，畫武大難，畫武大易，畫鄆哥難。今試著眼看鄆哥處，有一語不傳神寫照乎？」〔註 23〕此一段評語，顯示出李贄注意到一個文學創作的奇特現象，就是刻畫重要的人物容易逼真，但刻畫鄆哥這樣的小人物就很難，但《水滸傳》作者，是怎樣將鄆哥這樣的配角小人物也同樣能傳神寫照，栩栩如生？後來的《金瓶梅》，正開啟了小人物的藝術寫作群像，應該是從此一處的「怪哉」的感歎中開始孕育的。

第二十六回評點：李和尚曰：「武二郎殺死姦夫淫婦，妙在從容次第，有條有理。若是一竟殺了二人，有何難事？若武二郎者，正所謂動容周旋中禮者也。聖人！聖人！」〔註 24〕顯然，李贄已經進入到自己作稗官太史公創作構思之中，之所以如此讚美武松，正是欲要借用武二郎來在意想之中殺死自己的死敵，而且，要妙在從容次第，有條有理！後來的《金瓶梅》雖然由於情節的需要，西門慶死在潘金蓮的床笫，但武松殺人，卻真的是從容次第。

第二十七回評點：「李贄曰：義氣事不可不做，你看武松殺了姦夫淫婦，知府知縣並一切上上下下的人，哪一個不為他？緣何衣冠之中反有坐視其家之醜，甚至喜歡對人喜談樂道也？嘗欲借武松之手以刃之，未及也。」〔註 25〕

〔註 23〕李贄評：《李卓吾評本水滸傳》，上海古籍出版社，1988 年，第 368 頁。
〔註 24〕李贄評：《李卓吾評本水滸傳》，上海古籍出版社，1988 年，第 384 頁。
〔註 25〕李贄評：《李卓吾評本水滸傳》，上海古籍出版社，1988 年，第 395 頁。

前文剛剛分析李贄有借用武松之手來手刃死敵的潛意識，此一回李贄就清楚道明：「嘗欲借武松之手以刃之，未及也」，所謂未及，並非真的是武松還魂，小說人物變為現實，而是同樣說的是小說，只不過是自己來做武松傀儡戲後面的操作手，通過小說寫作來手刃仇讎，只不過尚未來得及寫作而已。

這裡還有一處非常重要，李贄說：「緣何衣冠之中反有坐視其家之醜，甚至喜歡對人喜談樂道也？」〔註 26〕，這個衣冠之中的人物，分明指的是其死敵耿定向，此處更透露了此位衣冠人物「坐視其家之醜，甚至喜歡對人喜談樂道」，為破譯《金瓶梅》的原型人物故事的素材來源提供了線索。看來小說之中的人物故事，其素材細節，多來自於小說人物自身，平日喜歡炫耀自己的家醜，並且津津樂道，樂此不疲。李贄評點到此處，對武松念念不忘，也就是對整個武松代表的西門慶、潘金蓮故事念念不忘，橫截此一故事而為新的小說基礎，此一構思的漸次形成歷程，異常之清晰。此一段評語的寫作時間，應該還是在 1590～1591 年評點水滸之際，可以視為李贄由評點水滸而轉為構思《金瓶梅》創作轉型的標識、路標。

第二十八回評點：「卓吾曰：……設令今日有施恩者，一如待武二郎者待卓吾老子，卓吾老子即手無縛雞之力，亦當為之奪快活林，打蔣門神也。不知者以為為口腹也，不知者以為為口腹也。」〔註 27〕此處借指恩施對待武松之恩遇，反說自己並無受到此種恩遇，意在說，卓吾老子雖手無縛雞之力，亦當為之奪快活林，打蔣門神。躍躍欲試之心境神態，躍然紙上。不知李贄內心雄偉藍圖者，定會以為李卓吾不過是過過嘴癮。所謂「子非魚，安知魚之樂？」故李贄兩次強調「不知者以為為口腹也」，可謂是此種心境的反覆宣示，也可以視為對自己所下達的寫作此書的激勵號角，以此作為寫作此書的推動力。

第三十一回評點：「卓翁曰：武二郎是個漢子，勿論其他，即殺人留姓字一節，已超出尋常萬萬矣。」〔註 28〕李贄一路評點，一路構思，可謂是王顧左右而言他，身在曹營心在漢，顯示出來的是評點水滸，心中暗暗構思的，卻無不是對未來作衙官太史公的細節處理。武松殺人都敢留下姓名，卓吾老子以《金瓶梅》殺人，怎麼就不敢留下姓名？故書中即有李智、黃四一對來代指自己和妻子黃宜人、繼子李四官，又將仇敵耿定向的生年生日、死年死日都留在

〔註 26〕李贄評：《李卓吾評本水滸傳》，上海古籍出版社，1988 年，第 396 頁。
〔註 27〕李贄評：《李卓吾評本水滸傳》，上海古籍出版社，1988 年，第 407 頁。
〔註 28〕李贄評：《李卓吾評本水滸傳》，上海古籍出版社，1988 年，第 448 頁。

《金瓶梅》中的相關情節和西門慶身上。（細節參見筆者相關論文）

第三十四回：「李和尚曰：國有賊臣，家有賊婦，都禍害不淺。……劉高又妻子誤之也。真有意為天下者，先從妻子處整頓一番，何如？」〔註29〕評點到此一處，武松故事基本完成，而進入到花榮打鬧清風寨情節，李贄的借武松、西門慶故事生發開去，另外演繹一個新的故事的構思已經漸次清晰，但還缺少兩個問題急需解決：1.書名；2.主要人物是以男性為主的英雄傳奇還是女性為主的世俗人情家長里短？李贄的此一段評語，透露出來的信息，由《水滸傳》中的清風寨知寨劉高，其妻子貽禍不淺，而想到：「真有意為天下者，先從妻子處整頓一番，何如？」所謂「真有意為天下」，並非真的造反打天下，而是暗指自己一直在處心積慮構思的思想史天下，以及到此時雄心勃勃構思的小說天下：「先從妻子處整頓一番」，正暗示出來全書寫女性世界的構想。

至於書名，既然是從水滸清風寨故事所受到的啟示，即可名之為「清風史」，由此，重讀懷林和尚所說：「和尚又有《清風史》一部，此則和尚首自刪削而成文者，與原本《水滸傳》絕不同矣，所謂太史公之豆腐帳，非乎？」不難得出結論，《清風史》為和尚所作，是來自於水滸評點，「和尚又有《清風史》一部，此則和尚首自刪削而成文者，與原本《水滸傳》絕不同矣，所謂太史公之豆腐帳，非乎？」吻合於懷林所說的，非《金瓶梅》莫屬。換言之，《金瓶梅》一書的最早書名，名為《清風史》，以後才更名為《金瓶梅》。

到了第四十五回，李贄說出了一段有意味的話語：「描繪婦人處，非導欲已也。亦可為大丈夫背後之眼。鄭衛之詩俱然。」此一段評論，可謂給《金瓶梅》定下了基調，即「描繪婦人」，一如鄭衛之詩。再看其具體所指，此一回評論，應該主要是針對此一回中和尚裴如海和楊雄婦人巧雲的勾搭成奸故事。李贄的水滸評點，從清風寨故事之後，評點者竟像是失去了魂魄，很少還有精彩評論，只是或簡單點贊，或是說此處不好，似乎沒有了激情。唯有武松潘金蓮故事和潘巧雲和裴如海和尚偷情故事，評點多而精彩。

李贄的評論，結合《水滸傳》相關文字，一一有跡可循。除了前面引述的幾個部分，還有四十五回有關和尚的　段議論：「看官聽說：原來但凡世上的人情，惟和尚色情最緊……一個字是僧，兩個字是和尚，三個字是鬼樂官，四字色中餓鬼。李贄眉批：不必，可刪。」〔註30〕按理說，此一段文字

〔註29〕李贄評：《李卓吾評本水滸傳》，上海古籍出版社，1988年，第495頁。
〔註30〕李贄評：《李卓吾評本水滸傳》，上海古籍出版社，1988年，第664頁。

幽默，李贄為何批點為可刪？原來李贄剃髮，正是和尚，也被人說傷風敗俗，勾引婦女，俗話說，當著和尚不說禿，是也。隨後，寫道：「這一堂和尚見了楊雄老婆這等模樣，都七顛八倒起來，但見：班首輕狂，念佛號不知顛倒……十年苦行一時休，萬個金剛降不住。」李贄眉批：「太形容，亦太俗，刪。」〔註31〕

這些文字，隨後都或刪或留，分散出現在《金瓶梅》書中，如崇禎本第八回：「眾和尚見了武大這老婆，一個個都迷了佛性禪心，關不住心猿意馬，七顛八倒，酥成一塊。但見：班首輕狂，念佛號不知顛倒；維摩昏亂，誦經言豈顧高低。燒香行者，推倒花瓶；秉燭頭陀，誤拿香盒。宣盟表白，大宋國錯稱做大唐國；懺罪闍黎，武大郎幾念武大娘。長老心忙，打鼓借拿徒弟手；沙彌情蕩，磬槌敲破老僧頭。從前苦行一時休，萬個金剛降不住。」

在評點中原本計劃刪除不用，但在實際的《金瓶梅》寫作之中仍舊改造使用，應該是寫做到此處的需要，而關於和尚「色中餓鬼」的段落，卻棄之不用。無論採用與否，重要的是留下了李贄在此一個階段構思《金瓶梅》一書的痕跡。

五、結束語

本文論證了以下的幾個方面的問題：

1.容與堂刻本的李卓吾評點《水滸傳》，一向被認為是他人之所偽託，其根據一是他人之說，一是根據李贄在此書之後原有一個《忠義水滸傳敘》，文中對宋江極為讚賞，而在文中的評點，卻批評宋江為假道學。此《敘》文後署名為「溫陵卓吾李贄撰」，隨後又有「庚戌仲夏日虎林孫樸書於三生石畔」字樣，庚戌年即應為 1610 年，為李贄死後八年，隨後數月為袁宏道去世時間。如果此《敘》與署名李贄評點的正文有出入，則必定應該是正文為真而敘文為偽，一篇《敘》數百字而已，可以模擬卓吾寫出，而內文評點，卻是處處在在有卓吾之真性情、真見識、真思想方能寫出，更何況其中如此之多的與《金瓶梅》構思寫作之間的蛛絲馬蹟，此為他人之所難以窺破奧秘者也！更何況，《敘》文與正文，同時也存在兩者皆真，只不過不同語境不同視角的不同表述而已，不足為據！

2.其次，論證了李贄評點水滸與《金瓶梅》寫作的密切關係，李贄產生於

〔註31〕李贄評：《李卓吾評本水滸傳》，上海古籍出版社，1988 年，第 664 頁。

寫作《金瓶梅》，是從水滸第二十四回武松、西門慶、潘金蓮故事中受到啟發，萌生了也要效法《水滸傳》，寫作一部刻畫畢肖，人物各異的小說作品，此時尚還有「不知太史公堪作此衙官否」的疑慮；由此出發，李贄更多關注水滸的寫作技巧，以評點為明目，實則是一個效法學習的過程；到武松故事之後，進入到清風寨故事之際，已經基本形成了自己構思的這部小說的初定書名，也確定了以衣冠人物假道學耿定向作為原型，以其平日所津津樂道的醜事為素材，實現自己借用武松之手，手刃死敵的宗旨，並以此揭露普天之下假道學之真面目的寫作宗旨。可以說，李卓吾評點《水滸傳》乃為李贄由評點水滸轉向構思寫作《金瓶梅》的關鍵所在，為《金瓶梅》的寫作緣起、動機、構思過程等一一記錄在案，為研究李贄、《金瓶梅》寫作背景的第一手寶貴史料。

第四章　《金瓶梅》的最早問世信息
——袁宏道尺牘的寫作時間
和寫作對象

本文為「《金瓶梅》破譯研究」系列論文之三，此前的系列之一，論證了《金瓶梅》是李贄以耿定向為原型揭露偽道學之作，是一部批判小說。蘭陵笑笑生的筆名，來自於李贄別號溫陵居士，山東蘭陵別稱溫陵；李贄自號流寓客子，長期客寓耿定向家族中，後發生激烈的思想論爭，吻合於金瓶一書早期傳播客寓復仇的相關說法；書中潘金蓮自報出生於庚辰年，對應了 1580 庚辰年，李贄從姚安知府退休遠赴黃安耿家寓居，標誌了此書故事的起始時間，書中西門慶故事前後共計六七年時間，對應的是李贄與耿定向 1581～1587 六七年之間的興衰際遇；書中標明官哥出生的丙申年，對應的是耿定向死於丙申 1596 年；書中的李智、黃四，正是李贄和妻子黃宜人及嗣子李四官一家人客寓耿家為其原型。提出了此書作者的歷史真相需要滿足的條件，首先就是此人與最早的《金瓶梅》出現的信息吻合，由於篇幅所限，本文承擔完成闡釋此一問題的使命。

一、1595 還是 1596？對有關金瓶最早信息的辨析

袁宏道《董思白》：「一月前，石簣見過，劇譚五日。已乃放舟五湖，觀七十二峰絕勝處。遊竟復返衙齋，摩霄極地，無所不談，病魔為之少卻，獨恨坐無思白兄耳。《金瓶梅》從何得來？伏枕略觀，雲霞滿紙，勝於枚生《七發》

多矣。後段在何處，抄竟當於何處倒換，幸一的示。」〔註 1〕

此一篇尺牘，向被視為有關金瓶一書的最早披露信息，其披露時間，也向被視為是 1596 年秋季。如果不深究袁宏道得到此書的具體細節，則 1595 還是 1596 年，不過是一年之差，似乎無關緊要；但偏偏這個問題至關重要，只有梳理清晰此一尺牘的寫作時間及寫作對象，才有可能順藤摸瓜，找出宏道何時、何地、從何人得到此書，才能從第一個金瓶信息，就開始找到此書的真正作者。

此篇尺牘共分兩個部分。首先，是「一月前，石簣見過，劇譚五日。已乃放舟五湖，觀七十二峰絕勝處。遊竟復返衙齋，摩霄極地，無所不談，病魔為之少卻。」巧合的事情是，陶石簣在 1595 年九月和 1596 年秋天，兩次來到吳縣拜訪袁宏道，第一次袁宏道雖然也身體欠佳（他的身體一直不好，這也是他吳縣縣令兩年之後就歸隱公安的原因），但仍可以陪同石簣兄弟放舟五湖，「觀七十二峰絕勝處」；而第二次的翌年九月石簣再來吳縣拜訪，袁宏道剛剛吐血大病未愈，並不能陪同出遊。《陶石簣兄弟遠來見訪，詩以別之》，箋注：「萬曆二十四年丙申（1596）九月在吳縣作，時方臥病新愈。」「陶氏兄弟此次至吳縣訪宏道，值宏道患疾，於塌旁談三日，又竟七日遊洞庭兩山，流連十許日，然後告別。見望齡《歇庵集》十三《遊洞庭紀》。」〔註 2〕可知，1596 年的拜訪，並未同遊「太湖，七十二峰」，而是石簣兄弟在拜訪宏道三日之後，告別遊玩了洞庭兩山。宏道在寫給龔惟學的尺牘中記載：「去歲曾一涉太湖，觀七十二峰絕勝處，真非人境。今歲一過天池硯石諸山。……三哥住衙半年，甚快活，別後不知作何景象。」〔註 3〕寫給《曹日新、王百穀》的尺牘，則透露了宏道在 1596 年秋季的疾病情況：「連日頭暈目眩，嘔血數斗（一作升，應為升。）恐遂不能起。」箋注：1596 在吳縣作。〔註 4〕可知，1596 年秋季石簣兄弟來訪，雖然宏道心嚮往之，但實不能也。尺牘中說：「遊竟復返衙齋，摩霄極地，無所不談，病魔為之少卻」，是說陪同陶氏兄弟往遊太湖和七十二峰之

〔註 1〕 袁宏道著，錢伯城箋校《袁宏道集校箋》，上海古籍出版社，2018 年版，第 309 頁。

〔註 2〕 袁宏道著，錢伯城箋校《袁宏道集校箋》，上海古籍出版社，2018 年版，第 143 頁。

〔註 3〕 袁宏道著，錢伯城箋校《袁宏道集校箋》，上海古籍出版社，2018 年版，第 257 頁。

〔註 4〕 袁宏道著，錢伯城箋校《袁宏道集校箋》，上海古籍出版社，2018 年版，第 266 頁。

後，一同返回了袁宏道所任吳縣的縣衙齋所，對於一路上所遊玩的摩霄極地，無所不談，興奮的心情，使得病魔也為之少卻。雖然也提到病魔，這是由於袁宏道一直疾病在身，但卻能為之少卻，與翌年的吐血三升不可同日而語。

再看尺牘的第二個部分：「《金瓶梅》從何得來？伏枕略觀，雲霞滿紙，勝於枚生《七發》多矣。後段在何處，抄竟當於何處倒換，幸一的示。」後文方是此一篇尺牘真正的重點，兩個部分之間，頗為類似詩三百時代的比興手法，欲言金瓶一事，先言它事，方不突兀。但這一看似無關緊要的遊山玩水之事，倒為此一尺牘的寫作時間和背景提供了破譯解讀的重要線索。其中有三點內容：其一，「《金瓶梅》從何得來？」對此書從何得來，頗類似哲學的從何而來的問題，尚為疑問。是誰帶給他此書，宏道理應知道，其所質詢之意，乃為帶給他此書者，是否真的就是此書的作者的問題；其二，對此書的初讀印象：「伏枕略觀，雲霞滿紙，勝於枚生《七發》多矣。」說明了袁宏道接到了金瓶一書書稿，評價極高，「伏枕略觀」四字極好，既形象，又透露出來此書是剛剛讀到的「略觀」，「雲霞滿紙」四字，概括了宏道對此書的第一印象；其三，「後段在何處，抄竟當於何處倒換，幸一的示。」說明這是書的手稿而非刊刻本，而且，尚有混亂之處。此三句還說明了宏道此一封尺牘的書寫對象，應該就是此書的作者，而不像是同樣也是寫給同樣也是讀者的董其昌。

當下金學界眾所周知，幾乎成為定論的說法：金瓶一書的最早信息是袁宏道 1596 年秋季寫給董思白的信函，此為提及金瓶一書的最早信息。其實，它的寫作時間既非 1596 年而是 1595 年十月，它的寫作對象亦非董其昌，而是金瓶一書的原作者。

此中疑點頗多：1.董其昌其人是一個書畫家，為何屬於文學作品的書，竟然第一個流入一個與文學基本不太搭界的人手中？2.為何在董其昌的一切史料之中，不見有任何文字的回應？而且，並無任何蛛絲馬蹟？從袁宏道往前追溯到董其昌，刑偵破譯的線索基本上就完全中斷，這也是金瓶一書之所以難於破譯的一個原因；3.董其昌其人，品質惡劣，金瓶一書，其作者可謂是擔負著身家性命，可謂是一生之所重託，何以會首先託付給如此一個劣跡斑斑者首先傳播？4.考察袁宏道以後與董的信函交往，再無任何有關金瓶一書的隻言片語、蛛絲馬蹟。錢伯城在此文之下箋校：此文袁宏道於「萬曆二十四年在吳縣作。董思白，董其昌，字玄宰，號思白，華亭人。萬曆十七年進士。改庶吉士，授編修，充皇長子講官，官至南京禮部尚書。案其昌居鄉，多行不義，魚肉鄉里，為里人所憤。《古董瑣記》四《董思白為人》條曰：「董思白居鄉豪橫，老而漁色，招致方士，專講房術。嘗篡奪諸生陸紹芳佃戶女綠英為妾。……時人譜《黑白傳》以譏之。……」〔註 5〕袁宏道與董其昌關係如何？應該說是朋友關係，但並無深的交往，檢索《袁宏道集箋校》除去此一篇涉及金瓶一書信息的尺牘之外，近期僅有宏道尺牘：「青牛過函谷，而官尹適病，……著迹之苦矣！走一病兩月，無復人理，隨即將乞休去，泉石鍾鼎，意趣別矣。何時得把臂揮麈，共探玄旨耶？」兩者之間雖然可以稱之為朋友關係，但從文字信息而言，不能說是深交摯友，不過是一些文人交遊的表面文字。

再讀錢伯城校：「獨恨坐無思白兄耳」，吳郡袁無涯書種堂寫刻本，袁中道編校本均作「獨恨不見李伯時耳。」〔註6〕則此文原文應該是「獨恨不見李伯時耳」，為何原文是李伯時，以後卻修改為了董其昌呢？李伯時，名公麟，號龍眠居士，宋代安徽舒州人。博學好古，尤善畫山水、佛像。晚年歸佛受戒，能通禪法，而雅好淨土。隱居龍眠山莊，時與高僧談論，並結社念佛。李伯時為宋代著名畫家，故後來的編輯者認為尺牘中所說的「獨恨坐無思白兄耳」為作者筆誤，其實不然。李伯時為宋代著名畫家，吳郡本、小修本對，此處可能是代指李卓吾。

此段文字前部分談及與陶望齡同遊風景之美，後一段轉談金瓶梅，中間以「獨恨不見李伯時耳」，可能是寓意雙關的，以宋人之名畫家李伯時總結前文山水之美，同時，帶出後文之《金瓶梅》作者。金瓶作者自然不是宋人，袁宏道也不能說出此人之姓名，故以李伯時來代指李卓吾。李贄久居龍湖，對應此處龍眠居士，兩者同為「晚年歸佛」。因此，筆者判斷，此一個信息應該是由金瓶一書原作者，首次將此書託付給袁宏道，袁宏道驚喜異常，回覆原作者的信函，蓋因金瓶一書的極端隱秘性，不便提及李贄，而用李伯時替代，後人以為必定指的是董其昌，蓋因董其昌為當時之著名書畫家。這樣，我們就要進一步考索此一段時期袁宏道與李贄的交往，以及從時間來講，是否具備將書稿交給袁宏道的邏輯鏈條關係。

〔註 5〕 袁宏道著，錢伯城箋校《袁宏道集校箋》，上海古籍出版社，2018 年版，第 292 頁。

〔註 6〕 黃霖編《金瓶梅資料彙編》，中華書局，1987 年版，第 227 頁。

或說，如果李贄真的是金瓶一書的撰寫者，為何要託付給袁宏道？關於此一話題，足可以單獨另為一文。概括而言，明代的思想史演變，經歷了從王陽明開闢的心學，「心學運動發生於儒學內部，但其探求……人心的根底這一點，又帶有脫離儒教的特點。於是，儒釋道三教之藩籬開始鬆動。」王陽明—王心齋—徐波石—趙大洲，鄧豁渠師從趙大洲而發揚蹈厲，從而成為道學家耿定向眼中的怪人，李贄卻對鄧豁渠讚賞有加，晚明的思想史由此產生巨大的分野，這也是李贄撰著金瓶一書最早的思想源頭和寫作動機。李贄與鄧豁渠兩者同樣都追求思想的自由和對程朱理學的超越，兩者的不同之處在於：鄧豁渠還僅僅是停留在內省工夫之深化和凝縮，而李贄「對此種自由的憧憬，採取的是對社會病狀之批評和訣別、修正歷史觀的形式。」因此，鄧豁渠「即使有擺脫思想桎梏之企圖，從這裡也難以產生出推動實際社會之原動力，這也是其異端之程度也比不上卓吾之原因吧！」〔註 7〕這一點，其實也正是金瓶一書不可能產生於嘉靖時代，而只能產生於萬曆中期之後，不可能產生於鄧豁渠之手而只能產生於李贄之手。

對於明代自嘉靖至於萬曆時期的思想史變革，袁宏道不僅僅是給予高度關注，而且，身歷其中，成為其中的弄潮兒。他的性靈說實際上也是這一思潮的深切關注的產物，是將思想史轉化為文學史的關鍵所在，這也是李贄之所以寄以重託的原因。對於李贄之於宏道思想轉型的深刻影響以及李贄之重託，袁中道為其兄長宏道所作的一生《行狀》指點甚明：「先生（宏道）既見龍湖（李贄），始知一向掇拾陳言，株守俗見，死於古人語下，一段精光不得披露、至是浩浩焉如鴻毛之遇順風，巨魚之縱大壑……」李贄對三袁兄弟評價都很高，其中尤其高度評價宏道：「然之於入微一路，則諄諄望之先生（宏道），蓋謂其膽力識力，皆迥絕於世，真英靈男子，可以擔荷此一事耳。」〔註 8〕袁小修暗示後人，李贄認為，宏道「真英靈男子，可以擔荷此一事耳」，至於李贄所囑託宏道擔荷之事為何？卻並未說明。宏道後來用自己的行為，證明了李贄的拜託的眼光之精準，既把這本驚世駭俗之作刊刻付梓，又在這道學仍舊如同暗夜的時代，遮蔽了李贄所著以及自己和小修等人作為第一批傳播者的真相，一直延續至今。

〔註 7〕日本荒木見悟《鄧豁渠的出現及其背景》，鄧豁渠著、鄧紅校注《南詢錄校注》。附錄，第 151 頁。

〔註 8〕袁中道《吏部驗封司郎中中郎先生行狀》，袁宏道著，錢伯城箋校《袁宏道集校箋》，上海古籍出版社，2018 年版，附錄，第 1796 頁。

二、袁宏道讀到的《金瓶梅》是從何處得來？

如前所述，所謂的金瓶問世的第一信息，既非 1596 年所寫，亦非寫給素不相關的董思白，而應該是寫給金瓶一書的真正作者。這樣，以袁宏道、袁中道、梅國楨、李贄為中心，考索一下其在 1595 年前後的交往情況，看看究竟是誰從何處為其帶來了金瓶一書。

1595 年，袁宏道有幾件事情值得關注，1.於乙未二月開始擔任吳縣縣令；2.大同巡撫梅國楨邀約袁氏兄弟前去作客。袁宏道《家報》:「昨梅中丞邀請數次，因塞上苦寒，尚未及成行。梅，真正好漢也，兒恨不識其人。」(袁宏道集箋校 220 頁）梅國楨，字客生，麻城人，當時擔任大同巡撫，因為得到李贄推許，又讀中道《南遊稿》，甚為激賞，因此，數次邀請中道入其幕府。梅國楨的第三個女兒梅澹然，梅澹然夫君劉承禧未婚而亡，李贄在麻城生活甚久，遂為李贄女弟子，關係甚為近密，為金瓶一書早期擁有全本手稿之一，見沈德符相關記載，只不過將其姓氏做了遮蔽性修改，否則，一望而知金瓶一書的真正作者矣！3.袁中道與 1595 年秋，從梅國楨大同返回，過吳，文中提及梅國楨，那就再看梅國楨與袁宏道及李贄的關係，袁宏道《梅客生》尺牘:「家弟自云中歸，極口稱每開府才略蓋世，識見絕倫，且意氣相投，不減龐道玄之遇於節使也。……不圖今日於明公見之，快哉！聞近日鄉思頗切，然不？光、黃之間，有隱君子焉，歸而與其徒醉酒逃禪，正不必建牙吹角，終老塞上也。如何？吳令繁劇，苦痛入骨，沒奈何只得低頭做去，終是措大無遠志耳。顧沖庵曾一過蘇，與舍弟在虎丘一宿而別，近日蔣蘭居過吳，又將舍弟邀入武林去矣。附報。」箋注：萬曆二十四年在吳縣作。梅客生，梅國楨，大同巡撫。顧沖庵，顧養謙，字益卿，號沖庵。李贄極推重顧養謙、梅國楨二人，《續焚書．與友人書》:「皆當今之傑也。」〔註 9〕尺牘開篇即云:「家弟自云中歸，極口稱每開府才略蓋世，識見絕倫，且意氣相投，不減龐道玄之遇於節使也。……不圖今日於明公見之，快哉！」看來，袁宏道家第袁中道確實是從雲中大同梅國楨處來到吳縣。

梅國楨與李贄關係是否深交？如果推論李贄為金瓶一書的作者，此時 1595～1596 年左右，此書尚未完成，但經過袁宏道催問索要，是否有機會在大同梅國楨手中交付給袁中道呢？梅國楨家族是否與金瓶一書的早期傳播有

〔註 9〕 袁宏道著，錢伯城箋校《袁宏道集校箋》，上海古籍出版社，2018 年版，第 248 頁。

關，只消看看沈德符所記載，根據袁中道之說，「今惟麻城劉延白承禧家有全本，蓋從其妻家徐文貞錄得者」，所謂劉承禧之妻，原來就是與李贄關係最為密切的梅澹然：「梅國楨有六個女兒，第二女因寡居而出家，佛名為善因。三女兒自小許配給世襲衛指揮僉事劉承禧，聘未字，劉卒，尚未出嫁男方就去世了，守寡學佛，後出家為尼，佛名澹然。」〔註10〕換言之，金瓶一書最早的全本書稿擁有者，即為劉承禧之妻寡婦梅澹然，而梅澹然就是一直被轟傳與李贄有密切關係的尼姑女弟子。

再看此一時期與李贄之間的尺牘信息。袁宏道此一時期寫給李贄的尺牘：「作吳令亦頗簡易，但無奈奔走何耳。家弟為梅大巡撫接去，聞兩人者甚相懽（音義）。弟來書云，不數日當至吳，轉首即至湖上矣。吳中無一人語及此。幸床頭有《焚書》一部，愁可以破顏，病可以健脾，昏可以醒眼，甚得力。有便莫惜佳示。」〔註11〕箋注：萬曆二十三年乙未（1595）在吳縣作；李宏甫，李贄，本年仍居麻城龍湖。時年六十九歲。書中提及中道為大同巡撫梅國楨客，則此函當為七八月間作，因中道九月至吳縣。校注：「吳中無一人語及此」，吳郡本、小修本「此」下有「者」字。〔註12〕

此一函袁宏道寫作於 1595 年，尺牘中值得關注的相關信息有：1.「家弟為梅大巡撫接去，聞兩人者甚相懽（音義）。弟來書云，不數日當至吳，轉首即至湖上矣。」意思是家弟袁中道已經被梅國楨巡撫接去了大同，兩者關係甚為相懽，言外之意，如有所重託，完全可以信賴；2.「吳中無一人語及此」，言外之意，此事並不張揚；3.「幸床頭有《焚書》一部，愁可以破顏，病可以健脾，昏可以醒眼，甚得力。有便莫惜佳示。」意謂自己愛讀李卓吾的大作，結尾句意味深長；「有便莫惜佳示」，意思是如果有，或說是如果完成了，請不要吝惜，希望早日拜讀之意。拜讀哪一本書？宏道未言，但絕非《焚書》等已經問世，眾所周知的著作，因為文中已經提及，「幸床頭有《焚書》一部」。「有便莫惜佳示」，可以理解為省略了主語，但屬於兩者之間心有靈犀的事情，不必言明而自明的事情。

如果將此一尺牘與所謂寫給董思白的有關金瓶第一信息的尺牘連接起

〔註10〕朱永嘉著《論李贄》，中國長安出版社 2018 年版，第 96 頁。
〔註11〕袁宏道著，錢伯城箋校《袁宏道集校箋》，上海古籍出版社，2018 年版，第 238 頁。
〔註12〕袁宏道著，錢伯城箋校《袁宏道集校箋》，上海古籍出版社，2018 年版，第 238 頁。

來，就不難看出其中的關聯：宏道向李贄索要近作，當然，宏道尚不知道此書何名，只是知道李贄近來又有新作，「有便莫惜佳示」。

由此可以繼續深究，是否存在袁宏道向李贄索要此書的邏輯證據鏈條：1.從時間次序來說，袁宏道此一信函寫作於 1595 年在吳縣，那麼，1595 年秋季，就有了所謂寫給董其昌的有關金瓶梅的信函，從信函中的文意來看，袁宏道是剛剛接到此書的書稿，而且，應該是一部尚未完成的書稿，只是其中的部分書稿，所謂才會請教和追問，「後段在何處，抄竟當於何處倒換，幸一的示。」如此話語，也只有原作者知曉，作為局外人的畫家董其昌如何能明白？

李贄的諸多傳記及研究資料，都說李贄於 1597 年夏天，應大同巡撫梅國楨邀請，辭別劉東星，從沁水經過太原到大同，住在梅國楨府署裏。則李贄與袁中道在梅國楨之處，錯過了一年多的時間，因為根據袁宏道的尺牘信息，三弟袁中道在 1595 年秋就從大同回到了吳縣。那麼，可以初步推論，金瓶一書是從李贄或是梅澹然手中傳到梅國楨之處，還是是從梅國楨或是梅澹然處轉到袁中道手中？

此外，宏道在 1595 年歲末至 1596 年之間，是否收到過李贄的著作？宏道與 1596 年寫給陶石簣的尺牘可作驗證：「何日可赴太湖之約，乞一的示……近日得卓僧《豫約》諸書，讀之痛快，恨我公不見耳。」〔註 13〕此函寫於 1596 年，根據「何日可赴太湖之約，乞一的示」，即可知寫作於該年九月之前，或在年初春季尚未可知。「近日得卓僧《豫約》諸書」，可以驗證此前的推論，斯時李贄尚在麻城龍湖，在宏道這一時期前後的尺牘中，並未見到任何可以獲得李贄贈書的蛛絲馬蹟，小修從大同過吳為其唯一的線索。至於提及的卓僧著作之名，僅僅提及《豫約》，這同樣是因為金瓶一書的特殊性所致。查閱《續焚書》中的《豫約》，不過是不過是一篇短文耳，顯然，這裡是藉此另有寓指。事實上，在此一時期，李贄託付給宏道，宏道並未與任何人提及或是借閱，完全處於冰封保密狀態。

如前所述，所謂的袁宏道《董思白》書，開篇即言，「一月前，石簣見過」，看似與後面的金瓶一書的信息無關，實際上卻暗示了準確的時間，就年份而言，乃為 1595 年而非一向所說的 1596 年，就月份而言，乃為金秋十月，而非

〔註 13〕袁宏道著，錢伯城箋校《袁宏道集校箋》，上海古籍出版社，2018 年版，第 282 頁。

其他季節。根據以上筆者的推理，種種跡象表明，此書乃是由小修從大同巡撫梅國楨處得來，那麼，小修抵達吳縣宏道處的準確時間為何時？是否有準確的記載？為此，筆者急索小修《珂雪齋集》查閱，果然準確驗證：「乙未，中郎令吳……十月，予往吳省之。」〔註 14〕

將袁氏兄弟二人全集對讀，即可得出金瓶一書最早出現的主要線索，一切都發生於萬曆乙未年，一切都發生於乙未年宏道開始就任吳縣縣令的第一年之十月，袁宏道第一次讀到了震驚中國文化史的巨著金瓶梅，並第一次以尺牘信札的形式付諸文字，從而成為有關此書問世的第一手材料。

或問：既然是如此清晰的事情，為何如此撲溯迷離，重重的障人眼目？如前所述，如要破解特殊之學案，必要掌握特殊之方法，而特殊之方法，其中之重要的一條規則，就是需要設身處地回到發案現場的歷史文化背景之中，唯有回到歷史現場，才能有「理解之同情」，才能具備作案人之心理深處之種種恐懼擔憂，理解相關參與者出於保護自己及聲譽之種種為之遮蔽之行為。

概括而言：中國之有孔子以來，特別是漢武帝獨尊儒術以來，儒家而後而為程朱理學，其能徹底批判儒家思想，特別是儒家禁錮人慾之思想者，五四之前，李贄一人而已；作為時代思想的中國式表達者，莫非文學——中國由此稱之為「文學中國」，明清之後，最能深刻表達時代、批判時代、傳達思想者，則莫過於新興白話小說，其中最能吻合於批判、揭露道學者而吻合於李贄思想者，莫過於金瓶一書。此前多認為金瓶一書是明代諸多豔情小說產生之後的產物，其實乃為歷史的誤讀。中國思想史先有李贄而後有金瓶梅，先有金瓶梅，而後有諸多豔情小說，故金瓶一書非李贄思想傳播之後而不能產生——所謂「金瓶梅以前，未有淫書」的判斷是準確的，只不過「淫書」一詞，仍帶有儒家理學觀念——進一步來說，金瓶一書非李贄而無人能寫出。

王陽明心學盛行之後，具有與李贄相似批判思想的思想家有之，如鄧豁渠，但還僅僅停留在哲學家內心的反省修煉上，像是李贄這樣，將這種批判程朱理學禁慾學說，而將其外化而為自己後半生的廣泛社會實踐，經歷二十餘年的流寓生活，如同天涯游子一般，以他人之故鄉而為故鄉，以他人之家而為自己之家，既有長期寓居的黃安麻城幾乎十六年，又有濟寧、沁水、大同、北京、南京多地，足跡遍及長江兩岸、黃河南北、運河流域，以上的人生歷程，在擔任雲南姚安太守之前的經歷尚不計算在內。蓋因擔任官員期間，

〔註 14〕袁中道著《珂雪齋集》，上海古籍出版社，2019 年版，第 562 頁。

雖然也同樣生活在此一地域，但卻身在官署，不得自由深入民間，可以說，明代的讀書士子，再也沒有李贄這樣具有如此豐富的人生經歷的作家，同此，整個明代，也再也沒有像是李贄這樣對小說有如此深度的摯愛，深度的研究，如此數量之多的批點小說作品。深度的小說評點、深度的小說寫作理論、無以復加、無時不在的人生閱歷，加上憤怒出詩人、出小說家的思想史背景，特別是與道學家關於情慾問題的長達十餘年的筆墨官司，凡此種種，則金瓶一書非李贄不能寫，非李贄無人能寫。

而李贄的這一思想的燈火薪傳者，袁宏道為其第一人選。湯顯祖《讀錦帆集懷卓老》云：「世事玲瓏說不周，慧心人遠碧湘流。都將舌上青蓮子，摘與公安袁六休。」可知，湯顯祖雖然也經過李贄之親炙，但卻非常羨慕李卓老對袁宏道的信任。《李氏焚書跋》記載：「卓吾為人，頗不理於謝在杭、顧亭林、王山史諸賢之論，惟袁中郎著《李溫陵傳》頗稱道之。余最錄袁傳以附於後，嗟夫！嗟夫！卓吾學與時忤，其書日毀，……夫陽明之不能免於世之詆訶，固宜也。戊申三月，順德黃節跋。」〔註15〕由此又可知，宏道在李贄思想傳播之中的位置。

「卓吾學與時忤，其書日毀，……夫陽明之不能免於世之詆訶」，由此，亦可知金瓶一書經宏道之後作為第一傳播者，以及作為第一傳播鳥鏈的袁小修怎麼就能安心放心讓他者知道其中真相？但此事之歷史的榮譽，歷史的責任，小修也當然深知其中的意義，因此，真真假假，欲說還休，必定成為小修的唯一抉擇。

袁宏道文集經過小修的謹慎編輯修改，將其中涉及敏感部分予與刪除。袁中道寫給袁無涯尺牘：

> ……不若留庵中過冬，公安亦可少住也。閱先兄《敝篋集》中……想是誤寫之誤。兄丈歸須一改正。先兄諸集，止是少許未入梓矣。至於與人箚子，草草附去，或不存稿者有之，未可據以為尚未藏書未出也。近日書坊贗刻如《狂言》等，大是惡道，恨不能訂正之。李龍湖書，亦被人假託摻入，可恨，可恨！比當至吳中，與兄一料理也。〔註16〕

此一篇尺牘信息頗多：1.此一函寫作時間，可以參照《遊居柹錄》萬曆

〔註15〕李贄著《續焚書》，中華書局1975年版，第252頁。

〔註16〕袁中道《答袁無涯》，《珂雪齋集》，上海古籍出版社，2019年版，第1107頁。

四十二年甲寅，即 1614 年，袁宏道去世四年之後，袁無涯從蘇州到湖北公安，特意來見袁中道，名義上是送來新刻李卓吾評點《水滸傳》，實際上，也關涉袁宏道的文集出版，更為重要而隱秘者，是從小修這裡來索取金瓶梅一書的書稿。袁無涯應該是風聞李贄有書稿傳給宏道，宏道遺留給小修，小修在傳世的文字中解釋為並無此事，參見後文尺牘「袁無涯來，以新刻……」；2.小修此一函，明確說明：宏道諸集，集中被摻入贗刻如《狂言》等，也被摻入李龍湖的尺牘書信，可恨可恨！「比當至吳中，與兄一料理也」。可知，宏道的集子中，原本是收錄有李龍湖的尺牘，但被小修隨後到吳中，與袁無涯當面料理刪除。由此，不難判斷，有關金瓶梅最為關鍵的一篇所謂寫給董思白的一篇，是經過小修料理過的文字。

此外，還需要連帶思考小修這一組有關袁無涯、有關金瓶梅的記載。

袁中道《遊居柿錄》：袁無涯來，以新刻卓吾批點《水滸傳》見遺。予病中草草視之。記萬曆壬辰夏中，李龍湖方居武昌朱邸，予往訪之，正命僧常志抄寫此書，逐字評點。……今日偶見此書，諸處與昔無大異，稍有增加耳。大都此等書，是天地間一種閒花野草，即不可無，然過為尊榮，可以不必。往晤董太史思白，共說諸小說之佳者，思白曰：「近有一小說，名《金瓶梅》，極佳。」予私識之。後從中郎真州，見此書之半，大約模寫兒女私情態具備，乃從《水滸傳》潘金蓮演出一支。所云「金」者，即金蓮也；「瓶」者，李瓶兒也；「梅」者，春梅婢也。舊時京師，有一西門千戶，延一紹興老儒在家。老儒無事，逐日記其家淫蕩風月之事，以西門慶影其主人，以餘影其諸姬，瑣碎中有無限煙波，亦非慧人不能。追憶思白言及此書曰：「絕當焚之。」以今思之，不必焚，不必崇，聽之而已。焚之亦自有存之者，非人力所能消除。但《水滸傳》崇之誨盜，此書誨淫，有名教之思者，何必務為新奇，以驚愚而蠹俗乎？〔註 17〕

黃霖按語：《遊居柿錄》係袁中道的日記，此則記於萬曆四十二年甲寅 1614 年八月間；又，「後從中郎真州」，時萬曆二十五年丁酉（1597）至二十六年間。〔註 18〕

連帶還有一篇與袁無涯有關文字，都需要整合一處加以思考和研究：

> 袁無涯作別，覓予詩文入梓。予曰：「方抱病，未能料理。」惟

〔註 17〕袁中道《珂雪齋集》，上海古籍出版社，2019 年版，第 1403 頁。
〔註 18〕黃霖編《金瓶梅資料彙編》，中華書局，1987 年版，第 229 頁。

以中郎未刻諸書付之，且囑其訂正。如書坊中《狂言》等，俱係偽書，見之欲嘔，而今皆收入集中，殊可恨。……無涯曰：「聞中郎先生尚有譚性命之書五十餘卷，不知何在？」予曰；「未有見。中郎先生片紙隻字，皆有一段精光，唯恐不存，豈有書至五十餘卷，而聽其散佚者乎？我與中郎形影不離，設有之，豈不經予眼，及諸開士與其兒子眼乎？中間與人書牘，信筆寫去，一時不存稿者有之；或前後意見不存，自覺不相照應，而刪去者有之。遂遽以為有遺書，未可也。」無涯曰：「然。先生若有此書，豈不以相授，而作帳中之秘耶？」遂別去。〔註 19〕

此三條史料，分別載於：前一條《答袁無涯》，收入在《珂雪齋集》中的尺牘信札部分，後面兩條，則收入在《遊居柹錄》的萬曆二十四年甲寅即 1614 年之中，其實，此三條均為同時間之作，皆為 1614 年，袁中道在是年四月返回公安，隨後，袁無涯從蘇州趕來公安，拜會小修，並帶來新刻李卓吾批評水滸傳。從蘇州到湖北公安，千里迢迢，古代交通極不方便，袁無涯究竟為何而來？單獨為了送新刻水滸傳而來麼？而且，看起來一來就住了不短的時間，以至於小修建議他就在公安過冬。袁無涯作為當時極為有名的大書商，應該也是無利不起早，無事不登三寶殿的，從小修記載兩者的對話而言，袁無涯是來向小修索要袁宏道遺留下來的書稿。說是袁宏道的遺稿，袁宏道本人的詩文作品，都在傳統的文學作品範疇之內，並無書商刻意追求的暢銷書作品。如果有之，當為筆者所論證的，宏道保存有李贄委託他出版付梓的金瓶梅之類的小說作品。

袁無涯來，以新刻卓吾批點《水滸傳》見遺。予病中草草視之。記萬曆壬辰夏中，李龍湖方居武昌朱邸，予往訪之，正命僧常志抄寫此書，逐字評點。……今日偶見此書，諸處與昔無大異，稍有增加耳。大都此等書，是天地間一種閒花野草，即不可無，然過為尊榮，可以不必。往晤董太史思白，共說諸小說之佳者，思白曰：「近有一小說，名《金瓶梅》，極佳。」予私識之。後從中郎真州，見此書之半，大約模寫兒女私情態具備，乃從《水滸傳》潘金蓮演出一支。

初讀此一段文字，會誤以為小修所記載的：「袁無涯來，以新刻卓吾批點

〔註 19〕袁中道《珂雪齋集》，上海古籍出版社，2019 年版，第 1405 頁。

《水滸傳》見遺」是以卓吾批點《水滸傳》來替代不能明說的《金瓶梅》。因為就小修的行文表述而言，先說袁無涯來，以新刻卓吾批點《水滸傳》見遺，由此引發對此書的評點者李贄方居武昌的時候，袁中道曾經去武昌拜訪，看到當時李贄命常志抄寫水滸，然後逐字評點的往事，並隨之介紹了常志其人的情況可以忽略不計，隨後，筆鋒一轉，即回憶自己與董其昌思白的一段對話，引出對近來新書金瓶梅的評價：

> 今日偶見此書，諸處與昔無大異，稍有增加耳。大都此等書，是天地間一種閒花野草，即不可無，然過為尊榮，可以不必。往晤董太史思白，共說諸小說之佳者，思白曰：「近有一小說，名《金瓶梅》，極佳。」予私識之。後從中郎真州，見此書之半，大約模寫兒女私情態具備，乃從《水滸傳》潘金蓮演出一支。所云「金」者，即金蓮也；「瓶」者，李瓶兒也；「梅」者，春梅婢也。〔註 20〕

感覺前面所說有關水滸部分，不過是類似詩三百的起興部分，重點在於要引發對金瓶一書的談論。「今日偶見此書，諸處與昔無大異，稍有增加耳。大都此等書，是天地間一種閒花野草，即不可無，然過為尊榮，可以不必。」所偶見此書，水滸邪？金瓶邪？若說是仍談水滸，水滸乃為英雄傳奇，何可稱之為「大都此等書，是天地間一種閒花野草？」，又何可稱之為「即不可無，然過為尊榮，可以不必？」過為尊榮，顯然是指的是下文與董思白所議論之金瓶梅。金瓶梅之出世，可謂一晴天霹靂，震撼晚明時代的夜空，令一代士人為之目瞪口呆，一如李卓吾之出現，可謂是孔子以來之所未有之思想大變局。正因為前所未有，故金瓶梅出現，一方面知情者欲言又止，真真假假，草蛇灰線，欲蓋彌彰。故此一個段落，表面為評說水滸，實則論說金瓶，引發後文所說的金瓶：

根據小修所說，其所見之金瓶，是在袁宏道生活在真州時期，黃霖先生注明是萬曆二十五年 1597～1598 年之間，所見乃為此書之半，換言之，仍舊是此書處於手稿階段，尚未出版。袁中道在接到袁無涯送來新刻李卓吾評點水滸傳之後，大談金瓶梅，本身就很可疑。

如此解讀，袁中道此文的記載時間次序：1.1614 年袁無涯送來新刻李卓吾評點水滸傳，2.回憶起萬曆二十年壬辰，1592 年，李贄寓居漢陽、武昌。

〔註 20〕袁中道《遊居杮錄》，黃霖編《金瓶梅資料彙編》，中華書局，1987 年版，第 229 頁。

五月，袁中道到武昌拜訪。七月，因病回公安。秋，三袁同訪。當時李贄批點雜劇西廂記、琵琶記、拜月亭，小說水滸傳、金瓶梅。作《忠義水滸傳序》，自云；「水滸傳批點得甚快活人，西廂、琵琶塗抹篡改得更妙。」（李贄《與焦若侯》）其中並未談及金瓶梅，實則暗示當時讀到李卓吾金瓶梅，只不過以批點水滸傳的形式，所謂「諸處與昔無大異，稍有增加耳」，指的是當時所見之章回，並非就全書而言；3.1597年之後，在袁宏道處已經見到此書之半，即約前六十回左右；3.以下說：「舊時京師，有一西門千戶，延一紹興老儒在家。老儒無事，逐日記其家淫蕩風月之事，以西門慶影其主人，以餘影其諸姬，瑣碎中有無限煙波，亦非慧人不能。」此一段暗示出來此書的寫作緣起，聯繫耿定向因其弟定理延請李贄在其家長期居住，深諳其家中老底，「老儒無事，逐日記其家淫蕩風月之事」，實際上是在定理死去之後，耿定向和李贄發生劇烈爭執，李贄遂以定向之家淫蕩風月之事，說明道學家之虛偽：名為道學，陰為富貴，被服儒雅，行為狗彘的嘴臉；4.再聯繫袁無涯告別，索要宏道尚未刊刻的五十多卷的書稿，則應指的是宏道所保存的金瓶一書的書稿——至少，袁無涯是風聞此事，才會不遠千里從蘇州跑來湖北公安索要。由小修的記載來看，小修嚴詞拒絕了這一請求，但誰又能知道呢？既然想要掩蓋真相，遊記之中特意掩蓋，也是可能的事情。眾所周知，隨後就有了丁巳本金瓶梅問世了。

最後的一點，其中涉及董思白的文字，也同樣是作為煙幕彈出現的。董思白先說：此書極佳，隨後，又說此書該燒。可以將此一段文字視為對宏道第一篇涉及金瓶一書的尺牘的呼應，既然要掩蓋真相，就要掩蓋的真實可信一些，否則，李贄的相關回覆一直都在袁宏道的文集之中，金瓶梅一書的問世過程，也就不會像是後來這樣的雲遮霧罩，撲溯迷離；當然，這也是不可能的事情，對於逝者李贄和宏道而言，固然已經脫離了這個世界，而對於尚在科考之中，性格謹慎的小修而言，這樣的誨盜誨淫的壓力，恐怕他和他的家族是無法抗住的。時代已經逾越了李贄所在的萬曆時代，那是一個思想相對鬆散解放的時代。

第五章　袁宏道對《金瓶梅》手稿的早期傳播〔註1〕

一、概說

《金瓶梅》一書最早的信息，來自於袁宏道；而袁宏道在思想上所受影響最大的人是李贄，李贄堪稱袁宏道的精神導師，袁宏道則堪稱為李贄的傳人，袁宏道將李贄的童心說，成功地運用到文學領域而為性靈說並形成文學流派——公安派。袁宏道是《金瓶梅》一書最早信息的披露者和傳播者。袁宏道於1591、1593 年等多次從湖北公安千里迢迢去麻城拜訪李贄，如果追究袁宏道金瓶一書書稿的來源，則李贄為其首選懷疑對象，這是無疑的。綜觀袁宏道對金瓶一書的傳播和貢獻，主要有以下的幾個時間點：

第一，此前金學界盛傳的袁宏道「《金瓶梅》從何得來？伏枕略觀，雲霞滿紙」的這一篇尺牘，一般公認為袁宏道於 1596 年寫給董思白，並因此將其命名為《與董思白》，深度考察此函，時間既非寫作於 1596 年，寫作對象亦非寫給董思白。參見前文詳論。第二，萬曆二十六年戊戌（1598），李贄與袁中道於儀徵相會，並將金瓶書稿託付袁中道轉交袁宏道。書中西門慶之死的第七十九回，特意點明死年為「戊戌」，應該是李贄寫作到此處正是戊戌年。袁宏道在北京獲得袁中道轉來的《金瓶梅》手稿之後，將《金瓶梅》書稿轉給謝肇淛；1606 年，袁宏道為袁無涯撰寫《觴政》一文，以《金瓶梅》為《水滸》之外典，實則可以視為是袁宏道為金瓶一書出版而撰寫的短文序跋，但此一年此

〔註1〕本文發表於《甘肅社會科學》2021 年第 2 期，57～64 頁。

書並未能付梓問世；第三，1609 年，袁宏道獲得李贄生前託付汪可受轉給他的一批遺作，袁宏道將其總名為《枕中十書》，並為之作序，是為著名的《枕中十書序》，金瓶一書乃為其中之代表作；第四，1610 年，袁宏道臨終之前，為完成李贄生前的重託，為《金瓶梅》的出版而作最後一次努力，以「廿公」的筆名為此書作跋語，出版之際將書名定為《金瓶梅傳》，是為署名「廿公」的《金瓶梅傳．跋》，被後來的諸多《金瓶梅》版本所收錄。由於此書的特殊性質，金瓶一書在袁宏道生前未能付梓問世。

由於袁宏道與李贄之間的關係甚為複雜曲折，對《金瓶梅》一書之傳播，又事涉隱秘，因此，不得不以多篇文字披露其曲折細節，本文以《枕中十書序》與《金瓶梅》一書的關係為中心，論證袁宏道對《金瓶梅》一書手稿的早期傳播。

二、《枕中十書序》的內在含義

袁宏道的《枕中十書序》，寫作時間為公元 1609 年。此文可謂是宏道最為精彩的散文作品，但在全集中卻列入附錄輯佚中，顯然，宏道的集子是被整理過的，有意刪減了涉及李贄的文字。細讀這一序文，不難發現其所披露的正是《金瓶梅》和與其相類的一批書稿的手稿信息，由於當時理學之局限，不能明確說明。當下，需要給予內在的闡發和解讀，才能洞悉其意。袁宏道《枕中十書序》全文如下：

> 人有言曰：「胸中無萬卷書，不得雌黃人物。」然書至萬卷，不幾三十乘乎？除張司空外更幾人哉！吾於漢劉向、唐王僕射、宋王介甫、蘇子瞻見之，然自子瞻迄今又三百餘歲矣，吾於楊升庵、李卓吾見之。或說卓禿翁，孟子之後一人，予疑其太過。又或說為蘇子瞻後身，以卓吾生平歷履，大約與坡老暗符，而卓老為尤慘。
>
> 予昔令吳時，與卓吾遊黃鵠磯，語次及著述書，李卓吾便點首曰：「卓老子一生都肯讓人。唯著書則吾實實地有二十分膽量，二十分見識，二十分才力，若信得過否？」予唯唯，遂詰之曰：「爾數部中誰是最得意者？」卓吾曰：「皆得意也，皆不可忽也。《藏書》予一生精神所寄也；《焚書》予一生事蹟所寄也；《說書》予一生學問所寄也。別有十種，約六百餘紙，於中或集諸書，或附己意，此予一生神通，遊戲三昧所寄也，尚未終冊，完當從門下校之。」自

是分袂，伊南我北，卯酉相望。不數年，卓吾竟以禍殞，惜哉！

己酉，予主陝西試事畢，復謝，天子恩命，夜宿三教寺，寺高閣敝筐中，獲其稿讀之，不覺大叫驚起。招提老僧，執光相顧。予遽詢曰：「是稿何處得來，束之高閣？」老僧曰：「鄉者溫陵卓吾被逮時寄我物也，囑以秘之枕中，毋令人見。今人已亡，書亦安用！」予曰：「嘻，奇哉！不意今日復睹卓吾也，卓吾其不死矣！」惜書前後厄於鼠牙，予以囊受卓吾之祝，故於燕居時續而全之，付冰雪閱而訂之，藏之名山，竢有緣者梓而壽之。公安石公袁宏道撰。（錄自李贄編《枕中十書》卷首）〔註2〕

本文題為《枕中十書序》，題目中的「十書」是哪十種書，作者並不交代，枕中何意？本文也不交代，十書何人所著？根據後文，可知為李贄生前遺作，並且是藏於三教寺這種藏於名山的遺作，真的是藏書了，而題目為「藏書」的書，早已經在李贄生前親自交付了出版，由此可知，這一部十書，遠比名為藏書、焚書的書，更為離經叛道，更為不能為世人所知。此書如何的內容，作者也未講明，但從「枕中」二字可以得知，此為一部閨闈枕中之作，幾乎就是《金瓶梅》的別樣說法；此文的寫作時間，由於文中提及己酉 1609 年，而袁宏道死於 1610 年，故此文可以視為宏道臨終之前的作品，即應該是 1609～1610 年之作；這是清晰的，但文中提及的與李卓吾在武昌黃鶴樓對話的時間，卻是含混的、矛盾的。

先看其時間點位：「予昔令吳時，與卓吾遊黃鵠磯，語次及著述書。」這裡的地點、時間、事件是矛盾的，不能一致的，袁宏道與李卓吾同遊黃鶴樓是 1592 年，根據前文所引《哭劉尚書晉川》：「記相識，相識黃鶴樓。當時稚齒青襟子，平揖方伯古諸侯。……爾時山翁問余言，乘興遂作洪山遊。中間離合苦不定，長別已經十春秋。」此詩為萬曆三十年壬寅（1602）作，袁宏道與李贄同遊黃鶴樓在十年之前的 1592 年，而宏道任職吳縣縣令的時間，卻是 1595 年二月，是從北京去吳縣任職。湯顯祖有詩《乙未計逡，二月六日同吳令袁中郎出關，懷王衷白石浦董思白》。宏道壬辰（1592）舉進士，乙未（1595）始謁選赴官。在任二年，寄情詩酒，吳中名勝題詠殆遍。改任順天府學教授，升吏部郎中。

〔註2〕袁宏道著，錢伯城箋校，袁宏道集校箋〔M〕，上海：上海古籍出版社，2018 年。

宏道此序中的時間點位為何出現這種明顯的矛盾？這種錯謬可能有幾種可能：1.袁宏道在赴任吳縣令之後，再去麻城拜訪李贄，同遊黃鶴樓，但此一種情況基本沒有可能，專門研究李贄和專門研究袁宏道的學者，都沒有提出相關的史料證明之；2.第二種可能，此處的時間和地點，是兩個不同時空場景的混合體：1592 年在同遊黃鶴樓的會談內容，嫁接在 1595 年任吳縣先令之後的事情。而這一事情，正是與本文的《枕中十書》密切相關；3.第三種可能，是否有可能暗指李贄將《金瓶梅》手稿委託小修轉給了宏道。「自是分袂，伊南我北，卯酉相望。不數年，卓吾竟以禍殞，惜哉！」也就是這次分手之後，李贄往南行，而我宏道往北走，並且，隨後不幾年，李卓吾「竟以禍殞。」這個時空交錯點位，可以說是一個謎案的線索，時間方面是李贄「不數年，卓吾竟以禍殞」，方位方面，也只有這一次李贄去南京，宏道往北去北京。如此的話，則這一段文字，折疊了三個時間空間：1592 年在黃鶴樓李贄透露他在寫某種特殊的書；在他擔任吳縣先令的 1595～1596 年之際，宏道得到了此書的部分手稿；在李贄被焦竑拉去南京之際，宏道得到了此書的全書書稿。進一步說，就是證實了筆者前文所分析的：1595 年所發生的重要事件，李贄將其尚未完成的《金瓶梅》書稿，託付給了袁宏道，在 1599 年左右，宏道得到了全書書稿。在此基礎之上，再來分析這一篇《枕中十書》在表面文字之下的內在含義：

第一個段落：此文原文的本意，是在披露所謂「枕中十書」的發現，但作者袁宏道卻並不直接說明此事，而是先從一個似乎無關痛癢的話題說起，說是「胸中無萬卷書，不得雌黃人物」，再從兩漢唐宋時代的著名文學家，一直說到本朝人物楊升庵、李卓吾，似乎是不經意間讓本文的中心人物李贄出場，隨後，再對李卓吾進行評價，評價又是揚抑交錯，褒貶夾雜，「或說卓禿翁，孟子之後一人」，李卓吾是和尚，剃髮為僧，故曰「卓禿翁」，透露兩者之間雖為師徒，卻異常熟稔，說他是孟子之後一人，顯然是極高的評價，但也可以見出當時士大夫對李卓吾的信奉，「予疑其太過」，則為一個反撥，是否太過，不知道，只是「疑其太過」；然後，再與坡老並論，但李贄比東坡的貶謫，則更為淒慘：「而卓老為尤慘」。

以上一個層次，作者到底想說什麼，並不明晰，只是對古往今來的文人進行了一番品評，顯然，是在為某一個重大的事件在作出鋪墊。果然，以下第二個層次，作者開始講述一件具體的事情：予昔令吳時，與卓吾遊黃鵠磯，語次及著述書，李卓吾便點首曰：「卓老子一生都肯讓人。唯著書則吾實實地有二十分膽量，二十分見識，二十分才力，若信得過否？」予唯唯，遂詰之曰：「爾數部中誰是最得意者？」卓吾曰：「皆得意也，皆不可忽也。《藏書》予一生精神所寄也；《焚書》予一生事蹟所寄也；《說書》予一生學問所寄也。別有十種，約六百餘紙，於中或集諸書，或附己意，此予一生神通，遊戲三昧所寄也，尚未終冊，完當從門下校之。」自是分袂，伊南我北，卯酉相望。不數年，卓吾竟以禍殞，惜哉！

此一段文字，講述當年自己和李卓吾在武昌的一次對話，談及李卓吾著書立說之事，李贄自我評價他的三部代表作，認為藏書、焚書、說書三部，都很精彩，分別為自己一生精神所寄託、事蹟所寄託，學問所寄託。讀到此處，唯覺李贄之高度的自我認可，甚而有張狂其人、誇大其辭之感，確實如此，李贄平生代表作，如果僅僅為此三種，畢竟僅僅是思想的叛逆，而乏偉大的作品實績。問題是——此處仍舊是在鋪墊，可謂是層層鋪墊之中的第二個層面的鋪墊。

以下的文字，方才開始進入到本文的正文部分，作者披露了令人驚異難解的內容：「別有十種，約六百餘紙，於中或集諸書，或附己意，此予一生神通，遊戲三昧所寄也，尚未終冊，完當從門下校之。」這一段文字，之所以說是令人驚異難解，是因為：李贄的代表作，眾所周知，是藏書等三部，而在當下的文字語境之中，李贄雖然也對自己的此三部書給予極高的評價，但在閱讀了接續的這個段落之後，方才知道，此三部書對於尚未完成的「別有十種」而言，還不過是小巫見大巫，仍然是一個鋪敘——作者在這篇序文中，層層鋪墊，已經經過了多次的皴染。那麼，李贄到底還有什麼著作叫做「枕中十種」？讀者顯然被弔足了胃口，但作者偏偏不作正面回答，而是——接下來在第三個層次文中披露一件更為令人聳人聽聞的事情，見前文所引原文最後一段。

此文層層鋪墊，初讀不知所云，不知其所云之披露為何，細讀方知其中深意：全篇皆在讚美李贄著作之神奇，之神秘，之驚世：予昔令吳時，與卓吾遊黃鵠磯，語次及著述書，李卓吾便點首曰「卓老子一生都肯讓人。難著書則吾實實地有二十分膽量，二十分見識，二十分才力，若信得過否？」……此一段正可以接續袁中道的三個有關《金瓶梅》的記載，即兩者之間約於 1593 年間同遊武昌期間的對話（參見前文相關論述），通過兩者之間對話，來鋪墊後文將要推出的重要信息，即李卓吾之所為作，並非世人皆知的藏書、焚書、說書等，而是「別有十種，約六百餘紙，於中或集諸書，或附己意，此予一生神通，遊戲三昧所寄也，尚未終冊，完當從門下校之」，而這「約六百餘紙」，「於中或集諸書，或附己意，此予一生神通，遊戲三昧所寄也」，「尚未終冊」之作，為何種作品？袁宏道並未透露，留下伏筆。

再看最後一個層次，己酉年，為萬曆三十七年，公元 1609 年，李贄已經不在人間，袁宏道翌年去世。根據袁宏道《枕中十書序》披露，他在萬曆己酉 1609 年，在陝西公務之後，夜宿三教寺，獲得一部奇書，根據住持老僧所云，為「鄉者溫陵卓吾被逮時寄我物也，囑以秘之枕中，毋令人見」，此書正應為李贄遺作《金瓶梅》書稿，根據袁宏道披露，李卓吾生前已經在武昌告知他自己在寫一部書，此書在眾所周知的《藏書》《焚書》《說書》等已經刊發的著作之外，而這部新著，李贄更為看重，自我評價為「予一生學問所寄也。別有十種，約六百餘紙，於中或集諸書，或附己意，此予一生神通，遊戲三昧所寄也。」

此書為「一生學問所寄也」，可知其分量之重，寄託之深，絕非單篇文章之可比擬。「別有十種，約六百餘紙」，全書分為十種，此書計劃在一百回共計十冊（卷），這也是此文題為《枕中書十種序》的原因，枕中書，正指的是《金瓶梅》一類的男女之事；「六百餘紙」指的是書稿當時是六百多頁。「尚未終冊，完當從門下校之」，指的是李贄拜託袁宏道及其門人在書稿完成之後幫助校對完善。對於此書的性質，李贄自我評價為「此予一生神通，遊戲三昧所寄也」，正吻合於《金瓶梅》的性質。

根據此一線索，再追究此書稿進入到三教寺的時間、經辦人等問題，根據李贄生平之研究，李贄晚年在通州被捕入獄之前，與曾經擔任過山西督學的汪可受囑託後事，其中具體內容雖然不詳，但筆者的邏輯推斷是：1609 年袁宏道在三教寺獲得此書書稿，則此前受到李贄委託處理書稿藏之名山之人，必定要具備幾個條件：首先，此人在同一年前後與袁宏道應該有所交集，否則如此重要的事情不可能委託侍從或是他人辦理；其次，此人需要與三教寺所在地有關的人生經歷，否則，也不可能將如此的重任安放在三教寺；再次，此人應該與李贄的關係具備相當的深度，才有可能受到李贄的囑託。

檢查此三條，加以推斷之後的驗證，汪可受正為完全符合：首先，汪可受的人生履歷，恰恰是 1609 年擔任陝西督學，與袁宏道在此年擔任考試官，不僅同在一個空間，而且，同在一個事業，袁宏道恰恰也是李贄的最為知己的同門弟子之一，同門之間交代此事完成此事，正得其所，合於情理；其次，三教寺在陝西西安附近，袁宏道從西安返回有意夜宿三教寺，正是有備而來，並非偶然寄宿，找到書稿所藏之所，也應該是事先得知於人，而非偶然看到，並隨後投入到修改完善的工作；其三，汪可受非常崇拜李贄，於翌年也就是 1610 年祭拜恩公李贄，樹立卓吾老子碑。

萬曆二十八年（1600）秋，李贄返回麻城龍湖芝佛院，受到當地道學的圍攻，攻擊他「異端惑眾」「宣淫」，歲末，他所居住的芝佛院被一把火燒光；二十九年至三十年春，李贄被馬經綸從麻城接到北京通州居住。此時，距離李贄之死已經接近，被捕入獄之前，有過汪可受來告辭之事，李贄應該是將《金瓶梅》書稿託付汪可受，隨後，汪可受將書稿再託付三教寺主持老僧藏於名寺。李贄自覺身後之事皆已託付完畢，無所掛礙，遂於獄中割喉自盡而亡。〔註 3〕

汪可受《李溫陵外紀》：余與公安袁家兄弟嘗問道於卓吾老子，庚戌（1610）之春，余以關吏述職竣，中郎數偕同志梅掌科、蘇侍御招遊野寺，慨然懷古，中郎指蛻骨在通州城外馬氏莊，恐孤墳荒草，日久且不可辨識，奈何！……中郎任為文以志之，余與二公任捐貲樹之碑，未及，中郎長逝，則志亦余之所不得辭也。歲己丑（1589）……，余初見老子於龍湖，時麻城二三友人俱在。……丙申（1596）歲，老子以劉司空之約至上黨，余亦以校士至。約相見於上黨之精舍。……夜深，余請宗門下事，老子曰：「尚有數年不死，可再晤談。」余曰：「老子末後一著何如？」老子曰：「吾當蒙利益於不知我者，得榮死詔獄，可以成就此生。」余意厭之。老子復大鼓掌曰：「那時名滿天下，快活快活。」余止勿寐語，夫安知其為真實語也。又辛丑（1601），老子以馬侍御之約，至通州，而余適起官霸上，相約見於侍御之別業。老子以儒帽裹僧頭，迎揖如禮。余驚問曰：「何恭也？」……而忽有河上之役，行矣。行而念老子不置，復過辭於侍御別業。老子愴然曰：「顧以筆墨來，為公書《證道歌》一幅，異日見書如見我。」余亦愴然不能應。……偈曰：「信口信心兼信手，信手一刀出斷常。記得上黨夜中說，不會先機謂是狂。龍湖潞水共湯湯，大千世界共徜徉。我亦怪君葛藤長，《焚書》不焚《藏》不藏。」〔註 4〕

將李贄弟子汪可受這些回憶串聯起來，講述了他也作為李贄臨終所囑託

〔註 3〕 李贄生平部分參見鄢烈山著，李贄傳〔M〕，廣州：廣東人民出版社，2012 年。

〔註 4〕 汪可受《卓吾老子墓碑》，《李溫陵外紀》，張建業彙編，李贄研究資料彙編〔M〕，北京：社會科學文獻出版社，2013 年。

後事之人，即當時他追問李贄有關他的「末後一著」的評價，老子曰：「吾當蒙利益於不知我者，得榮死詔獄，可以成就此生。」所謂「吾當蒙利益於不知我者，得榮死詔獄，可以成就此生」，暗示的是自己所寫的《金瓶梅》一類通俗小說，可以受到不知我者，也就是天下之讀者，而自己得以「榮死詔獄」，就更能具有轟動效應，到那時名滿天下，豈不快活快活。

何謂「末後一著」？文中未能點明，也不能點明，實際上很清楚，明代後期的印刷出版非常方便，士大夫的文字文章寫完之後，往往是寫完即可付梓。李贄的重要著作，生前也都是隨寫隨出，《焚書》《續焚書》《藏書》等都在生前一一順利出版，所謂藏書不藏，「《焚書》不焚《藏》不藏」。所謂的「末後一著」，必定指的是尚未問世之作，同時，也必定是世人絕不知曉之作，也必定是超越世俗眾人能想像到的大著作，驚世駭俗之作，其不能在李贄生前面世之作，其死後問世能令老子李贄「那時名滿天下，快活快活」之作，這就是《金瓶梅》代表的一批著作，即袁宏道所謂的《枕中十書》之作。

汪可受在此文中接續說道：隨後的1601年，自己將要有河上之役，即將要赴陝西任上，臨行兩次告別李贄，李贄與其作生死之別，囑託後事：「又辛丑（1601），老子以馬侍御之約，至通州，而余適起官霸上，相約見於侍御之別業。老子以儒帽裹僧頭，迎揖如禮。余驚問曰：『何恭也？』……忽有河上之役，行矣。行而念老子不置，復過辭於侍御別業。老子愴然曰：『顧以筆墨來，為公書《證道歌》一幅，異日見書如見我。』余亦愴然不能應。」李贄之所以對汪可受這樣的晚輩學生待以莊重禮節：「以儒帽裹僧頭，迎揖如禮」，正是在莊重委託臨終之大事，具體何事，汪文未言，亦不能言，言則會舉世大嘩，也會打亂了李贄的原有計劃，讓《金瓶梅》等一批反對程朱理學的著作平安問世，在相當漫長歲月中不被世人知曉作者，以這樣的吃飯穿衣包括人性的人倫物理來「證道」，也就是此文中提及李贄最後寫《證道歌》給他的含意。1601年委託後事之後，李贄遂於翌年自殺於獄中。

看來，李贄對於自己人生的「末後一著」格外看重，看成是自己的生命寄託，其地位遠遠高於世人熟知的《藏書》《焚書》等，因此，委託多位弟子在自己死後完成此書的付梓。

前文推測汪可受受到李贄臨終囑託，汪可受應該於1609年與袁宏道同在陝西，從而具備兩者之間交接李贄遺作的機會，但這還僅僅是推論，近查宏道文集，果見兩者之間在陝會面的文字。其一為《題汪以虛羅漢卷後》：

「謂大士藏洞穴若干年，而徵羅旁者得之。即入汪以虛篋笥，以為得所託矣，而鼠齧其尾，幾傷趾。是此諸應真一厄於盜，再厄於鼠，三厄於以虛也。夫阿羅漢一名殺賊，而不能自守其械，慧刃之謂何？今與大士約，欲護金襴衣，當先殺盜，次殺鼠，最後殺不能固扃以御鼠者，是即大慈無量方便也。己酉重九之前五日，公安袁宏道書於韋村興教寺之西軒。」箋校：「萬曆三十七年（1609）在西安作。」此文應為宏道得到《枕中十書》之後的回應，但由於此十書為忌諱之作，而以為題汪可受（字以虛）《羅漢卷後》所作，以玩笑戲謔之反語出之，意謂汪可受所受李贄之委託藏書洞穴，「是即大慈無量方便也」。同時，此段文字還補充了所藏地點的信息，三教寺即應為興教寺。宏道另有《場屋後記》，記載考場之後，汪可受和他的交往：「戊寅，汪右轄（汪可受時任陝西按察使）以虛暨藩臬諸公，邀飲郭西金聖寺。寺去城五里。」至於《枕中十書》到底指的是哪十部著作，還需要後來者由此出發繼續深論。

三、袁宏道在李贄生前對《金瓶梅》一書的接受和傳播

《金瓶梅》之所以難以破譯，首先在於其為一本前所未有的奇書，它所產生的顛覆力度之大不僅僅是前所未有的，而且，其顛覆的要害，在於它捅到了華夏民族文化周公孔子以來、宋明程朱理學以來的要害——人慾。這種顛覆，不僅僅在於其酣暢淋漓的性描寫，也不僅僅在於它顛覆了傳統小說和傳統文學的世界，也同時顛覆了傳統的統治了中國數千年之久的儒家道德倫理世界。深刻理解金瓶一書的這種顛覆性、破壞性，理解它為何將其作者深藏不露的深層次的歷史文化原因，正是破譯此書作者問題的關鍵所在。唯有以此為先決條件，才有可能在當時殘存下來的有限信息裏，沿波討源，層層剝筍，通過邏輯的推理，最終探尋出真正的作者；如果真正能深刻理解這種奇特的歷史文化背景，就能將相關金瓶一書的信息，給予去偽存真，去粗取精的梳理工作，既要相信這些最早信息的真實性，又要懂得不論是原作者，還是第一個層次的傳播者，他們所具有的共同心理：既要將此書問世傳奇，又要留下真實作者的蛛絲馬蹟，同時，又要避禍全身，由此不得不採用種種瞞天過海的障目之法。因此，凡是有關此書在明代的種種說法，基本都是真真假假，假假真真。因此，需要將一切相關的史料，進入到一個全面的、演變的、當時的歷史文化環境之中，才有可能辨析出來。此為破譯此書研究方法的先決條件，或說是第一要素。

以此作為破譯之先決條件來解讀李贄與袁宏道之間的師生關係，以及袁宏道對《金瓶梅》一書的接受和傳播歷程才能讀懂其中的奧秘。首先需要解決的問題：李贄作為這個時代的偉大顛覆者，誰是他最為可以信賴的傳承人？從史料原典出發，在在顯示：袁宏道是李贄的傳人，李贄的重要手稿遺作，是託付給袁宏道的。以下分為三個時間段來說明：

第一，1595 年袁宏道首次獲得《金瓶梅》書稿：袁宏道《董思白》：「一月前，石簣見過，劇譚五日。已乃放舟五湖，觀七十二峰絕勝處。遊竟復返衙齋，摩霄極地，無所不談，病魔為之少卻，獨恨坐無思白兄耳。《金瓶梅》從何得來？伏枕略觀，雲霞滿紙，勝於枚生《七發》多矣。後段在何處，抄竟當於何處倒換，幸一的示。」此一篇尺牘，向被視為有關金瓶一書的最早披露信息，其披露時間，也向被視為是 1596 年秋季。此一封尺牘的寫作時間乃為 1595 年十月，換言之，袁宏道首次接受到金瓶梅一書的時間是 1595 年，同時，此一封尺牘不僅僅是時間不對，而且，袁宏道此一函的真正寫作對象，並非一向所說的董思白。詳見相關論文。

第二，1598～1599 年袁宏道對金瓶一書的傳播：1598 年李贄抵達北京，聞訊宏道也即將進京狂喜，兩者之間是否順利會面至今仍未破解，蓋因李贄在此一年已經將金瓶一書大體完成，急於將這大體完成（約為前八十回）的書稿託付給袁宏道。但由於此書的特殊性質，兩者之間的關係反而處於隱秘狀態。

先看李贄寫給《與焦弱侯》尺牘中所透露出的信息：「《水滸傳》批點得甚快活人，西廂、琵琶塗抹篡改得更妙。念世間無有讀得李氏所觀看的書者，況此間乎！唯有袁中夫可以讀我書。我書當盡與之，然性散懶不收拾，計此書入手，隨當失散，此書至有形粗物，尚彷徨無寄，況妙精明心哉！已矣！已矣！中夫聰明異甚，真是我輩中人。凡百可談，不但佛法一事而已。老來尚未肯無死，或以此子故。骨頭又勝似資質，是以益可喜。明秋得一明目入京，便相見也。世間有骨頭人甚少，有識見人尤少。聰明人雖可喜，若不兼此二種，雖聰明亦徒然耳。」〔註 5〕此一尺牘似乎指明，李贄認為自己的傳人是袁中夫，但其實，這也同樣是假假真真的遮蔽手法。

李贄此一封尺牘，實際上已經透露了他從評點水滸，而轉向了演繹水滸，

〔註 5〕 李贄著，續焚書〔M〕· 卷一 · 書匯 · 與焦弱侯，北京：中華書局，2009 年，34 頁。

只不過借著「《水滸傳》批點得甚快活人，西廂、琵琶塗抹纂改得更妙。念世間無有讀得李氏所觀看的書者」，表達了此書基本寫就而世間無人能欣賞的遺憾。從李贄的此一封尺牘來看，李贄是在隱隱透露自己在改寫並演繹水滸傳：「《水滸傳》批點得甚快活人，西廂、琵琶塗抹纂改得更妙」，所謂塗抹纂改西廂、琵琶，已經並非指的是評點了，而是借著西廂。琵琶記的塗抹纂改，來指對水滸傳的塗抹纂改，也就是說，暗示了自己在水滸傳的基礎之上，塗抹纂改了新的作品——《金瓶梅》。

此外，李贄此函儼然有將此書託孤給他人之意，而託孤之人，原本應該是袁宏道，但尺牘之中卻寫為袁中夫。李贄被稱之為狂人，我行我素，包括他的諸多弟子，包括大弟子焦紘，都不能全然接受，故此文後面隱然有暗示批評焦紘之意。從「老來無死，或以此子故」的高度評價、寄予厚望而言，唯有袁宏道一人而已。因此，袁中夫或是約定的暗指袁宏道亦未可知。

「袁中夫」者，何許人也？遍索李贄文集，兩者關係似乎平常而已，如李贄有《六月訪袁中夫攝山》：「懷人千佛嶺，避暑碧霞顛。試問山中藥，何如品外泉？蔭蔭藤掛樹，隱隱日為年。坐覺涼風至，披襟共灑然。」〔註6〕雖然兩者之間的關係也不錯，但畢竟從詩中來看，袁中夫不過是山林隱者僧人而已，難以到達李贄所說的「老來無死，或以此子故」的生命重託，試對比李贄寫給袁宏道的一首《九日至極樂寺聞袁中郎且至因喜而賦》：「世道由來未可孤，百年端的是吾徒。時逢重九花應醉，人至論心病亦蘇。老檜深枝喧暮鵲，西風落日下庭梧。黃金臺上思千里，為報中郎速進途。」李贄所要託孤生命之作《金瓶梅》者，顯然是袁宏道而非袁中夫，袁宏道又稱之為「袁中郎」，此處借指袁中夫而云袁中郎，其意甚明。

況且，李贄信函中有「明秋入京」的說法，豈有與山林隱士袁中夫相會於京城之約？而李贄寫給袁宏道的詩作之中，卻清晰點明，期盼兩者京城相會。1598 年李贄抵達北京，聞訊宏道也即將進京，狂喜之心境躍然紙上，全詩一氣灌下，可謂是卓老一生第一首快詩，頗類杜甫的官軍收河南河北。而且，句句都在傾訴著對中郎的期盼，句句都在袒露著一生之重託，開篇「世道由來未可孤，百年端的是吾徒」兩句，更清晰地將袁中郎定位為自己一生事業的託付者。順德人黃節在《李氏焚書跋》中說：「卓吾為人，頗不理於謝在杭、顧亭林、王山史之論，惟袁中郎著《李溫陵傳》頗稱道之。……嗟夫！卓吾學與時

〔註6〕李贄著，焚書〔M〕· 卷六，北京：中華書局，2009 年。

忤，其書且毀，記其人者或甚其詞，度必有之。」〔註7〕可謂知音。袁宏道，正是李贄唯一不二的傳人，袁宏道的公安學派，其理論正是李贄在文學藝術方面的燈火薪傳，反之，李贄也是袁宏道與1595年發出《金瓶梅》一書信息之前唯一的相關人。

袁宏道任職京兆校官，北京之行，袁宏道於1597年確定，1598年初成行，有《廣陵別景升、小修》「二月河橋上馬時」之句，參見箋注：「萬曆二十五年戊戌在揚州作」。李贄於上年秋至北京，有《九日至極樂寺聞袁中郎且至因喜而賦》：「黃金臺上思千里，為報中郎速進途。」見《焚書》卷六。然李贄於宏道此行曾有所評，《致梅國楨書》云：「旋來補缺，終不免作《進學解》以曉諸生，則此刻恐成大言矣。」及宏道至京，李贄已偕焦竑去南京。李贄之所以聽聞袁宏道即將進京，異常期盼早日會晤，寫下「黃金臺上思千里，為報中郎速進途」之句，應該是希望利用這次會面的機會，將金瓶一書的新稿，或說是接近完成稿，交付給中郎宏道。

李贄一生的政敵耿定向於萬曆戊申（1596）年死去，而《金瓶梅》一書從1591 年左右開始寫作，到此時已經有七、八年時間（書中人物祝時念，張竹坡評點為「住十年」，諧音為李贄從1581年入住耿定向所在的黃麻地區，到開始寫作金瓶一書的1591年，恰恰十年。詳論參見後文。）再看《金瓶梅》書稿，是如何說明西門慶之死的年歲和時間，作者借吳月娘與算命的吳神仙對話之口，說出西門慶的生辰八字：打算西門慶八字，說道「屬虎的，丙寅年，戊申月，壬午日，丙辰時，今年戊戌流年，三十三歲。」〔註8〕此處有兩點值得關注，其一，點明西門慶死年為戊戌年，其二，西門慶死年為三十三歲。對照李贄一生之死敵耿定向，生卒年 1524～1596，終年虛歲七十三歲。金瓶一書寫作緣起，利用水滸的武松西門慶故事，自然要按照原定的人物年齡背景寫定格，西門慶在該書出場時候介紹的年齡是二十六七歲，到此時死去三十三歲，按照虛歲計算，可以計算為六年到七年的時光，則與筆者所推論的李贄以耿定向作為原型寫作此書的時間基本吻合。

再看戊戌年，查驗萬曆時期的戊戌年，正為1598年。則可以理解為李贄聞聽耿定向死訊，至1598年收尾全部完稿，遂借西門慶之死，點明耿定向之

〔註7〕 黃節跋，焚書〔M〕·卷六·李氏焚書跋，北京：中華書局，2009年，251頁。

〔註8〕 金陵笑笑生《金瓶梅詞話》第五卷第七十九回，明萬曆丁巳刊本、臺北故宮博物院藏原北平圖書館甲庫善本，新加坡：新加坡南洋出版社。

死，也點明自己基本完稿的時間。後二十回可謂是倉促收工，無心戀戰。因此，1597 年李贄入京，期盼見到袁宏道，情有以也。

李贄於 1597 年秋季抵達北京，袁宏道此前就已經放出風聲，申明自己要進京從政，但面對李贄的橄欖枝卻似乎是置若罔聞，在當下的《袁宏道集箋校》中，沒有袁宏道任何呼應信息，反而一再拖延，一直到李贄反被弟子焦竑拉走去南京，袁宏道才於翌年二月，從儀徵（真州）緩緩啟程。這種感覺，就像是袁宏道在躲避李贄，而焦竑之拉走李贄去南京，也像是與宏道配合。袁宏道讚賞李贄的思想解放，由此才產生了他的性靈說和公安派，但他畢竟還是不能完全接受李贄，特別是李贄後來發展的性解放，大逆不道，為世俗道學以及傳統文化中的士大夫群體所不能容忍。因此，作為李贄之早期弟子，雖然理應為老師出版其遺作盡力，但又在他的後期，力避與李贄會面。儘管如此，此次李贄既然已經攜帶了自己的心血之作手稿，理應就會設法將書稿交付此前有約的袁中道。

林海權《李贄年譜考略》，果然有李贄見面袁中道的記載：萬曆二十六年戊戌（1598），李贄過儀徵，與到儀徵接袁宏道家屬入京的袁中道同遊天寧寺。袁中道也有《雨坐天寧寺，時將與卓吾子游秣陵，以雨不果》，詩中有：「窗下一篇閒自讀，喜君年老有精神」之句。聯繫以上背景，即可得知，李贄是有意安排與中道相會，以將金瓶書稿交付給中道轉給宏道。書中西門慶之死的第七十九回，特意點明死年為「戊戌」，應該是李贄寫作到此處正是戊戌年。

1606 年袁宏道對金瓶一書的傳播：袁宏道有《與謝在杭》尺牘：「今春謝胖來，念仁兄不置。胖落寞甚，而酒肉量不減。持數刺謁貴人，皆不納，此時想已南。仁兄近況何似？《金瓶梅》料已成誦，何久不見還也？弟山中差樂，今不得已，亦當出，不知佳晤何時？葡萄社光景，便已八年。」箋注：萬曆三十四年丙午（1606）在公安作。謝在杭，宏道同年。謝胖，應為阿胖，指袁中道。

根據箋校，此函袁宏道寫作於 1606 年，在湖北公安寫給謝肇淛，其中提及了一個重要的有關《金瓶梅》信息，即「《金瓶梅》料已成誦，何久不見還也？」為此，有學者也會猜測謝肇淛與此書有關。

查看一下謝肇淛何時得到的此書的手稿。尺牘中回憶說：「葡萄社光景，便已八年」，則宏道與謝肇淛兩者之間前一次的會面時間，按照傳統虛年的計算方式，八年之前，應該是 1599 年。宏道有《謝在杭、鍾樊桐諸兄集郊外》詩作，記載了 1599 年的葡萄社歡聚，詩作中有：「未言先側耳，每笑必傷神。落翠黏行帕，空罍或醉人。」箋注：「萬曆二十七年（1599）在北京作。……肇淛時卸湖州推官，至北京候調。」

根據以上研究的邏輯關係，接續下來，應該是袁宏道將《金瓶梅》書稿借閱給謝肇淛，當在此時即 1599 年於北京，由於事涉機密，故云「未言先側耳」，時間為深秋，故云「落翠黏行帕」。這樣，袁氏兄弟大力推薦的謝肇淛，也就進入到了金瓶一書的早期知情者和傳播者之中，時間當為 1599 年深秋，晚於袁氏兄弟，可以視為這一參與傳播者的第二梯隊。但袁宏道並不知道李贄與謝肇淛之間矛盾很深，謝肇淛並不同意出版此書，詳論參見後文。

1606 年，宏道寫作《觴政》一篇，似乎是特意為金瓶一書而寫，應該是有為之付梓作序之意。袁宏道《觴政》原文：「傳奇則《水滸傳》《金瓶梅》等為逸典，不熟此典者，寶面甕腸，非飲徒也。」黃霖按語：「觴政，即酒令。據沈德符《萬曆野獲編》載，此段作於萬曆三十四年丙午（1606）前。」〔註 9〕

袁宏道於 1606 年寫給出版家袁無涯的尺牘：「北車已脂，而宗禪適到，開函讀手書，如渴鹿得泉，喜躍倍常。……《瓶花》《瀟碧》二集寄覽。又《觴政》一編，唐人舊有之，略為增減耳，並上。」箋校：「萬曆三十四年（1606）在公安作。……原無篇末『瓶花』五句，據吳郡本、小修本補。」此一篇之有關《觴政》一文的背景，乃為研究金瓶出版問世的重要信息，但在原版本上卻被刪除，此處據吳郡本、小修本補，可知，袁宏道的集子確實被有意刪除過有關與李贄及金瓶之間的文字。

沈德符《萬曆野獲編》：「袁中郎《觴政》以《金瓶梅》配《水滸傳》為外典，余恨未得見。丙午（1606），遇中郎於京邸，問曾有全帙否？曰：第睹數卷，甚奇快。今惟麻城劉延白承禧家有全本，蓋從其妻家徐文貞錄得者。又三年，小修上公車，已攜有其書，因與借抄挈歸。」〔註 10〕有關沈德符的這一段著名史料，筆者將在隨後的系列之中加以辨析，因為其中涉及到此書的付梓問題。

閱讀宏道此一篇 1606 年寫給袁無涯的尺牘，再聯繫思考 1614 年袁中道

〔註 9〕 黃霖編，金瓶梅資料彙編〔M〕，北京：中華書局，1987 年，228 頁。

〔註 10〕 沈德符撰、楊萬里校點，萬曆野獲編〔M〕，上海：上海古籍出版社，2012 年，549 頁。

所寫有關袁無涯來向他索取宏道的五十卷遺作，可以推斷，袁無涯所說並非空穴來風。袁宏道在 1595 年首次得到此書的部分書稿，到 1609 年前後，大抵得到了此書出版之前的完成稿，並分別在 1606 年和 1610 為此書的出版做出了多次努力。

第六章 《金瓶梅》主要人物原型

一、概說

本文首次近乎全面系統論述《金瓶梅》自西門慶、李瓶兒以下超過二十位書中人物的原型來源，包括本書作者在書中的人物形象，每位人物基本都要指出其史料之來源並儘量與書中故事作出對應。將《金瓶梅》全書主要人物幾乎是一網打盡地在一篇論文之中闡述，對於金學研究而言，本文屬於開天闢地的第一次。此前的相關研究，就筆者視域所及，多為零散的猜測式的孤立論證，蓋因未能找到真正的作者，因此，書中的主要人物的原型來源，也就自然是零散的、隻言片語的、猜測的、牽強的論證；反之，如果找到了此書的真正作者，其書中人物的原型來源，必定就會如同萬斛泉源，汩汩而出，相應的史料，也會汗牛充棟，不勝枚舉矣！

筆者注意到，此前並非沒有學者懷疑過此書寫作的現實背景主要在湖北的麻城，但卻猜測了無關的人物為此書作者；對於懷疑李贄是此書作者，自古至今亦不乏其人，但終於只能徘徊於破譯的門前而不能更進一步，正是由於未能以邏輯推理的方式，進一步找到書中主要人物，特別是西門慶的原型來源，由此錯失了破譯《金瓶梅》的歷史機遇。《金瓶梅》是李贄以其死敵耿定向作為主要原型人物加以揭露的作品，由於不論是撰著者李贄還是被揭露者耿定向（可稱為核心人物），連同書中涉及其他人物（可稱為其他主要人物），都有大量的著作流傳，為研究金學者提供了大量寶貴的一手實證性史料；但同時也為本文的寫作出了難題——無限豐富的原型人物史料，與論文的篇幅限制，構成了無法克服的矛盾。因此，本文採用概覽的形式，先期對《金瓶梅》的人物原型作出概要性質的解讀，以方便後來者有一個全景式的鳥瞰。

本文體例首先分為幾個類別：1.以西門慶及其家族為中心的人物原型，包括西門達、西門慶、潘金蓮、李瓶兒、花子虛、孟玉樓、吳月娘、孫雪娥、應伯爵等；2.以撰著者李贄為中心的人物原型，包括磨鏡老人、李智、黃四、溫秀才、雲理守、常峙節等；3.其他二類人物原型，包括書中的卜志道、祝實念、王招宣、王三官、林太太、蔡狀元等。其中有一些人物屬於連帶關係，譬如花子虛屬於一般二類人物，理應放在第三部分闡述，但由於其具有對李瓶兒的依附性，為了閱讀的方便，安排在李瓶兒前後闡述。

需要說明者：1.以上所述的書中主要人物，無不一一吻合李贄、耿定向論爭的原型人物或是原型文字，因此，本文主要記載諸多人物史料性對比，並不做詳細解讀和闡述。其中唯有陳經濟的原型材料付之闕如。其原因，大概是因為陳經濟（崇禎本名為陳敬濟）這一名字，可能與萬曆時代真實人物的關係過於明顯，而耿定向家族實際上在大約耿臨終前的兩三年，已經對李贄以耿家為原型寫作《金瓶梅》有所耳聞，因此，才會有對陳經濟這一人物原型史料的有意遮蔽。

總體而言，李贄撰著此書，其採用的基本方式是信手拈來、遊戲三昧。在此原則下，採用何人何事作為書中的素材來源，往往是靈活隨意的、為我所用的、無所顧忌的，甚至是肆無忌憚的。或云，李贄是某某宗教的教徒，不會寫宋惠蓮燒豬頭；或云：本文解讀林太太原型人物為李贄晚年戀人梅澹然，李贄安肯將自己的戀人描寫進與西門慶熱戰的故事？或云：本文將書中的李智、雲理守等的原型人物解讀為李贄，李贄安肯將自己寫得如此不堪？凡此種種，皆為以凡俗之心解讀李贄。

李贄其人，不僅「不以孔子之是非為是非」（焦竑語），而且，是「顛倒千萬世之是非」（李贄語）的所謂「異端邪說」者，萬不可以世俗觀念來理解書中令人驚駭的種種想落天外的寫作方式。當寫到西門慶二戰林太太之際，作者李贄早已經化身為西門慶了。換言之，西門慶的原型不僅僅是揭露耿定向，也包含了對自己人性的揭露和批判——此一種揭露和批判，涉及到了對全書主旨的更深一個層面的理解，對人慾的縱情寫作，既有對道學家的揭露，同時也含有對人慾的高揚，對情慾解放的呼喊和讚美、欣賞。李贄寫作此書原本的宗旨就是揭露，所以，即便是對自我在書中的形象，也全然不顧及廉恥——他本身就不講儒家的禮義廉恥。

大體而言，《金瓶梅》取材的原型人物，主要來自於以下幾種：1.直接取材於《水滸傳》，或說是直接從其中嫁接的人物，主要以武松、潘金蓮、王婆等為代表。此一類人物，基本不在本文的闡述範圍之內；2.將水滸人物與現實生活原型結合改造而來的人物，西門慶即為其中的典型代表；3.與耿定向密切相關的人物，此一類為書中的絕大多數，其中如李瓶兒來自於耿定向《紀怪》中的相關故事，孟玉樓、吳月娘與李瓶兒三者，來自於耿定向的一妻一妾彭淑人和胡氏，陳經濟則應該來自於耿家的姻親陳。應伯爵來自於耿定向女婿，卜志道來自於耿定向弟子管志道，蔡狀元來自於耿定向弟子蔡弘毅（第一個響應耿定向求檄書向李贄發去攻訐的人）等；4.與李贄密切相關的人物，如溫秀才、水秀才、李智、黃四（李贄妻子黃宜人）、魔鏡老人等；5.介乎於兩者之間的中間性人物，如王招宣來自於劉承禧家族，尚柳塘代指周柳塘，周守備來自於耿定向的親家同時也是李贄的友人周思敬（友山）等；6.來自於古今其他人物，如花子虛來自於歷史人物花雲，吳典恩故事來自於萬曆二十年（1592）二月，寧夏副總兵哱拜子承恩叛亂，參見瞿九思《萬曆武功錄》卷一《哱拜哱承恩列傳》〔註 1〕。吳典恩在書中故事參見第九十五回「玳安兒竊玉成婚　吳典恩負心被辱」，以歷史人物中承恩的叛亂，來借用到書中吳典恩的負恩背叛主子；7.來自於耿定向及其弟子的文章。總體而言，《金瓶梅》可以視為是耿、李論爭的延續，進一步則可以說，是有明時代思想史中心學分路揚鑣的延續，是李贄由心學而走向獨立的「人學」的具象闡發。

書中的故事原型與人物原型來源近似，如書中第一回「熱結十弟兄」，「冷熱」一說，出自李贄《答耿司寇》：「公又謂五臺公心熱，僕心太冷。吁！何其相馬於牝牡驪黃之間也。」〔註 2〕1598 年戊戌，李贄有《過桃源謁三義祠》，寫於南下途徑江蘇桃源縣。詩云：「世人結交須黃金，黃金不多交不深。誰識桃園三結義，黃金不解結同心。我來拜祠下，弔古欲沾襟。在昔豈無重義者，時來恒有白頭吟。……天作之合難再尋，艱險何愁力不任。桃園桃園獨蜚聲，千載誰是真弟兄。但聞季子位高金多能令嫂叔霎時變重輕。」〔註 3〕同年，耿定向全集刻成，其中多有對李贄的攻訐文章，李贄由北京出發乘舟南下，經南京去麻城，有感於與耿定向之生死論戰而發此文，同時，呼應《金瓶梅》第一

〔註 1〕 林海權，李贄年譜考略〔M〕，福州：福建人民出版社，2005 年，264 頁。
〔註 2〕 李贄，焚書〔M〕，北京：中華書局，2009 年，35 頁。
〔註 3〕 李贄，續焚書〔M〕，北京：中華書局，2009 年，123 頁。

回熱結十弟兄，此詩或可說是第一回的配詩，只不過由於隱秘關係而不能入配《金瓶梅》書中。

《金瓶梅》的藝術構思、人物形象、故事情節等，只有在洞悉這一寫作大背景的基礎之上，才有可能不犯盲人摸象的迷途，也才不會出現就書中表層人物故事來確定全書主旨，以及定位書中人物的思想品格等問題。其中特別是對於西門慶形象的認知，若將其定位為萬曆時代新興的商人代表，或是山東地區的惡霸流氓之類，都是從作品表層故事而得出的結論。以前述寫作背景為基礎，不僅是認識書中人物的指針，也是解讀書中故事結構的基礎。崇禎本開篇並不直接進入水滸中的西門慶故事，而是從李贄眼中的耿定向與自己的關係入手，所謂「熱結十弟兄」，正是對自己開始寓居耿家的一個形象的暗指。

二、西門慶及其家族相關人物原型

（一）西門慶原型

西門慶原型，原本抄自於《水滸傳》相關故事，但作者特意選擇此故事而非彼故事，蓋有謂也。主要是由於作者認為，採用這一故事，最能體現兩者之間的思想論爭，即人類的情慾問題；其次，也由於西門慶等人物，最能揭露耿定向偽道學之下的真實行狀；最後，採用西門慶故事，最方便能展開耿、李之間矛盾鬥爭的始末。

耿定向（1524～1596），出生於甲申年十月初十，卒於丙申年六月廿一。故崇禎本以十月初十作為全書故事的開始時間，也借助潘金蓮之口說出「申年來，申年去」，書中寫官哥兒生於「丙申六月二十三日」，與耿定向卒之年、月分毫不差，都是丙申年六月，只是延後兩天，以方便西門慶死後託生之意，而二十一日這一卒日，安排給了吳月娘的兒子孝哥的生日，意謂西門慶死後又託生為孝哥。

耿定向為萬曆時期著名的理學家，耿李之爭的主要論爭點在於對「情慾」的認識，兩者分別以孔孟程朱理學和佛學為思想武器：其矛盾激化之開始，耿定向給周思久信中說：「卓吾云：『佛以情慾為生命』」云云，可見兩者之間論戰，耿定向以儒家學說為武器，李贄則以佛說為盾牌開始論爭。

關於西門慶之種種醜惡行狀，是否為具有真實存在的生活原型依據，這一點，難以一一辨析，所謂「清官難斷家務事」是也。有關兩者之間由熱結弟兄到反目為仇的文獻，可謂是汗牛充棟。當下僅僅抄錄一條，李贄所寫《寄達留都》尺牘中所說：「觀兄所示彼書，凡百生事，皆是養資人者。此言誰欺乎？然其中字字句句皆切中我之病，非但我時時供狀招稱，雖與我相處者亦洞然知我所患之症候如此者也。所以然者，我以自私自利之心，為自私自利之學，直取個人快當，不顧他人非刺。……自私自利則與一體萬物者別矣，縱狂自恣則與謹言慎行者殊矣。萬千醜態，其原皆從此出。彼之責我是也。……彼責我者，我件件都有，我反而責彼者，亦件件都有，而彼斷然以為妄，故我更不敢說耳。……而乃以責我，故我不服之。使建昌先生以此責我，我敢不受責乎？何也？彼真無作惡也，彼真萬物一體也，……此報施常理也，但不作惡，便無回禮。至囑！至囑！」〔註4〕

此一尺牘，未署名姓，只以《寄達留都》為題。留都指的是南京，李贄與留都南京淵源深厚，特別是去赴任雲南理守之前，正是從南京留都出發，李贄與耿定向的朋友、弟子，也多從南京留都時期結識，其中焦竑為代表。此書應是耿定向寫了尺牘痛斥李贄種種惡行，收信人轉述給李贄，李贄回覆並為自己辨護之。

其中值得關注的信息主要有：1.「觀兄所示彼書，凡百生事，皆是養資人者。此言誰欺乎？」彼書，自然指的是耿定向的書信，「凡百生事，皆是養資人者」，根據耿定向說法，李贄在麻黃一帶寄寓為生，一切的生活來源，都主要養資於耿家。這一點，李贄反駁說：「此言誰欺乎？」但根據書中李贄原型溫秀才、常峙節、磨鏡老人等人物故事，應該是大體不差的。換言之，從人情倫理而言，李贄確實虧欠耿家的人情；2.李贄也承認自己是一個自私自利的人，但李贄不僅承認自己自私自利，而且公然闡釋自私自利的人生哲學：「我以自私自利之心，為自私自利之學，直取個人快當，不顧他人非刺。……」從哲學、社會學角度闡釋了自私自利之學的存在價值，「自私自利則與一體萬物者別矣，縱狂自恣則與謹言慎行者殊矣」，自私自利作為儒家學說的背叛者，迥然有異於世俗人倫的生命哲學，這無疑是此一個時代的思想先驅的叛逆言論，卻有著甚至迄今為止都難以企及的思想光輝；3.李贄同時大大方方承認：「萬千醜態，其原皆從此出。彼之責我是也。」這一點就為後來者提供了解讀《金瓶梅》之醜化自我形象的思想源頭；4.「彼責我者，我件件都有，我反而責彼者，亦件件都有，而彼斷然以為妄，故我更不敢說耳」，此一段話語，分明指出：這些醜惡之事件件都有，只不過「彼斷然以為妄，故我更不敢說

〔註4〕李贄，焚書〔M〕，北京：中華書局，2009年，266頁。

耳」，既然不讓我說，那我就換一個方式來說，也就是後來採用小說的方式寫作的《金瓶梅》。西門慶原型問題，涉及全書的基本背景問題，必將貫穿於本人全部相關研究之始終，敬請參看相關論證。

（二）西門達原型

耿定向父親名為耿金，故書中安排春梅之子名為「金」，但西門達只是一個西門慶家族的背景介紹，並無具體故事。「達」字，可謂是耿定向全集出現頻率最高，也最具有思想綱領性的一個文字，單獨以「達」字為文章標題的就有：《達》，其結句云：「所謂質直為完德也，彼肮髒自樹，肆口淺中而自託於質直，則難乎其達矣。」（此處似乎直接針對李贄。）《立達》：「己欲達矣，即達人焉。」此外又有《觀生記・序》：「天故貧我、困我，始稍稍伸我，而又病我，已乃達我。……所以成我也。」〔註 5〕《金瓶梅》為西門慶之父取名為「達」，意味耿定向終生強調的儒家學說中的「達」，不過是魚水之歡之際的親昵話語「達達」。李贄曾經長期在南京做官，熟悉吳地方言，故用吳語。

以西門慶父親名為西門達，還來自於直接為耿定向辯護西門慶政治靠山李世達。萬歷十九年（1591），李贄對弟子焦紘哭訴：「然老人無歸，以朋友為歸，不知今者當歸何所歟？……寫至此，一字一淚，不知當向何人道？」徘徊無依，字字是血，聲聲是淚，何等無奈酸楚？磨鏡老人的悲慘遭遇，正是作者自己這一悲慘時刻的再現。同年秋冬之際，刑部尚書李世達從京中給李贄來信，為李贄、耿定向論戰問題拉偏架，李贄寫有《覆京中友朋》，一一加以駁斥。「吾已吾病，何與禪機乎？」耿定向在《觀生紀》中記載：「萬曆十五年丁亥十一月，升南京都察院右副都御史……彙集《庸言》成。」稱呼李世達為「太宰」。耿定向在 1587 年三月回到北京任刑部左侍郎，署刑部掾，是李世達的下僚，李世達參與兩者論爭，顯然是在站在耿定向立場上，責備李贄。李贄後來寫作《金瓶梅》，書中將西門慶父親名為「達」，同時，寫西門慶與女性交合之際，呼喊「達達」，含作者的嘲弄之意。

（三）潘金蓮原型

潘金蓮原型，原本抄錄於《水滸傳》，但也有幾點值得關注：1.崇禎本第一回潘金蓮出場的介紹：「他父親死了，做娘的度日不過，從九歲賣在王招宣府裏，習學彈唱，閒常又教他讀書寫字。他本性機變伶俐，不過十二三，就

〔註 5〕耿定向，耿天台先生全書〔M〕，北京大學圖書館藏鉛印本，1925 年。

會描眉畫眼，傅粉施朱，品竹彈絲，女工針指，知書識字，梳一個纏髻兒，著一件扣身衫子，做張做致，喬模喬樣。到十五歲的時節，王招宣死了，潘媽媽爭將出來，三十兩銀子轉賣於張大戶家。」將其安排在王招宣府中，這一背景是《水滸傳》所沒有的。王招宣的家族原型為麻城劉守有家族，與耿、李兩家關係都很密切，尤其是對李贄而言，其晚年的戀人梅澹然，為其孫輩劉承禧守寡在劉家。至於潘金蓮其人的真實原型具體為何人，或為真實從劉家而來，或為作者為了後來故事情節的方便而移花接木，不得而知；2.潘金蓮的出生時間為庚辰年，作者是借用這 時間，來暗喻此書故事的一個重要時間點位，1580 庚辰年，李贄從雲理守辭官，從此開始了他一生流寓客子的職業作家人生經歷，從而才會有了潘金蓮這個新的人物形象。

（四）吳月娘原型

欲要瞭解吳月娘人物原型，必要瞭解耿定向的家族妻妾情況，吳月娘、李瓶兒、孟玉樓三位人物，皆從耿定向一妻一妾原型分化而來。焦竑有關耿定向的行狀，披露了耿定向家族其他人的情況：（耿定向）「配彭氏，省祭公愈楨女，贈淑人，先十年卒。子一，汝愚，選貢，彭淑人出，娶彭，即鄉進士公甫女。公甫死，先生歲時經濟其家，終身如一日。……女一，側室胡氏出，嫁戶侍周公思敬幼子之復。孫三，應某，官生；應某、應某。」〔註 6〕此一段史料，值得關注的信息：1.正妻彭氏，即彭淑人，早於耿定向十年而死，即 1586 年正月十四日死（書中將此日子安排給李瓶兒增加一日而為正月十五出生），彭淑人生子一，名為耿汝愚；2.彭淑人為鄉進士彭公甫之女。公甫死後，「先生歲時經濟其家，終身如一日。」此一句能夠留存下來殊為不易。李瓶兒、孟月樓等嫁入西門家中，都帶來豐厚的隨嫁財產，可謂是西門慶資產的第一桶金。耿定向《觀生記》也記錄了他年輕時家中的貧窮以及娶到彭淑人的情況，與焦竑所記載的「歲時經濟其家，終身如一日」基本吻合；3.側室胡氏，生有一女，嫁給了周思敬的幼子周之復。周思敬在書中為周守備，書中的春梅便嫁給了周守備，則春梅的原型之一為耿定向之女，但採用的名字卻是李贄晚年戀人梅澹然的「梅」；4.「孫三，應某，官生；應某、應某」，此一句意思含混，殊難解讀。孫三，意思當是有三個孫女之意，但三個「應某」的含義不明，或為三個女婿應某。在這些記載中，不難讀出吳月娘、李

〔註 6〕焦竑，行狀〔M〕// 澹園集，北京：中華書局，1999 年，533 頁。

瓶兒、孟月樓、西門慶與李瓶兒之獨生子官兒、西門慶獨生女西門大姐以及應伯爵等人原型的蛛絲馬蹟。耿定向妻妾彭淑人、胡氏可能是拆分為吳月娘、李瓶兒、孟月樓三人，從名字來看，古彭城近於吳地，故取姓氏為吳，月字應來源於側室胡氏，李瓶兒之李姓則取自於李贄所寫的李翰峰；孟月樓名字同樣來自於「胡」字的拆分。總體來說，吳月娘主要是彭淑人的原型，彭淑人生於 1525 乙酉年，年齡比耿定向小一歲，故書中也明確說明吳月娘比西門慶小一歲。書中寫潘金蓮：婦人低頭應道：「二十五歲。」西門慶道：「娘子到與家下賤內同庚，也是庚辰屬龍的。他是八月十五日子時。」對比前文介紹西門慶年齡，二十六七歲，正是暗指這一對原型人物之間的年齡差距。

（五）李瓶兒原型

李瓶兒原型主要來自於耿定向的一篇文章《紀怪》，詳細講了一個法師為人家做法來求族中婦人懷孕的故事，其中充滿了靈異怪事，可視為一篇傳奇小說。因此，李瓶兒故事中也多為怪異夢境，皆與耿定向所講故事暗合。法師做法主要是靠一個瓶子，此為李瓶兒的「瓶」字來源：「閩秦寧人蕭姓者，余友近溪惑之，謂其術能役鬼……此事類唐玄宗之於貴妃矣！又其數謂能為人接命，近溪曾授之。……侍者云：術士曾取一瓶，今不見何在，……司馬涸其池，其瓶果在，瓶以油紙封口，其中用黃紙書：妾生年月，以針刺之，有書符其上，司馬取碎之，其祟乃息，而妾有挾孕者，竟死焉。……」〔註 7〕此文名為《紀怪》，實則以鬼怪故事暗指李贄，起首即提及近溪，羅近溪（1515～1588），又名羅汝芳，江西南城人，明代著名的思想家，泰州學派的重要傳人，被稱為泰州學派唯一特出者，為耿、李兩者之師。「閩秦寧人蕭姓者，余友近溪惑之，謂其術能役鬼……此事類唐玄宗之於貴妃矣！又其數謂能為人接命，近溪曾授之。」先點明為閩人，李贄閩人也，羅汝芳與耿李二人皆有交往，「余友近溪惑之」，暗指李贄曾將羅矇騙。

其妖術故事原文甚長，主要是講述王導時候司馬東泉「苦艱嗣息」（不生育），有士紳為其推薦了一個葉姓術士，為之做法除祟，司馬認為家中的諸妾「宜子」，就不再用之，但家中忽祟，滿屋子亂哄哄，有撫掌聲，常聒人面，於是，司馬仗劍擊之，有血淋淋，隨有紙片墜地，家人洶洶，不得安枕，各執利刃以坐。司馬不得已，誘以厚禮令禳之。其人亦批發仗劍，為禳不得息。司

〔註 7〕耿定向，耿天台先生全書〔M〕，北京大學圖書館藏鉛印本，1925 年，76 頁。

馬詢諸原術衛士者，使者遂講述了做法的過程：說此位術士，開始做法的時候取出一個瓶兒，忽然瓶兒就消失了，隨後，術士占卜到此一個瓶兒常在某一個廟後池邊佇立，若有所為者，於是，「司馬涸其池，其瓶果在，瓶以油紙封口，其中用黃紙書：妾生年月，以針刺之，有書符其上，司馬取碎之，其祟乃息，而妾有挾孕者，竟死焉。」

此一瓶兒妖術，李贄應該是分別採用於《金瓶梅》與它作中。其中要點：1.「此事類唐玄宗之於貴妃矣」，書中寫了西門慶與李瓶兒經歷一見鍾情——誤會分離—復合專寵—死後痛哭的歷程，以吻合於「長恨歌」之戀；2.「又其數謂能為人接命」，書中將李瓶兒的生年安排在耿定向妻子彭淑人卒月日的後一日，彭淑人於正月十四日卒，書中為正月十五，意味彭淑人轉世而為李瓶兒，李瓶兒故事中多有神靈怪異色彩，源出於耿定向原文的禳鬼故事；3.「瓶以油紙封口，其中用黃紙書：妾生年月，以針刺之，有書符其上，司馬取碎之，其祟乃息，而妾有挾孕者，竟死焉」，《金瓶梅》的李瓶兒故事，基本按照這個提綱敷衍而來；4.此外，李瓶兒故事順便結合了耿定向所講述的郭璞智取江淮主人鬻婢故事，而賤買婢女故事也用於後來春梅、金蓮、雪娥等故事中。

（六）花子虛原型

李瓶兒故事本身就來自於怪異傳說，李瓶兒還需要一個丈夫，這就是書中的花子虛。子虛，大概是來自於「子虛烏有」之意。花姓則應是來源於李贄《花將軍》一文。花將軍指的是明朝開國大將花雲，為朱元璋早期起事的淮西二十四將之一，對朱元璋早期事業貢獻頗豐，以此對應西門慶早期財富的發達來自於花家資產；花雲較早戰死疆場，深得朱元璋賞識，對應花太監與宮廷關係密切；花雲臨終之際，夫人郜氏將孩子託付給貼身侍女孫氏，而她自己卻自盡身亡，以此對應李瓶兒之死和西門慶是否絕後的問題。更為重要的是李贄《花將軍》：「花將軍一死，郜夫人安能獨完？然能知花將軍不可無後，孫侍兒之絕可託子，則其獨具隻眼為何如也！嗚呼！郜氏往矣！孫氏而後其苦可知也。託付在躬，雖明知生不如死，而有口亦難說矣。」〔註 8〕李贄撰寫《花將軍》的時間尚未找到資料，但應是李贄撰著《金瓶梅》開篇不久的時間點位，即大約 1592 年左右，李贄撰寫此文，遂採用花雲故事來作

〔註 8〕李贄，續焚書〔M〕，北京：中華書局，2009 年，82 頁。

為李瓶兒、花子虛一對夫婦的原型故事進入書中。

（七）孫雪娥原型

前文其實也提示了《金瓶梅》在李瓶兒出現之後，隨帶而出的孫雪娥姓氏來源，亦可知作者原本出現的孫雪娥，其原型人物甚為吻合儒家道德的正面形象，卻隨著全書的情節需要而改變，但「郜氏往矣！孫氏而後其苦可知也。託付在躬，雖明知生不如死，而有口亦難說矣」的原型人物命運，在書中的李瓶兒、孫雪娥身上依然可以讀出其結構性的吻合之處。將原本是傳統道德標準的正面人物原型，寫成儒家道德的叛逆，也是此書的普遍性現象。孟玉樓原型本為節婦，但卻寫成三次改嫁，參見後文。

（八）孟玉樓原型

孟玉樓原型來自於李贄與耿定向共同的朋友，在南京結識的李翰峰家族的一個官司，李翰峰死後，其妹原本嫁給楊家，「一嫁即寡」，後來出現「楊氏祖孫」想要繼承李家家產，從而產生財產糾紛。「大抵楊氏家族貧甚，未免垂涎李節婦衣簪之餘。」事見李贄《復士龍悲耳目吟》〔註 9〕，原文太長，恕不能全文引述。孟玉樓原型主體從李節婦而來，但李節婦年齡太老，移花接木到孟玉樓身上，實在有一點不倫不類，是故書中多次提及孟玉樓年齡大的問題，更通過媒人修改年齡小幾歲，才能嫁給李衙內。這裡其實是一個暗示，即作者大幅度修改了原型人物與書中人物的年齡。寫到這裡，李贄是否會粲然一笑，所謂遊戲三昧，左抽右取，萬物皆備於我，隨我任意揮灑，任意選用，是也。

（九）應伯爵原型

根據焦竑在耿定向行狀中的相關記載，耿定向女兒所嫁給的人為應氏，應氏的名字未能出現。焦竑為耿定向的入門大弟子，但也同時是李贄的摯友，李贄撰寫《金瓶梅》，焦竑較早知道根底，也有可能傳達給了乃師耿定向。焦竑讚賞李贄的童心說思想，但對李贄進一步以小說來揭露偽道學，特別是以乃師耿定向作為書中丑角西門慶來寫作的《金瓶梅》，是不支持但也無力反對的。這一點從他在耿定向死後，他為耿寫作有洋洋灑灑長篇行狀，而李贄死後，卻僅僅是應李贄之請，題寫了墓碑「李卓吾先生之墓」七字而已可知。兩者之間的關係微妙而複雜，可另文單論。因此，焦竑的耿定向行狀不得不寫，但又不得不曲為遮蔽。李贄寫作此書，開篇熱結十弟兄，隨手拉來人物，

〔註 9〕 李贄，焚書〔M〕，北京：中華書局，2009 年，72 頁。

先勉強湊夠十人而已，但由於應伯爵原本作為耿家人物，李贄與之熟稔，故先拉入結義弟兄名單之中，以後的情節發展，遂成為幫閒的主要人物，一直到書中某一回次，才透露兩者之間是翁婿關係。此外，書中第三十九回，吳道士將李瓶兒所生西門慶之子更改姓名而為吳應元，作者特意借潘金蓮之口，點出一個「應」字。金蓮道：「這個是他師父與他娘娘寄名的紫線鎖。又是這個銀脖項符牌兒，上面銀打的八個字，帶著且是好看。背面墜著他名字，吳什麼元？」棋童道：「此是他師父起的法名吳應元。」金蓮道：「這是個『應』字。」

應伯爵的原型既然洞悉，乃與西門慶原型人物耿定向翁婿關係，則書中應伯爵的妻子春花的原型人物即應為耿定向之女，書中第六十七回：在「雪隱鷺鷥飛始見，柳藏鸚鵡語方知」這一提示性詩句之下，寫了應伯爵與西門慶之間的一段對話：應伯爵和老婆春花生了兒子，應伯爵希望能借錢二十兩，西門慶直接封給他五十兩，應伯爵「將銀子拆開，都是兩司各府傾就分資，三兩一錠，松紋足色，滿心歡喜，連忙打恭致謝，……西門慶道：「傻孩兒，誰和你一般計較？左右我是你老爺老娘家，不然你但有事就來纏我？這孩子也不是你的孩子，自是咱兩個分養的。……」這裡實際是在透露兩者之間的翁婿關係。

（十）陳經濟原型線索

如前所述，陳經濟的原型材料付之闕如。耿定向家族對李贄以耿家為原型寫作《金瓶梅》早已有所耳聞，因此，才會有兩者之間後來的所謂和解，特別是最後一次和解，由耿家主動求和，李贄象徵性奔赴耿家，多少有安慰表演的性質。耿定向於臨終之前兩年，病中臥床寫作自己生平傳記性質的《觀生記》，意在申明：「人之觀我，莫如我自觀我之明」，闡述「顧我自觀，厥有生以來，天故貧我、困我……而又病我，已乃達我，間又抑我，……無非所以成我也」〔註 10〕的類似孟子「天降大任於斯人」的歷程。

耿定向七十歲所寫的《傳家牒》更為清楚：「餘生登七十歲矣！嘻！何所傳哉？何所傳哉！唯此彌六合貫千古孔孟這大家當是天付我輩承管的世業，不敢為小道異教破壞了。……不敢為淫骳（此字刻印不清）邪說混亂了……念此非我一人一家所得，私願天啟海內英傑，共志成當，籍此定久要盟。」很顯然，這才是耿定向的臨終遺囑，其中之所針對，無疑是李贄的異端邪說，耿定

〔註 10〕耿定向，耿天台先生全書〔M〕，北京大學圖書館藏鉛印本，1925 年。

向不僅遺囑自己的家族，要將「唯此彌六合貫千古孔孟這大家當是天付我輩承管的世業」作為傳家之牒世代傳承，而且，呼籲「海內英傑，共志成當，籍此定久要盟。」希望海內英傑的儒家衛道士，共同結成同盟，維護儒道的尊嚴。這也是《金瓶梅》在李贄死後延宕了十餘年方才付梓問世的根本原因。

耿定向全集，在耿死後兩年的戊戌年（1598）才整理謄寫，但應該是將最為敏感的材料有所刪除。所謂敏感，主要是針對李贄《金瓶梅》中最為實證的陳敬濟其人。耿定向《觀生記》寫到他十九歲時，「行至姻陳宅」:「壬寅，我十九歲，時家輪胥易役，從先大夫仲世父冒雪往應，行至姻陳宅，擬止宿，余觀主人無留意，趣諸父就途。雪益繽紛，既至河滸，諸父褰裳涉冰以涉。傍睨諸父，膚赭如血，我衷切然若割也。」〔註11〕寫出了耿定向年輕時代生活困窘的慘狀，其中姻親陳家為何人？耿定向幾乎全篇都不再提及，或是原文有其他文字而被後來者刪除。由此來看，陳經濟當為耿定向家族之姻親，並為耿定向之所忌恨，陳家姻親當在黃安北部歸屬河南的輝縣，由於《金瓶梅》的影射關係，已經被設法遮蔽。

崇禎本第一回:「這西門大官人先頭渾家陳氏早逝，身邊只生得一個女兒，叫做西門大姐，就許與東京八十萬禁軍楊提督的親家陳洪的兒子陳敬濟為室，尚未過門。」耿定向記載的姻親陳家，是否為耿定向本人的原配陳氏，並生有一女，其女長大後許配給陳家子弟？尚無進一步的史料，有待來者，進一步加以驗證。但從耿定向此處的記載，正是他本人「余觀主人無留意，趣諸父就途」，如果這一姻親是耿家其他人的姻親，決定權似乎不在晚輩的耿定向。觀生記另記載，到「嘉靖二十三年甲辰，我生二十一歲，其年，彭淑人歸我。」那個時代男子一般十六歲，女子十四歲即可成婚，二十一歲娶彭氏，顯然很晚。《明會典》，刑部律例：庶人四十以上無子者，許娶一妾。根據焦竑的相關記載，耿定向妻子彭淑人，妾胡氏，但書中孟玉樓屢屢被稱之為「三姐」，似應該是李贄寓居耿家所習慣稱呼胡氏為「三姐」的原型，如此來看，彭淑人之前應該有姻親陳氏。

三、書中其他主要人物原型

（一）白賚光原型

萬曆二十三年乙未：1595夏秋間，友人尚寶司少卿潘士藻去華新安人來

〔註11〕耿定向，耿天台先生全書〔M〕，北京大學圖書館藏鉛印本，1925年。

訪，與李贄劇談因果。新安詹軫光（字君衡，號問石，安徽婺源人，萬曆七年舉人）與潘廷謨到龍湖訪問李贄。時李贄稱詹軫光為小友。李贄《追憶潘見泉先生往會》:「偶一夕，有一姓潘者同一詹軫光偕至湖上見我。」此一詹軫光，似為書中的白賚光原型，書中第一回:「一個叫做白賚光，表字光湯。說這白賚光，眾人中也有道他名字取的不好聽的，他卻自己解說道：……取這個意思，所以表字就叫做光湯。我因他有這段故事，也便不改了。」大概是李贄在此一年修補第一回，詹軫光來訪，晚輩小友，時有玩笑，遊戲增補以充數十弟兄。詹軫光，諧音：黏枕光，詹軫光是晚輩舉人，李贄和他玩笑或許有之。

（二）錢龍野原型

李贄於萬曆十三年乙酉（1585），離開耿家之後，徙居麻城，寓於周柳塘的女婿曾中野家。李贄《與弱侯焦太史》:「去年十月曾一到亭州（即麻城），以無館住宿，不數日又回。今年三月復至此中，……有柳塘老一名德重望為東道主，其佳婿曾中野舍大屋以居我。」〔註12〕書中曾中野成為幫助黃四解救危難的錢龍野，野，指的是曾中野，龍，指的是李贄所在麻城龍湖，錢，指的是「舍大屋以居我」的錢帛救援。書中第六十七回，黃四求救於西門慶，伯爵因問:「黃四丈人那事怎樣了？」西門慶說:「錢龍野書到……。」伯爵道:「造化他了。他就點著燈兒，那裏尋這人情去！你不受他的，干不受他的。雖然你不稀罕，留送錢大人也好。別要饒了他，教他好歹擺一席大酒，裏邊請俺們坐一坐。你不說，等我和他說。」

通過黃四向西門慶求情和錢龍野，再將書外原型人物耿定向和李贄連接起來:那黃四磕頭起來，說:「銀子一千兩，姐夫收了。餘者下單我還。小人有一樁事兒央煩老爹。」說著磕在地下哭了。……西門慶沉吟良久，說:「也罷，我轉央鈔關錢老爹和他說說去——與他是同年，都是壬辰進士。」黃四又磕下頭去，向袖中取出「一百石白米」帖兒遞與西門慶，腰裏就解兩封銀子來。西門慶不接，說道:「我那裏要你這行錢！」黃四道:「老爹不稀罕，謝錢老爹也是一般。」西門慶道:「不打緊，事成我買禮謝他。」

西門慶與李贄同在壬子之年鄉試中舉而為舉人，作者利用這一巧合，來點中耿、李二人鄉試「同年」。耿定向壬子 1552 年進士，隨後在丙辰 1556 年進士，壬子丙辰，取其頭尾而為壬辰。由於耿定向回到麻城，將李贄一家驅

〔註12〕李贄，續焚書〔M〕，北京：中華書局，2009 年。

逐出耿家，後在萬曆十五年（1587），李贄不得已驅遣妻子黃宜人攜帶家眷女兒女婿一家返回老家泉州，翌年，黃宜人病死於泉州，此段黃四給西門慶磕頭求情，當為此一背景原型故事。此錢老爺指的是錢龍野，即原型之曾中野及周柳塘一家。

（三）尚柳塘原型

在耿李論爭激化之後，雙方陣線日漸分明：「兩家門徒標榜角立，而耿、李分敵國」〔註 13〕，周思久（號柳塘）成為了耿定向堅定支持者。周思久曾經四歷名郡：河南裕州同知，徽州府同知、瓊州和雄州知府。辭官後在麻城創建輔仁書院。提倡「以仁為宗」的「孔子之學，所謂物並育而不害，道並行而不悖者也」。其堂弟周思敬，則為李贄支持者，反駁其堂兄柳塘說：「有此道理，難過日子。」崇禎本第六十五回：西門慶款留，黃主事道：「學生還要到尚柳塘老先生那裏拜拜，他昔年曾在學生敝處作縣令，然後轉成都府推官。如今他令郎兩泉，又與學生鄉試同年。」西門慶道：「學生不知老先生與尚兩泉相厚，兩泉亦與學生相交。」尚柳塘即應為耿定向好友周柳塘。

（四）周守備原型

周守備原型是李贄在麻城一帶生活的摯友周思敬（友山），與書中的尚柳塘是堂兄弟關係，但卻在耿李論戰之後分裂為兩個陣營。李贄年譜有關周思敬的記載：萬曆十五年丁亥 1587 年七月乙巳，陝西右參議周思敬升為四川副使，整飭下東川兵備，兼分巡。〔註 14〕可以參見崇禎本書中相關的情節，基本吻合。

（五）蔡狀元原型

萬曆十九年（1591），耿定向的門徒蔡毅中（字弘甫，河南光山縣人）著《焚書辨》，蓋因此前一年，李贄《焚書》在麻城刻成，耿定向讀到此書大怒，六月，發出《求儆書》這一討伐李贄的檄文，門徒蔡毅中響應號召，率先向李贄發難。耿定向虛偽地表示，自己的《求儆書》是邀請大家來懲戒自己，因為他和李贄之間，「言論雖有牴牾，為天下人爭所以異於禽獸者幾希界限耳。……彼曰悅色，性也。予亦曰性也，故謂踐逾牆之醜而謹男女之別，聖人所以盡性也。」意謂李贄、鄧豁渠之流，皆與禽獸無別。

〔註 13〕林海權，李贄年譜考略〔M〕，福州：福建人民出版社，2005 年，160 頁。
〔註 14〕容肇祖，李贄年譜〔M〕，三聯書店，1957 年，182 頁。

（六）卜志道原型

為耿定向大弟子管志道（字登之），亦為心學理論人物之一，與李贄與1573年左右於南京結識而為朋友，後因耿李論戰而朋友分為兩大陣營，兩人之間漸行漸遠，李贄於1599年借用寫給他的尺牘，而預約了「十萬劫之後」再談的預言，同時，暗示了笑笑生是他的一個筆名。李贄《焚書》增補一《與管登之書》：「待十萬劫之後，復與兄相見，再看何如，始與兄談。笑笑。」〔註15〕參見相關拙文。

（七）祝實念原型

為耿定向弟子同時也是李贄友人祝世祿，李贄與祝世祿初識於南京任上，到1586年祝世祿赴任黃陂教諭，途經麻城，與李贄再次相會。李贄《答耿司寇》中提及祝世祿：「黃陂祝先生舊曾屢會於白下，生初謂此人質實可學，特氣骨太弱耳。……可謂能吐肝膽者也。」李贄對祝世祿評價不錯，採用祝世祿而為十弟兄之一，主要用意是以此諧音「住十年」。李贄自1581年入住麻城耿家，到開始寫作此書的1591年，正為十年。

（八）王招宣家族原型

王招宣祖上王崇景原型：為麻城官職最高的劉守有家族，王三官為李贄晚年情人麻城的梅澹然的丈夫原型，林太太即為梅澹然書中人物之一。其中關係頗為複雜，需要另文單論，暫且提及幾句：劉天和（1479～1545），字養和，號松石，嘉靖十五年，總制陝西三邊軍務，這就是書中「正面供養著他祖爺太原節度頒陽郡王王景崇的影身圖」的原型背景。王崇景名字來源於明代嘉靖隆慶年間的王崇古，隆慶元年1567年十月，以王崇古總督陝西、延寧、甘肅軍務。（《明穆宗實錄》卷十三）

王招宣原型：劉天和之長孫劉守有，號思雲，萬曆十一年武進士，任錦衣衛都督同知。《麻城縣志》卷九《耆舊・名賢》：「劉守有，號思雲，襲祖莊襄公陰，官錦衣衛，加太傅。」

王三官原型：劉守有第三子劉承禧應該是書中王三官的原型，王三官之子，則為梅澹然為之所生之子。其中的輩分過多，因此，書中的人物故事對此採用了較為含混的描述。劉承禧同樣是武舉人，同樣承襲了錦衣衛使。書中重點是寫王三官，即劉守有的三子劉承禧，也是林太太原型梅澹然的前夫。

〔註15〕李贄，焚書〔M〕，北京：中華書局，2009年，267頁。

史料中記載梅澹然嫁給劉承禧「未字而卒」，也同樣是為了遮蔽其與李贄戀情的關係所致。根據李贄所寫相關信息，梅澹然十六歲生子，二十歲守寡，據此推測，則應該 1583 年為劉承禧的卒年。

（九）林太太原型

林太太原型應為李贄晚年戀人梅澹然。李贄原本姓林，1588 年妻子黃宜人死去，而梅澹然早就守寡，兩者原本可以結為夫婦，在李贄心目中亦可將其視為夫妻，但在當時的理學重壓之下難以實現，因此，借用書中西門慶身份，寫出兩者之間的火熱戀情，故書中名之為林太太。第六十九回：文嫂道：「若說起我這太太來，今年屬豬，三十五歲，端的上等婦人，百伶百俐，只好像三十歲的。」梅澹然 1563 癸亥豬年出生，到寫作此處的戊戌年正好三十五歲（李贄出生於 1527 丁亥年，同樣屬豬，兩者相差 36 歲）。梅澹然年輕時候嫁給劉承禧，書中介紹王招宣及王三官：林氏道：「不瞞大人說，寒家雖世代做了這招宣，不幸夫主去世年久，家中無甚積蓄。小兒年幼優養，未曾考襲，如今雖入武學肄業，年幼失學。」文嫂導引西門慶到後堂，掀開簾攏，只見裏面燈燭熒煌，正面供養著他祖爺太原節度頒陽郡王王景崇的影身圖：穿著大紅團袖，蟒衣玉帶，虎皮交椅坐著觀看兵書。有若關王之像，只是髯須短些。迎門朱紅匾上寫著「節義堂」三字，兩壁隸書一聯：「傳家節操同松竹，報國勳功並斗山。」第六十九回：且說文嫂兒拿著西門慶五兩銀子，到家歡喜無盡，打發會茶人散了。至後晌時分，走到王招宣府宅裏，見了林太太，道了萬福。林太太即為梅澹然在書中形象之一，當寫西門慶二戰林太太之際，西門慶原型人物已經搖身一變而為此書作者本人。李贄與梅澹然發生兩次戀情風波，一為 1593 年梅澹然生日；二為 1600 年，李贄應澹然之約去麻城密會，結果卻造成了梅澹然之死、李贄芝佛院及李贄化緣所營造的佛塔被當地人所焚燒，李贄隻身逃難，遠走黃蘗山，隨後自刎於北京獄中。

（十）吳典恩原型

1592 壬辰年二月，寧夏發生致仕總兵哱拜、副總兵承恩（哱拜子）叛亂事件〔註 16〕，李贄對此事高度關注，稱之為「西事」。書中第一回即介紹此人：「一個叫做吳典恩，乃是本縣陰陽生，因事革退，專一在縣前與官吏保債，以

〔註 16〕參見谷應泰撰《明史紀事本末》卷六十三《平哱拜》，瞿九思《萬曆武功錄》卷一《哱拜、哱承恩列傳》。

此與西門慶往來。」應該是《金瓶梅》早期寫作之際，借用此一名字來作為一個背主忘恩家奴的典型人物來寫，情節發展到後來，果然可以用上，隨後，在第三十回，通過西門慶給蔡京拜壽情節，將吳典恩身份升為西門慶舅子兼清河縣驛丞，這就巧妙地將原本的本縣陰陽生的幫閒身份，與西門慶家族及朝廷官員身份連接起來：吳主管向前道：「小的是西門慶舅子，名喚吳典恩。」太師道：「你既是西門慶舅子，我觀你倒好個儀表。」喚堂候官取過一張箚付：「我安你在本處清河縣做個驛丞，倒也去的。」那吳典恩慌的磕頭如搗蒜。

隨後，借坡下驢，就著這個情節，發展新的情節，得隴望蜀，還需要向西門慶借助銀兩，原本需要七八十兩，應伯爵幫忙，最後批給他一百兩，而且原本應該收取的五分利息也免了，應伯爵倒是得到了十兩的回扣：「且說吳典恩那日走到應伯爵家，把做驛丞之事，再三央及伯爵，要問西門慶錯銀子，上下使用，許伯爵十兩銀子相謝，說著跪在地下。」這就局部而言，已經成為了影射政治小說，成為了西事叛亂原因過程的縮影。

到九十五回，吳典恩成為推動故事情節的牽線人：也是合當有事，不想吳典恩新升巡簡，騎著馬，頭裹打著一對板子，正從街上過來，看見，……土番拴平安兒到根前，認的是吳典恩當初是他家夥計：「已定見了我就放的。」開口就說：「小的是西門慶家平安兒。……」吳典恩罵道：「你這奴才，胡說！你家這般頭面多，金銀廣，教你這奴才把頭面拿出來老婆家歇宿行使？想必是你偷盜出來的。趁早說來，免我動刑！」平安道：「委的親戚家借去頭面，家中大娘使我討去來，並不敢說謊。」吳典恩大怒，罵道：「此奴才真賊，不打如何肯認？」喝令左右：「與我拿夾棍夾這奴才！」一面套上夾棍，夾的小廝猶如殺豬叫。寫出了吳典恩當年受到西門慶多少恩情，但卻毫無點恩之情，一百兩加上陞官進爵，都餵養了白眼狼。

四、李贄及其家族相關人物原型

李贄其人深受《西遊記》影響，書中人物多採用分身法，原型人物之一人，在書中一變而為兩人或是三人，如同真假美猴王一般，分別承擔不同的書中人物來完成不同的故事情節，方便展示不同的思想含義。而且，將作者自身寫進小說情節之中，從而徹底改變了三國水滸西遊與作者現實無關的寫法，增添了作者就在故事人物之中、情節之中，從而具有了強烈的現場報導的真實感。李智、黃四以攬頭的身份出現，這一兩人合一的組合是在書中最早出現的自我展示，但李智、黃四的攬頭身份，無法寫出其被驅逐出耿家及黃麻的恥辱，也就是只有名字的同音來展示自我，卻無法記載其人生經歷的真實事件，於是，創造了溫秀才形象，傾訴了作者自我的悲憤情懷。

（一）磨鏡老人原型

磨鏡老人即作者李贄自己。1585 年，耿定向寫《紀夢》，文中提出要通過「湔磨刷滌」的修養工夫，來達到「淡」的境界，其中引述周思敬（字子禮）的話語：子禮憮然曰：「平常聞教，語未有若斯吃緊親切者，既識得此體，即有夙染習氣，亦自知煎磨滌刷矣！」李贄針對此文，寫《答耿中丞論淡》一文，反對「湔磨刷滌」，而主張「達人宏識」，說耿定向是「寐中作白晝語」。書中借用磨鏡老人故事來延續這一論爭。1591 年，李贄對弟子焦紘的哭訴：「然老人無歸，以朋友為歸，不知今者當歸何所歟？……寫至此，一字一淚，不知當向何人道？」徘徊無依，字字是血，聲聲是淚，何等無奈酸楚？書中磨鏡老人的悲慘遭遇，正是作者自己這一悲慘時刻的再現。

作者根據這一有關淡和湔磨刷滌之論爭，寫到有關溫秀才出場之後，特意安插了一段磨鏡老人出場，來點出所謂「湔磨刷滌」之功。在溫秀才即將出場前，通過孟月樓等幾位女性議論溫秀才，然後話題一轉，轉向了一個磨鏡老人：玉樓便令平安，問鋪子裏傅夥計櫃上要五十文錢與磨鏡的。那老子一手接了錢，只顧立著不去。玉樓教平安問那老子：「你怎的不去？敢嫌錢少？」那老子不覺眼中撲簌簌流下淚來，哭了。老子道：「不瞞哥哥說，老漢今年癡長六十一歲，在前丟下個兒子，二十二歲尚未娶妻，……」玉樓叫平安兒：「你問他，你這後娶婆兒今年多大年紀了？」老子道：「他今年五十五歲了，男女花兒沒有，如今打了寒才好些，只是沒將養的，心中想塊臘肉兒吃。老漢在街上恁問了兩三日，白討不出塊臘肉兒來。甚可嗟歎人子。」……那來安去不多時……叫道：「老頭子過來，造化了你！你家媽媽子不是害病想吃，只怕害孩子坐月子，想定心湯吃。」那老子連忙雙手接了，安放在擔內，望著玉樓、金蓮唱了個喏，揚長挑著擔兒，搖著驚閨葉去了。

此一年背景寫的是李贄虛歲六十一歲，即 1587 年，此一年妻子黃宜人被迫離開丈夫李贄遠走故鄉，黃宜人比李贄小六歲，於嘉靖十二年癸巳（1533）出生，被趕走這年正是五十五歲。通過來安之口說：「你家媽媽子不是害病想吃，只怕害孩子坐月子，想定心湯吃」，也就是妻女不願離別的意思。李贄通過安插磨鏡老人夫婦故事，首先是回應耿定向的「湔磨刷滌」之功的說法，意思是你的老朋友現在化裝成為磨鏡老人，來給你和潘金蓮等妻妾來照鏡子來了；其次寫出了磨鏡老人當時的悲慘遭遇，無異於乞丐。換言之，溫秀才就是磨鏡老人，就是作者李贄的自身遭遇。

（二）李智、黃四原型

此兩人首先出現於書中第三十八回：原來應伯爵來說：「攬頭李智、黃四派了年例三萬香蠟等料錢糧下來，該一萬兩銀子，也有許多利息。上完了批，就在東平府見關銀子，來和你計較，做不做？」西門慶道：「我那裏做他！攬頭以假充真，買官讓官。我衙門裏搭了事件，還要動他。我做他怎的！」〔註 17〕李智、黃四共同出現在全書中共計 26 次，最後一次，出現在西門慶死去，兩人參加祭奠：「到次日，李智、黃四備了一張插桌，豬首三牲，二百兩銀子，來與西門慶祭奠。」伯爵慌了，說道：「李三卻不該行此事。老舅快休動意，等我和他說罷。」於是走到李三家，請了黃四來，一處計較。說道：「你不該先把銀子遞與小廝，倒做了管手。狐狸打不成，倒惹了一屁股臊。如今恁般，要拿文書提刑所告你每哩。常言道官官相護，何況又同僚之間，你等怎抵鬥的他過！」〔註 18〕

從書中所披露出來的信息，可以看出：1.李智、黃四在書中是生意合夥人，但兩者之間密不可分，並一起居住，實際應該是夫妻關係，「於是走到李三家，請了黃四來，一處計較」；2.李智、黃四與西門慶之間的關係甚為微妙，既是座上客，經常有酒宴歌舞，兩者作為西門慶家族的客人在場，但總體而言是經常處於要打官司的狀態；3.李贄夫人黃宜人，宜人僅僅是一個官稱，因為李贄作為四品太守，夫人可以稱之為宜人，兩人之間有過四子三女，但只有一女活下來，將其侄子李四官收養為養子，李贄遺囑《豫約》中提及這個養子：「李四官若來，叫他勿假哭作好看。」〔註 19〕書中之所以修改黃宜人為黃四，則意味著李贄、黃宜人、連同養子李四官一家子客寓耿家之意；5.再看張竹坡對此的解讀：「李智、黃四，梅李盡黃，春光已暮，二人共一寓意也。」《金瓶梅》所寫的是 1581 年之後幾年的事情，李贄六十餘歲，黃宜人

〔註 17〕萬曆丁巳刊本《金瓶梅詞話》第二冊〔M〕，臺北故宮博物院藏原北平圖書館甲庫善本，新加坡南洋出版社影印，453 頁。

〔註 18〕萬曆丁巳刊本《金瓶梅詞話》第五冊〔M〕，臺北故宮博物院藏原北平圖書館甲庫善本，新加坡南洋出版社影印，50 頁。

〔註 19〕李贄，焚書〔M〕，北京：中華書局，2009 年，181 頁。

五十餘歲，果然是春光已暮。李智、黃四這個並聯體，在後來的情節之中出現新的變化，或是多讓黃四出面，或是將李智的名字改為李三，為何要改為李三，李贄的家族原本姓林，從其三世祖開始改為李姓，這可能是名字改為李三的原因。雖然李贄不太忌諱稱呼自己的名字，但將自己名字的諧音寫入小說之中，而且，由於原本情節並不需要李智黃四這兩個人物出現，勉強安排了一些有關銀兩生意上的事由，其形象也同樣進入到暴露人群之中，並不光彩，這也是作者在寫作中不停換用李智和李三名字的原因。同樣有此不足，也就是作者不能經常在場的現場感，於是在隨後的情節之中（第五十八回）又安排了溫秀才的出場。

（三）溫秀才原型

先讀書中有關溫秀才的故事情節：溫秀才道：「學生賤字日新，號葵軒。」西門慶道：「葵軒老先生。」又問：「貴庠？何經？」溫秀才道：「學生不才，府學備數。初學《易經》。一向久仰大名，未敢進拜。昨因我這敝同窗倪桂岩道及老先生盛德，敢來登堂恭謁。」李贄祖父宗潔，號竹軒。書中溫秀才號葵軒，來自於祖父之竹軒，葵，則應該是取意於葵花向日之意。溫秀才自道其學歷出處，「府學備數。初學《易經》」，李贄為 1552 年舉人出身，故自謙府學備數，李贄有易經專著，故自謙「初學《易經》」。

再看溫秀才形象的描寫：「雖抱不羈之才，慣遊非禮之地。功名蹭蹬，豪傑之志已灰；家業凋零，浩然之氣先喪。把文章道學，一併送還了孔夫子；將致君澤民的事業及榮身顯親的心念，都撇在東洋大海。和光混俗，惟其利欲是前；隨方逐圓，不以廉恥為重。」

其中特別是「惟其利欲是前；隨方逐圓，不以廉恥為重」，點出來李贄為自己自私自利人生哲學的辯護；「把文章道學，一併送還了孔夫子；將致君澤民的事業及榮身顯親的心念，都撇在東洋」大海，則活畫出李贄的性格及其時代叛逆者的形象，正可參看李贄的《焚書》來讀。「三年叫案，而小考尚難，豈望月桂之高攀；廣坐銜杯，遁世無悶，且作岩穴之隱相。」李贄僅僅考取了舉人就不再進取進士，官場混到四品知府，早早地五十三歲就辭官不做，去做職業作家，也就是「遁世無悶，且作岩穴之隱相」的意思。

關於李贄在剃髮為僧之後，廣為流傳其依靠小和尚侍從來解決身上問題，故書中並不避諱此事，直接揭露自己之短。最後攆走溫秀才，其原因寫成是溫秀才男風，強迫西門慶給他的侍者書童發生關係，李贄藉此來抒發自己被驅趕的恥辱。書中第七十六回，寫他被驅逐的原因以及被驅逐的過程：畫童兒道：「他叫小的，要灌醉了小的，幹那小營生兒。今日小的害疼，躲出來了，不敢去。他只顧使平安叫，又打小的，教娘出來看見了。他常時問爹家中各娘房裏的事，小的不敢說。昨日爹家中擺酒，他又教唆小的偷銀器家火與他。又某日他望倪師父去，拿爹的書稿兒與倪師父瞧，倪師父又與夏老爺瞧。」

這西門慶不聽便罷，聽了便道：「畫虎畫皮難畫骨，知人知面不知心。我把他當個人看，誰知他人皮包狗骨東西，要他何用？」一面喝令畫童起去，分付：「再不消過那邊去了。」那畫童磕了頭，起來往前邊去了。西門慶向月娘道：「怪道前日翟親家說我機事不密則害成，我想來沒人，原來是他把我的事透泄與人，我怎的曉得？這樣的狗骨禿東西，平白養在家做甚麼？」李贄剃度為僧，是有名的和尚，故此處罵他也是「禿」，此外，借助西門慶的這一段謾罵，透露出來李贄可能曾洩露了耿家的機密事情。

溫秀才故事集中描寫了作者李贄被驅除之際無依無靠的悲慘人生經歷，到第七十六回：卻說溫秀才見畫童兒一夜不過來睡，心中省恐。到次日，平安走來說：「家老爹多上覆溫師父，早晚要這房子堆貨，教師父別尋房兒罷。」這溫秀才聽了，大驚失色，就知畫童兒有甚話說，穿了衣巾，要見西門慶說話。平安道：「俺爹往衙門中去了，還未來哩。」比及來，這溫秀才又衣巾過來伺候，具了一篇長柬，遞與琴童兒。琴童又不敢接，說道：「俺爹才從衙門中回家，辛苦，後邊歇去了，俺每不敢稟。」這溫秀才就知疏遠他，一面走到倪秀才家商議，還搬移家小往舊處住去了。正是：誰人汲得西江水，難洗今朝一面羞。靡不有初鮮克終，交情似水淡長濃。自古人無千日好，果然花無摘下紅。

以上摘引有關溫秀才這一書中人物，從五十八回到七十六回，倏忽而來，惶恐而去。熟悉李贄平生特別是熟悉李贄在黃麻一帶生活經歷的讀者一讀便知，這分明寫的是李贄和耿定向之間從可以託付為生的好友，一變而為仇敵的事情。

（四）常峙節原型

常峙節同樣是李贄在書中的形象，可以視為是溫秀才故事的附注材料，其中在西門慶家族中寄人籬下的悲慘情狀，正是李贄此一段流寓客子人生的縮影。李贄的學養深厚，可以如同蘇黃等宋人的以才學為詩的寫法，大量抄錄前人小說、戲曲、詩詞等佳篇名句，反正他原本就不是小說界的個中人，也不在乎是否涉及抄襲剽竊，總之，左抽右取談笑足，用他人之酒杯，澆自我胸中之塊壘，基本故事先從水滸截取西門慶、潘金蓮故事，暗自將西門慶等人物融入他所要揭露之原型，並以此不斷以名號、時間等留下真實的史記線索。

（五）孝哥原型

孝哥原型涉及到《金瓶梅》的時間原型：總體來說，此書所寫，主體部分即七十九回西門慶死前，大約為七八年的時間，即作者從進入耿家的 1581 年開始，到 1587 年，驅遣妻兒返回故鄉，相互對應的是這一個時間段的事情；隨後，同樣是七十九回，西門慶死，旋即孝哥出生，意味著西門慶轉世：就把孩兒起名叫孝哥兒，未免送些喜面。親鄰與眾街坊鄰舍都說：「西門慶大官人正頭娘子生了一個墓生兒子，就與老子同日同時，一頭斷氣，一頭生兒，世間有這等蹊蹺古怪事。」孝哥活了十五歲，則應該是從 1587～1601 年，大約虛齡十五年光景，講的是後西門慶故事。

第七章　佛學思想對李贄及《金瓶梅》的影響——以李贄詩中「波羅忍辱」和「婆須彌多」為中心

一、概說

有關佛教思想對李贄及其撰著《金瓶梅》的影響，這可以說是一個近似於全方位的論題，換言之，佛教思想或是佛學思想，是李贄在其人生的思想演變之中，最為重要的思想事件，是李贄公開宣稱放棄孔孟思想、甚至公開批判儒家道學思想之後的思想皈依，是作為批判理學思想的精神武器，自己概括自己的思想來源：「僕，佛學也。」〔註 1〕甚至說自己為「貪佛」，「蓋一向以貪佛之故，不自知其陷於左道。」〔註 2〕同時，佛學也是用以著作《金瓶梅》的思想宗旨，甚至是他文學表達的主要史料來源。

因此，論述有關佛教思想對李贄及其撰著《金瓶梅》的影響，其所需要的空間，是一部專著的規模體制才有可能完成其大概彷彿——一部專著也不過是其佛學思想的冰山一角。如因果報應思想，貫徹於《金瓶梅》全書之中，而李贄自身的著作中，不僅《金瓶梅》的情況如此，《西遊記》也同樣適應這一原則——《西遊記》最早署名「華陽洞天主人」的故事原型，也同樣是李贄所採納的因果報應思想，並來自於他自己的著作《因果錄》。

因此，本文僅僅以李贄於 1596 年，即其政敵耿定向死去，他從寺院來信

〔註 1〕 李贄《答耿司寇》，《焚書》卷一，中華書局，2009 年版，第 35 頁。
〔註 2〕 李贄《答周友山書》，《焚書》卷二，中華書局，2009 年版，第 55 頁。

中獲知此一消息後，所作的詩作，其中使用佛學典故波羅忍辱故事，來概括兩者之間的關係，特別是概括了他寫作《金瓶梅》的緣起和過程，對於理解李贄其人與耿定向之間的恩怨情仇，對於其寫作《金瓶梅》的整體過程，具有全面背景的深刻意義。

本文選用的另外一首小詩中，採用了「婆須蜜氏」也稱之為「婆須蜜多」的佛學故事，與前一首以波羅忍辱故事象徵和概括與仇敵之間的關係相反，此一首小詩採用婆須蜜多故事，卻是寫給李贄終生之所摯愛的人——梅澹然的。有關梅澹然其人，特別是有關梅澹然與李贄之間的戀人關係歷程，又足夠寫作另外的一本書，限於篇幅，本文僅僅以這一首小詩為中心，論述兩者在 1599 年～1600 年兩年之間的交往，及其與《金瓶梅》的關係。

除此之外，本文將論證署名「觀海道人」的金瓶梅序其作者正為李贄本人，而此序實為《金瓶梅》最早手稿本的自序，論證其中的佛學思想及其所針對的原型背景人物。

研究李贄一生所受佛教思想的影響，以及由此深入其寫作《金瓶梅》的主要宗旨，主要從以下的幾個方面來著眼：首先，佛教思想及佛教故事是李贄一生學說的主要思想以及《金瓶梅》的寫作來源。李贄五十歲的時候，在南京任刑部郎中，寫作《聖教小引》:「余自幼讀聖教不知聖教，尊孔子不知孔子何自可尊，所謂矮子觀場，隨人說研（同悅妍），和聲而已。是余五十年以前真一犬也。因前犬吠形，亦隨而吠之。若問以吠聲之故，正好啞然自笑也已。五十以後，大衰欲死，因得友朋勸誨，翻閱貝經，幸於生死之原窺見斑點。」〔註 3〕

此一段資料，透露出來諸多信息：首先，五十歲為李贄人生之一轉折，五十歲之前，尚未從程朱理學之時代思想的窠臼之中跳脫出來，「隨人說研，和聲而已」，五十歲之後，開始「翻閱貝經」，沉迷於佛教經典的學習，應該是學習佛教的原典，佛教的眾生平等、人人成佛，連同印度自身文化所具有的情慾開放的觀念，成為李贄超越儒教的誘因，並逐漸形成自己的人文主義思想體系。

如果說，此前的李贄，尚在王陽明心學之泰州學派的範疇之內，此後，特別是在又十年之後，在麻黃一帶與耿定向發生激烈爭辯的過程中，逐漸形成了獨立的思想體系，可以稱之為「人學」，即以人為本體的學說，以人性自

〔註 3〕 李贄《聖教小引》,《續焚書》卷二，中華書局，2009 年版，第 66 頁。

由、解放為特徵的學說；由南亞印度、孟加拉傳來的佛教教義之外，裹挾著自由、平等、博愛的人文主義精神，為李贄開闢了一個極為廣闊的嶄新世界，而李贄之所以接受西方的這些新的思想觀念，與李贄自身的家族背景與他自己的性格、人生觀念等極為契合，由此產生思想的激情和火花。李贄的出生地泉州，乃為宋元明以來重要的對外商埠，李贄自身的家族，世代以來多有經營海外貿易經商者，李贄自身具備並高度讚賞和闡發「童心」說，李贄在其後來的人生經歷之中，與利瑪竇三次深談，此時歐洲已經從中世紀的暗夜之中走出，歐洲的文藝復興運動及其優秀成果，譬如《十口談》、莎上比亞的戲劇等，或可從利瑪竇的交流之中獲得。凡此種種，皆為李贄思想解放，能夠寫作出《金瓶梅》的重要條件。

李贄特殊的人生經歷值得關注和研究：1580 年，李贄任期三年的雲南姚安太守屆滿，原本可以憑藉優秀的政績繼續高升，這是此一時代正常士人的毫無例外的人生選擇，不論是從個人的光宗耀祖、青史留名、物質享受來說，還是從正統士人的達則兼濟天下的角度而言，都應該繼續仕宦為官，等候升遷。況且，此時的李贄，年僅 53 歲，正是做官最富於從政經驗的年齡階段，遠遠未到退休年齡，以致於李贄於此年三月間在距離知府任期尚差幾個月的時間，李贄即攜家到楚雄拜見巡按劉維，請求辭官。顧養謙《送行序》記載此事：

> 是時，先生歷官且三年滿矣，少需之，得上其績，且加恩或上遷。而侍御劉公方按楚雄，先生謝薄書，封府庫，攜其家，去姚安而來楚雄，乞侍御公一言以去。侍御公曰：「姚安守，賢者也。賢者而去之，吾不忍……即欲去，不兩月所為上其績而以榮名終也，不其無恨於李君乎？」先生曰：「非其任而居之，是曠官也，贄不敢也；需滿以幸恩，是貪榮也，贄不為也；名聲聞於朝矣而去之，是釣名也，贄不能也。去即去耳，何能顧其他？」〔註 4〕

雲南長官劉維認為李贄作為姚安太守政績斐然，不忍心批准其辭官，即便是辭官，再稍等兩個月，等候他「上其績而以榮名終」，也就是有一個榮休的身份，地位和待遇都會有所不同，李贄認為不行，自己不願意做「曠官」、貪榮、釣名之人，去就去了，顧不了其他。顯然，李贄的思想與當時士大夫的儒家思想不是一個話語體系，也不是一個衡量標準，這也是李贄之所以成

〔註 4〕 林海權著《李贄年譜考略》，福建人民出版社，1992 年版，107 頁。

為李贄的原因。

二、李贄的波羅忍辱

筆者在研究李贄平生思想的過程之中，非常關注其兩個重要事件。首先是政敵耿定向死後，李贄的感受及其相關記載；其次是李贄與梅澹然之間的關係，特別是二人在 1600 年約會，澹然身死，李贄隨後自殺於獄中，希望能讀到李贄自身的文字記載。近日，有幸在《李贄與龍湖》及《李贄年譜考略》兩作中都探驪得珠，而此兩首珍貴詩作，均採用了佛教典故，而這兩典故，讀後皆令人有拍案驚奇之感。

先看前者：耿定向於丙申 1596 年十月十日死，李贄此時前已經離開麻黃一帶，取途河南，經汝陽，「暑退涼生又進路，汝陽臺畔敞別筵」〔註 5〕（《贈段善甫》），詩中還說：「別來千里寒冰結，縱有南書魚不傳」，意思是掛念離別的黃麻一帶，但南書不傳，中斷了和麻城的信息。秋九月，李贄抵達山西沁水，同年冬，李贄寫作有《得上院信》：

> 世事由來不可論，波羅忍辱是玄門。
>
> 今朝接得龍湖信，立喚沙彌取水焚。〔註 6〕

其中第二句「波羅忍辱是玄門」，用的是佛教故事，此一故事與李耿之間關係密切，現將其故事轉述如下：

佛有一世受生為金獅子王，號稱威神無比，沒有人可以殺死它。這時王后得了重病，須要金獅子王的心臟才能治好。這時有個大臣出謀劃策，稱金獅子王雖然威神無比，但是對佛教三寶極其恭敬。於是國王派獵人穿上僧侶的衣服去獵殺金獅子王。趁金獅子王恭敬頂禮之時，獵人拔箭射向金獅子王。金獅子王中箭後告訴獵人：「你不可能殺得了我，但我知道你是為何而來。你雖然不是真正的僧侶，但你既然穿了僧衣，我便滿足你的請求。」於是將自己的心給了獵人。

此故事還有另一版本：

在波羅奈國東南端的仙聖山上，有一隻菩薩轉世的金毛獅子，力大無比卻很仁慈，信奉佛法，常在僧人身旁靜聽其誦經念佛。一個獵人得知此事，希望將其捕獲，換取國王賞賜，便假扮和尚靜思禪定，待獅子靠近之後，猛地拔出

〔註 5〕 李贄《續焚書》卷五，105 頁。
〔註 6〕 李贄《焚書》卷六，第 241 頁。

帶毒的匕首，刺向獅子的咽喉。獅子本能地反抗，就在即將吃掉獵人之際，想到對方是身披袈裟的僧人，殺了他會玷污佛法，於是放開了獵人。獵人立即又補了第二刀，獅子再次撲倒獵人，此時它已明白對方是披著袈裟的惡人，但殺了對方自己也就無異於惡人，於是再次放開獵人，最終被獵人殺死。獵人殺死獅子後，拿著獅子皮向國王進獻，當國王得知真相後，感念獅子的慈悲之心，最終將獵人斬首示眾。隨後，國王親自來到仙聖山，在獵人殺害金毛獅王的地方，建起了一座高大雄偉的舍利塔，以便讓全國臣民們燒香供養，紀念這隻偉大的獅王。

這個佛教故事如此生動形象，感人淚下，期間金毛獅子王曾經多有機會可以置於對方死地，但卻兩次以慈悲之心，放棄了痛下毒手的機會，從而被對方殺死。細讀李贄全集，品讀李、耿關係始末，李贄確實有幾次主動求和，但都被高傲的耿定向撕毀和平協議，重新發起新一輪對李贄的人身攻擊。

1584 年七月二十三日，李贄好友耿定理卒，《金瓶梅》書中將七月二十三日這個紀念日安排給西門慶和李瓶兒的獨子官兒的誕辰曰：「慶又於去歲七月二十三日，因為側室李氏生男官哥兒」，李、耿之間矛盾激化，耿定向給周思久信中說：「卓吾云：『佛以情慾為生命』」云云，兩者論戰開始，而耿定向以孔孟儒家學說為武器，李贄則以佛說為盾牌開始論爭。李贄進入到其人生最為悲催的時期。

李贄於萬曆十三年（1585）三月，從黃安遷居麻城，先在周思久之女婿曾中野家落腳，曾中野即書中「錢龍野」，龍湖之中野之意，前一年，李贄曾經在十月之際到麻城尋館寓居未遂，數日後返回黃安。筆者此前論述過《金瓶梅》以耿定向的生日十月十日作為故事開端，現在可知，此一十月還有特殊的意義，即李贄開始被趕出耿家的紀念日。

1586 年正月十五日，李贄移居到維摩庵，四月，耿定向升為刑部左侍郎，即《金瓶梅》書中西門慶升為左千戶；萬曆十五年（1587），李贄打發妻子黃宜人並女兒女婿返回故鄉泉州生活，翌年六月三日，黃宜人卒於泉州的家中；李贄則於 1588 年正月十五日，從維摩庵搬遷到龍潭湖的芝佛院，投靠無念主持，落髮為僧，在這裡居住了近十年。李贄的很多作品都是在這裡完成，《金瓶梅》也是如此，對於李贄而言，這個日子很有紀念意義，因此，將其安排為書中被迫害者的形象李瓶兒的生日。

關於李贄落髮為僧，很多友人都給予關注，如耿定向弟子祝世祿（即書中節義弟兄之一祝實念)《與李宏甫先生》;「幾莖老發,留之不礙菩提,落之不長菩提……敬此問訊。」李贄在《答周二魯》中對落髮進行了解釋:「僕在黃安時,終日杜門,不能與眾同塵,到麻城,然後遊戲三昧,出入於花街柳市之中,始能與眾同塵矣,而又未能和光也。何也?以中丞(耿定向)猶有辯學諸書也。自今思之,辯有何益?只見紛紛不解,彼此鋒芒益甚,光芒愈熾,非但無益,而反涉於吝驕,自蹈於宋儒功新法之故轍而不自知矣。故決意去發,欲以入山之深,免與世人爭長較短。……和光之道,莫甚於此。」〔註 7〕

李贄寫給周二魯的這一段自述表白,可視為是波羅忍辱的另一種形態,是對整個世俗的忍辱:剛到黃安時候一心寫書,因此終日杜門,不能與世俗同塵,以後,被耿定向驅逐家門,遷居麻城,然後遊戲三昧,出入於花街柳市之中,始能與眾同塵矣,這是對世俗生活的忍辱和光,但仍不能同塵,因為,雖然生活方式被改造了,和大家一樣遊戲三昧、花街柳市,但思想上的論爭仍舊不能避免。從耿定理之死兩者關係惡化,到此時已經四年之久。李贄遣送妻兒老小返回老家,自己脫離耿家落腳於周家女婿,四處漂泊,最後落髮為僧,此與金毛獅子王之第一次忍讓,何其相似!

換言之,如果說耿家一開始出於交友之道,邀請李贄全家在他家寄食為生,或可說是有恩於李贄,但李贄被驅除而另立門戶,甚至不惜以老邁之軀落髮為僧,至此已經可作了結,如此這樣的襟懷,則兩者也就不會繼續「彼此鋒芒益甚,光芒愈熾」,殺人不過頭點地,況且,耿定向是一代名臣,黃、麻間之理學大儒,理應有此襟懷,而李贄在寄食耿家之際,也有負責教育其子女的辛苦付出。若至此兩清,各走各的路,則不會有後來《金瓶梅》的問世。

1590 年三月,耿定向告老還鄉回到黃安,六月,看到李贄公開刊行的《焚書》,非常惱火,發出《求儆》公開信,其徒蔡毅中(字弘甫,此人為書中蔡狀元之原型人物),響應號召為之寫序,攻訐李贄;隨後,耿定向勾結官府,驅除李贄。1591 年,李贄通過給周友山信函,發出欲與耿家和解的信息,但耿定向不為所動,反而在李贄與來訪的袁宏道同遊黃鵠磯之際,污蔑李贄為「左道惑眾」而驅逐——此一點亦為袁宏道始終理解李贄寫作《金瓶梅》的緣由之一,他是從始至終的參與者,具有深刻之理解的同情。此一段慘痛經歷,可以視為李贄第二次求和而反被獵人進攻,傷痕累累的對照。

1591 年,李贄主動示弱求和,他通過《與周有山書》表達了心中的苦悶

〔註 7〕 李贄《答周二魯》,《焚書》增補一,中華書局,2009 年版,第 259 頁。

和求和之意：「即日加冠蓄髮，復完本來面目，二三侍者，人與圓帽一頂，全不見有僧相矣。如此服善從教，不知可綰左道之誅否？想仲尼不為已甚，諸公遵守孔門家法，決知從寬發落，許其改過自新無疑。……然弟之改過，實出本心，蓋一向以貪佛之故，不自知其限於左道，非明知故犯者比也。即係誤犯，則情理可恕；……倘肯如此，弟當託兄先容，納拜大宗師門下，從頭指示孔門親民學術，庶幾行年六十有五，猶知六十四歲之非乎？」〔註8〕

1593年秋九月，在友人衡州同知沈鈇的調停下，李贄到黃安會見耿定向，可以視為李贄平生第三次尋求和解。沈鈇《耿定向傳》勸解的言辭，正是以李贄為佛教信禪之人：「李先生信禪，稍戾聖祖，顧天地間自有一種學問……於是，耿李再晤黃安，相抱大哭，各叩百拜，敘舊雅，歡洽數日而別。」〔註9〕隨後，李贄隨同耿定向等同遊黃安天台山。李贄有《宿天台頂》詩作，詩云：「飄渺高臺起暮秋，壯士無奈忽同遊。水從霄漢分荊楚，山盡中原見豫州。明月三更誰共醉，朔風初動不堪留。」從詩中「壯士無奈忽同遊」來看，分明寫出李贄無奈同遊的痛苦心境，何況是忽然而來，原本似乎並無此一準備，而被拉去與沒有共同話語的政敵同遊，只得勉強應付局面。因此，後面說「明月三更誰共醉，朔風初動不堪留」，俗話說酒逢知己千杯少，當下無奈同遊，卻又無法抽身離去，苦不堪言也！

此外，還有一個原因，可能與李贄寫作《金瓶梅》有關。李贄以耿定向作為西門慶原型人物，將其家中醜事一一寫入書中，此事極有可能走漏風聲，為耿定向所風聞，可想而知其又氣又恨；但從李贄的角度而言，如果此前在1593年兩者之間真正獲得諒解，則李贄或者會手下留情，不會將耿定向一家在書中描寫的如此不堪，甚至可能就此止筆。《金瓶梅》也就應該是波羅忍辱故事中金毛獅子王的法寶。耿定向於1594年暑期突然病倒，從此一病不起，兩年後死去，與李贄的這一寫作密切相關，應該說，耿定向是在驚恐懼怕之中死去的，臨終之前的行為亦對此有所反映，如突然寫作自己的傳記《觀生記》，欲以昭告後人自己的一生事蹟，並非李贄筆下的人物，但耿定向死後，其族人委託刻寫耿定向全集，卻並不敢收入此一自傳——所謂擔心越描越黑，容易被天下人一一對號入座，此一篇傳記，後來被民國十四年武昌正信印務館收入《耿天台先生全書》之中。

〔註8〕李贄《與周友山書》，《焚書》卷二，中華書局，2009年，第55頁。
〔註9〕何喬遠《閩書》卷一五四《蓄德志》上，《考略》，272頁。

耿定向臨終之前，寫《傳家牒》:「今歲餘生登七十老矣，何所傳哉？何所傳哉？惟此彌六合、貫千古孔孟之道這大家是天付我輩承管的世業。不敢為小道異教破壞了，……不敢為淫豔邪說混亂了，……此非我一家所得私願，天啟海內英傑共志承當，籍此定久要盟。」〔註 10〕這個遺囑，顯然顯示了耿定向焦慮的心情，呼籲全體的道學家與李贄的小道異教、淫豔邪說抗爭，顯然在力圖維護自己死後的清譽。

如果沒有後來的事情發生的話，1593 年兩人之間達到相互諒解、抱頭痛哭，還有若干真誠的因素。到了 1594 年兩者之間關係再度惡化，耿定向自覺不久於人世，而唯一的心頭病就是李贄——這個當年力邀來家中長居的朋友，如今成為了死敵，而且會是死不瞑目但又無法言說的心頭之痛。於是在 1595 年，先是派兒子耿克念去函邀請李贄來黃安作客，但這時耿定向弟子史旌賢（字廷俊，一說字偉占）調任湖廣，兼任湖北分巡道，就任後特地來黃安看望耿定向，得知內情，欲要為老師出氣，揚言依法懲治李贄，於是麻城再次掀起迫害李贄的風波。有此情況，李贄反而不能去黃安，也無法接受邀請，耿家無奈，由耿克念再次發函力邀李贄赴黃安一行。一直延遲到是年十一二月間，大概是聽聞耿定向已經在臨終狀態，李贄才到黃安天窩見耿定向，並寫《耿楚倥先生傳》，自敘與耿定向關係始末，「余是以不避老，不畏寒，直走黃安會天台於山中。天台聞余至，亦遂喜之若狂。」並解釋兩者之間各退一步，耿定向放棄其「人倫之至」即所謂君臣、父子、夫婦的儒家綱常理論，李贄則放棄其「未發之中」而有所承諾，實際上是對耿定向「人之將死、其言也善」的一種安慰，兩方心中都明白，這種世界觀的觀念上的撕裂是無法彌合的。李贄以耿定向為書中主要人物的《金瓶梅》，也不可能永遠在「未發之中」，事實上，在耿定向死後，李贄更為加緊此書的寫作進程，並將耿定向的生卒年等，都巧妙地鑲嵌進入到了書中。

三、李贄以佛教婆須蜜多為詩典的背景

以上所討論，為李贄在耿定向死後數月獲得來自麻城上院即芝佛院信息，以佛教「波羅忍辱」故事，來概括自己與耿定向的糾葛始末，其佛教故事與史料記載兩者之間關係，可謂是絲絲入扣，而佛教故事更為詳細地補充了其中的

〔註 10〕耿定向《傳家牒》,《耿天台先生全書》，武昌正信印務館代印，民國十四年鉛印本，卷十六，第二十一。

細節及作為受害者當時的心情，而這些細節和心情，又能在《金瓶梅》中得到一一印證。以下，再討論另一個同樣出自李贄詩作的佛教典故，題為《卻寄》四首，先看其一：

> 一回飛錫下江南，咫尺無由接笑談。
>
> 卻羨婆須蜜氏女，發心猶願見瞿曇。〔註 11〕

此四首組詩，原載李贄《焚書》卷六，但此前瀏覽全書時，卻一晃而過，並不被矚目，及至讀《年譜考略》，將其安置於 1599 年春這一特定敏感時刻，尤其是判斷為寫給梅澹然的，才為之激動。為何如此？蓋因李贄與梅澹然關係，在當時就是沸沸揚揚的熱點新聞，一直是麻城驅除李贄敗壞風俗的敏感話題，李、梅老少戀之關係，是另一篇大論文的大題目，兩者之間的微妙複雜關係，連同梅澹然與《金瓶梅》的關係，即便是三五萬字也難以完成，本文僅以其一點先做簡單探討。先解讀一下詩的意思：飛錫，佛教語，謂僧人等執錫杖飛空，代指僧人遊方，也就是指李贄和尚就要下江南與你會面，但擔心兩人咫尺之間卻無由私下笑談。心中非常羨慕印度佛教中善財童子會面婆須蜜多女的故事，但我還是發心祝願我們可以相會。瞿曇，釋迦牟尼的姓，一譯喬答摩。亦作佛的代稱，亦可代指和尚。

婆須蜜多，梵名 Vasumitra，音譯婆須蜜、婆須蜜多羅、和須蜜多，意譯為世友、天友。《華嚴經》五十五善知識之一，乃善財童子所參訪之第二十五善知識。據舊《華嚴經》卷五十載，婆須蜜多居於險難國寶莊嚴城，容貌端嚴，身出大光明，已成就離欲實際清淨法門，即為眾生說離欲法門，以得清淨。《摩訶止觀》卷二下（大四六・一七下）：「當於惡中而修觀慧……和須蜜多淫而梵行，提婆達多邪見即正。」另，善財童子參訪婆須蜜多故事梗概如下：

傳說嶮難國寶莊嚴城中有一女人，名婆須蜜多，善財童子一路尋訪，向其問道，婆須蜜多回覆稱：「若有眾生，來至我所，起淫怒癡，無有是處，唯得菩薩無受正法，恒為眾生說清淨解脫離苦法門……若有眾生親近我者，即得一億無染離欲莊嚴菩薩無著無極明淨一切智境界法門。」每個和她睡過覺的人都成了虔誠的佛教徒，因為婆須蜜多能讓人銷魂之至，觸發他們內心裏的愛，從而拯救他們骯髒、貪婪的靈魂，婆須蜜多也因此成為了菩薩。

李贄與梅澹然之間交往的編年史記，暫且無能為論，概說兩者之間的關

〔註 11〕《焚書》卷六，第 242 頁。

係，其中有兩個重要節點，其一是 1593 年，梅澹然在生日這天，剃髮為尼，致函李贄，聲稱自己願意作觀音大士，李贄《題繡像精舍》詩作記載其事：「聞說澹然此日生，澹然此日卻為僧。……可笑成男月上女，大驚小怪稱奇事。陡然不見舍利佛，男身復隱知是誰？我勸世人莫浪猜，繡佛精舍是天台。天欲散花愁汝著，龍女成佛今又來。」〔註 12〕可以驗證，在梅澹然生日這一天，消發為尼，成為李贄的尼姑弟子。

李贄與澹然兩人之間互通音訊極為頻繁，李贄有《觀音問》一書梓行；其二是 1596 年，梅澹然生日的具體日期不詳，但李贄與耿定向於此一年九月同遊天台山，而後因為梅澹然風波，再發攻訐論戰，故澹然生日理應在下半年。

李贄忍辱負重，無奈同遊天台山，但卻換來耿定向更為激烈的進攻。當時耿定向臥病在床，著《學彖》：「今高明賢俊自負為心性學者，吾尤惑焉。蓋歸宗於蘆渡東來之教，沉酣於百家非聖之書。……蓋不惟敗化傷風……掊擊程朱，訾議孔子。……彼下流淺根，懵懵然以方便情慾。」（耿天台先生全集《學彖》）而李贄則不能不悍然反擊，在《與周友山》（即周思敬，書中的周守備）中說：「今年不死，明年不死，年年等死，等不出死，反等出禍。……志慮愈精，德行益峻，磨之愈加而不可磷，……是吾福也。」採用「磨而不磷，涅而不緇」這一典故，表達自己「志慮愈精」的情懷。《金瓶梅》書中李贄將自己在耿家的主要經歷化身為溫秀才，溫秀才出場，就以磨鏡故事來暗寓李贄的這一經歷：

> 玉樓又問：「那寫書的溫秀才，家小搬過來了不曾？」平安道，「從昨日就過來了。今早爹吩咐，把後邊那一張涼床拆了與他，又搬了兩張桌子、四張椅子與他坐。」金蓮道：「你沒見他老婆怎的模樣兒？」平安道：「黑影子坐著轎子來，誰看見他來！」正說著，只見遠遠一個老頭兒，斯琅琅搖著驚閨葉過來。潘金蓮便道：「磨鏡子的過來了。」……那平安一面叫住磨鏡老兒，放下擔兒，……共大小八面鏡於，交付與磨鏡老叟，教他磨。當下絆在坐架上，使了水銀，那消頓飯之間，都淨磨的耀眼爭光。……老子道：「不瞞哥哥說，老漢今年癡長六十一歲，在前丟下個兒子，……所以淚出痛腸。」玉樓叫平安兒：「你問他，你這後娶婆兒今年多大年紀了？」老子道：「他今年五十五歲了，男女花兒沒有，如今打了寒才好些，只是沒

〔註 12〕李贄《焚書》卷六，229 頁。

將養的，心中想塊臘肉兒吃。老漢在街上恁問了兩三日，白討不出塊臘肉兒來。甚可嗟歎人子。」

剛剛孟玉樓話題還在溫秀才是否來了，卻轉而寫一個磨鏡子老叟甚為可憐，此正是李贄本人的化身，磨鏡子，就是寫《金瓶梅》來照照人世間耀眼爭光。又特意點出六十一歲，李贄 1527 年出生，六十一歲恰為 1588 年的事情，而根據耿定力墓表，李贄妻子黃宜人為嘉靖十二年癸巳 1533 年出生，則在李贄六十一歲之際，黃宜人正為五十五歲。「心中想塊臘肉兒吃。老漢在街上恁問了兩三日，白討不出塊臘肉兒來。甚可嗟歎人子」，正寫出當年他們剛被攆出耿家之後的悲慘場景。

耿定向之所以攻訐李贄的一個原因，就是李贄與梅澹然的戀情。但這僅僅是從程朱理學的「餓死事小，失節事大」「存天理滅人慾」的道德標準來看，而從李贄的道德觀念以及佛教理論、婚戀觀念而言，兩者之間，皆為鰥寡孤獨，一個喪妻五年，一個守寡（梅澹然 1563 年出生，與李贄同樣亥年出生）十年，兩者之間原本就有自由戀愛的權利。

李贄與梅澹然在 1588 年左右相識，梅澹然為梅國楨的三女，十五歲嫁給劉守有（書中的王招宣）的三子劉承禧（書中的王三官），一般都認為是未嫁而劉卒，或說是嫁給劉守有的另一位兒子，實則皆為遮蔽這些被認為傷風敗俗的事情。《梅氏族譜》卷首「人物譜」:「（梅國楨有女六），長適太學生劉承棨，次適孝廉劉承緒，早寡，先公卒。次受錦衣衛指揮簽事劉承禧聘，未字先卒。三劉皆莊相公（劉天和）系。」（莊天合《梅國楨墓誌銘》）

梅澹然二十歲守寡，隨後拜李贄為師出家為尼，在 1593 年梅澹然生日，鬧出軒然大波，耿定向所說李贄「歸宗於蘆渡東來之教」（即達摩一葦渡江之佛教）「敗化傷風」「以方便情慾」，應該是事出有因的。耿定向作為道學衛道者，不能不抱病寫作，攻訐李贄，同時，發動了麻城一帶衛道者要焚燒李贄所在的芝佛院。

讀過佛教中的善財童子訪問婆須蜜多故事，再聯想李贄此時採用這個典故，作詩送給梅澹然，至少筆者是被雷倒而震驚：1.此前兩者之間兩次發生風波：1593 年，梅澹然致函李贄，要求作觀音大士，而被麻城士人傳統衛道者所攻訐；1596 年，兩者再起風波，當時已經轟傳要燒毀李贄精心營建的芝佛院；2.李贄所用的婆須蜜多佛教典故，正驗證了兩者之間的戀情關係，甚至有情色關係；3.李贄隨後應梅澹然信邀，在 1600 年暑期之後最後一次回到龍湖，此後發生了梅澹然為情而死事件，芝佛院和佛塔旋即被焚毀，李贄不得不緊急出逃避難，在充分安排了後事之後，李贄也同樣自殺於獄中。李贄之死，誰又能說不是死於殉情呢？4.婆須蜜多的佛教故事，讀起來與《金瓶梅》的語言風格、男女情慾的故事描寫如出一轍，與中國本有的語境卻是完全不同的兩個世界。1584年，李、耿論戰開始，耿定向給周思九的信中就說：「卓吾云：『佛以情慾為性命』，此非杜撰語。」(《耿天台文集》卷三《又與周柳塘集》) 可知，李贄確實是有意關注於人的情慾這個問題，而且，佛教正是這一思想的重要理論源頭。

在此基礎之上，再讀李贄這一組詩的其餘三首：

持缽歸來不坐禪，遙聞高論卻潸然。
如今男子知多少，盡道高官即是仙。

盈盈細抹隨風雪，點點紅妝帶雨梅。
莫道門前馬車富，子規今已喚春回。

聲聲喚出自家身，生死如山不動塵。
欲見觀音今汝是，蓮花原屬似花人。

李贄這一組詩的後面三首同樣令人震驚，或說是更為讓人震驚：1.「遙聞高論卻潸然」，舉世皆知李贄的《觀音問》梓行問世，李贄與梅澹然之間的往來問答，正氣凜然，但此處卻點出高論潸然，點出澹然之然，也用諧音暗指自我的燃燒情懷；2.「盈盈細抹隨風雪，點點紅妝帶雨梅」，此兩句是讚美雨梅之美，然而眾所周知梨花帶雨形象中的性愛含意，而此一首卻巧妙地成為藏頭詩，第二句的「帶雨梅」和第四句的「喚春回」，竟然就將梅澹然的性感形象點綴出來——《金瓶梅》中的主要女性人物之一「春梅」；3.如此再讀第四首：「聲聲喚出自家身，生死如山不動塵」，是誰人聲聲喚出自家之身？是誰將這婆須蜜多的觀音大士寫入書中？是何書將這風雪雨梅的性感女性形象寫成「春梅」？李贄明確說：「欲見觀音今汝是，蓮花原屬似花人」，說自己期盼著與你這觀音大士——婆須蜜多幽會，讓書中的蓮花歸屬原型的似花人。在《金瓶梅》的早期傳播史上，確實就有唯有麻城劉承禧之妻家有《金瓶梅》的全版手抄本，只不過，將妻家誤傳為徐家，卻不知諸多史料記載，梅澹然即為劉承禧之妻，只不過再次誤傳為未嫁劉卒，實際上，梅澹然嫁給了劉承禧，十六歲為其生子，二十歲守寡，以後的故事，就要參見李贄的相關史料。

李贄在 1599 年寫給梅澹然的回信：「過暑毒，即回龍湖矣。出來不覺就是四年，只是怕死在方上，……但得回湖上葬於塔屋，即是幸事，不需勸我，我自然來也。」〔註 13〕尺牘中說明自己出來不覺就是四年，李贄從 1596 年秋季離開麻城，到 1599 年，也就是與澹然離別四年之久。到 1600 年秋季，也就是所謂「過暑毒，即回龍湖矣」，李贄回到龍湖，與梅澹然久別重逢，也就是前文所引李贄婆須蜜多典故詩作的寫作背景。

在李贄回到麻城重會梅澹然之後，發生了梅澹然死亡的重大事件，死因不明，但各種史料明確記載了當地仇恨李贄者，湖廣按察司馮應京焚燒佛芝院，拆毀李贄精心建造的藏古塔，並驅逐李贄。李贄弟子楊定見將李贄先藏於自己家中，隨後，跟隨李贄躲避進入縣北境外的黃蘗山中。一直到李贄被接走到北京通州避難，旋即自刎於通州獄中，應該與梅澹然之死有關，可以說也是殉情而死。

梅澹然作為小說人物的原型，此一論題又需要單篇另論，茲舉其要：首先，梅澹然即為書中的林太太，李贄將自己終生戀人寫入書中，同時，借助西門慶形象來寫自己與梅澹然的兩次戀情風波。蒲松齡曾說：「若縉紳之妻呼太太，裁（才）數年耳。昔惟縉紳之母，始有此稱，以妻而得此稱者，惟淫史中有林、喬耳，他未見之也。」〔註 14〕李贄撰著《金瓶梅》，顯然是將自己終生所戀的梅澹然與自己的戀情故事，寫入到書中，而敬稱之為林太太，蓋因李贄原本祖上姓林，從其三祖之後才開始改姓為李，林李本為一家。

林太太從第六十九回方才進入到書中，由文嫂做媒。（以文章文學為媒人）林太太書中丈夫的家族，原型為麻城官職最高的劉守有家族，書中介紹王招宣及王三官：林氏道：「不瞞大人說，寒家雖世代做了這招宣，不幸夫主去世年久，家中無甚積蓄。小兒年幼優養，未曾考襲，如今雖入武學肄業，年幼失學。」文嫂導引西門慶到後堂，掀開簾攏，只見裏面燈燭熒煌，正面供養著他祖爺太原節度頒陽郡王王景崇的影身圖：穿著大紅團袖，蟒衣玉帶，虎皮交椅坐著觀看兵書。有若關王之像，只是鬍須短些。迎門朱紅匾上寫著「節義堂」三字，兩壁隸書一聯：「傳家節操同松竹，報國勳功並斗山。」劉天和（1479～1545），字養和，號松石，嘉靖十五年，總制陝西三邊軍務，這

〔註 13〕李贄《復澹然大士》，《焚書》卷二，第 79 頁。
〔註 14〕蒲松齡《聊齋誌異》卷八《夏雪》，黃霖編《金瓶梅資料彙編》，中華書局，1987 年版，第 251 頁。

就是書中「正面供養著他祖爺太原節度頒陽郡王王景崇的影身圖」的原型背景。王崇景名字來源於明代嘉靖隆慶年間的王崇古，隆慶元年 1567 年十月，以王崇古總督陝西、延寧、甘肅軍務。(《明穆宗實錄》卷十三）而王招宣原型則為劉天和之長孫劉守有，萬曆十一年武進士，任錦衣衛都督同知。《麻城縣志》卷九《耆舊．名賢》:「劉守有，號思雲，襲祖莊襄公陰，官錦衣衛，加太傅。」王三官原型為劉守有第三子劉承禧，王三官之子則為林太太（梅澹然）所生。其中的輩分過多，因此，書中人物故事對此採用了較為含混的描述史料記載梅澹然嫁給劉承禧「未字而卒」，也同樣是為了遮蔽其與李贄戀情的關係所致。根據李贄所寫相關信息，梅澹然十六歲生子，二十歲守寡，據此推測，則應該 1583 年為劉承禧的卒年。

第六十九回文嫂道:「若說起我這太太來，今年屬豬，三十五歲，端的上等婦人，百伶百俐，只好像三十歲的。」梅澹然 1563 癸亥豬年出生，與李贄相差 36 歲〔註 15〕，到寫作此處的戊戌年正好三十五歲。在李贄心目中本將其視為妻子，故書中名之為林太太，但在當時的理學重壓之下難以實現，當寫西門慶二戰林太太之際，西門慶原型人物已經搖身一變而為此書作者本人。李贄與梅澹然發生兩次戀情風波，一為 1593 年梅澹然生日；二為 1600 年，李贄應澹然之約去麻城密會，結果卻造成了梅澹然之死、李贄芝佛院及李贄化緣所營造的佛塔被當地人所焚燒，李贄隻身逃難，遠走黃蘗山，隨後自刎於北京獄中。梅澹然在書中的另一人物形象則為春梅，篇幅所限，也需要另文單論。

以上所討論李贄的兩篇四首詩作，實際上也是《金瓶梅》的兩大基本主題：1.以與耿定向為原型的西門慶家族興衰史；2.以自己與梅澹然為中心的戀情故事。兩者之間無法涇渭分明，因此，寫作西門慶家族興衰史也同樣寫作其人性的情慾，而梅澹然則不可避免也要進入到第一個母題之中，成為其中的淫亂者。由此，衍生出另外的某些特質：書中人物的分身法，由於兩大主題之間根本無法兼容，因此，書中人物連同作者自我，在書中分化而為諸多人物，來承當不同的身份，傳達不同的故事和分別承擔不同的思想。這種近似魔幻的寫法，本身就與佛教故事的來源密切相關，特別與《西遊記》的變身密切相關。

〔註 15〕李贄本人出生於丁亥，晚年之戀人梅澹然出生於癸亥，亦皆為亥年屬性。

四、觀海道人的《金瓶梅》序

此外，因果惡報的佛教思想，貫穿於《金瓶梅》全書。傳為《金瓶梅》古本的觀海道人序言，對此一點闡述最為詳切。此一篇序，一般認為是偽作，但從其中內容以及觀海道人的署名方式來看，應該是李贄原作的自序。原文如下：

> 客有問余者曰：「子何為而著此《金瓶梅》者，是殆有說乎？」余曰：「唯唯，否否，子言何謂也？請申言之！」
>
> 客曰：「余嘗聞人言，小說中只有演義，昉於五代北宋，逮南宋金元而始盛，至本朝而極盛。然其所敷陳衍布者，率皆為正史中忠孝義烈可泣可歌之事，或加以附會，為之藻飾，或摶彩兼收，盡其起訖，其遣詞雖多鄙俗，而其主意，則在教孝教忠，善者與之，惡者懲之，報施昭然，因果不爽。一編傳出，樹之風聲，故人之觀之者，咸知有所警惕，去不善而遷善。是知此雖小道，其易風俗，影響固甚大也。今子之撰《金瓶梅》一書也，論事，則於古無徵，等齊東之野語；論人，則書中人物，十九皆愆尤叢積，沉溺財色，淫蕩邪亂，恣睢暴戾，以若所為，直賊民而蠹國，人神之所共憤，天地之所不容，奈之何尚費此寶貴筆墨，以為之宣述乎！且更繪聲繪影，纖細不遺，豈不懼乎人之尤而效之乎？敢問其說。」
>
> 余曰：「唯唯，否否，子言誠是；然余亦有說焉。天道福善而禍淫，惡者橫暴強梁，終必受其禍也。善者修身慎行，終必受其福也。子不觀乎書中所紀之人乎？某人者，邪淫昏妄，其受禍終必不免，甚且殃及妻孥子女焉。某人者，溫恭篤行，其獲福終亦可期甚且澤及親鄰族黨焉。此報施之說，因果昭昭，固嘗詳舉於書中也。至於前之所以舉其熾盛繁華者，正所以顯其後之淒涼寥寂也；前之所以詳其勢焰薰天者，正所以證其後之衰敗不堪也。一善一惡，一盛一衰，後事前因，歷歷不爽，此正所以警惕乎惡者，獎勸乎善者也，奈之何子尚懼乎人之尤而傚之乎？至若謂事實於古無徵，則小說家語，寓言八九，固不煩比附正史以論列。值此熙朝鼎盛，海晏河清，在位多賢，四方率正，輕繇薄斂，萬姓義安，酒後茶餘，夜闌團聚，展此卷而畢讀一過，匪僅使人知所以戒懼，抑亦可使人怡悅心性焉，奈之何子尚非議之哉！」

客聞余畢其辭，乃點首稱善而退。客去，坊主人來索序言，遂書以遺之。

龍飛大明嘉靖三十七年，歲建戊午，孟夏中澣，觀海道人並序。

開篇一小段，值得關注者有二：1.書名為《金瓶梅》，李贄在此前的寫作中，先有《清風史》作為書名，到 1595 年袁宏道尺牘已經修改為《金瓶梅》，但袁宏道相關李贄及與《金瓶梅》的文字，經過袁中道的修改覆蓋，是否確認為《金瓶梅》或是《金瓶梅傳》，尚未能定論，到廿公作跋，而為《金瓶梅傳》。李贄在 1601 年為此書作此自序，當下能讀到的書名已經是《金瓶梅》，但也仍然存在袁宏道 1610 年為之寫跋但此書並未能出版，此後，到所謂此處古本最早付梓，書名確定為《金瓶梅》，收入此序，並隨之修改而為《金瓶梅》，以便與最後定名的《金瓶梅》統一，亦在情理之中；2.開篇採用設問對答，並用「唯唯，否否」，這一在《觀海說》中的話語方式，如同詩詞寫作中的用典，來點醒此文是對耿定向《觀海說》的回應。

此後一段文字，借用「客曰」的形式，比較系統闡述了李贄的小說史觀，主要是白話小說（演義）的演變歷程，是「昉於五代北宋，逮南宋金元而始盛，至本朝而極盛」，但此前的小說，主要的缺陷在於：「率皆為正史中忠孝義烈可泣可歌之事，或加以附會，為之藻飾，或摶彩兼收，盡其起訖，其遣詞雖多鄙俗，而其主意，則在教孝教忠」；而《金瓶梅》則與此截然不同：「今子之撰《金瓶梅》一書也，論事，則於古無徵，等齊東之野語；論人，則書中人物，十九皆慝尤叢積，沉溺財色，淫蕩邪亂，恣睢暴戾，以若所為，直賊民而蠹國，人神之所共憤，天地之所不容，奈之何尚費此寶貴筆墨，以為之宣述乎！且更繪聲繪影，纖細不遺」。

有趣的是此序署名「觀海道人」，為何稱之為「觀海」？先是，李贄在雲理守期間，就有「一覽觀滄海，三臺自草亭」之聯（光緒《呈貢縣志》卷三《流寓》），隨後，李贄有《望海》二首，其寫作時間恰在在其生命即將結束的 1600 年孟夏，寫作於天津直沽附近的海口，此一個時間點，正是將《金瓶梅》書稿最後託付給汪可受之前夕，極有可能臨送出之前以觀海道人為名，撰寫此自序；隨後，再讀耿天台集中有《觀海說》，方才得到驗證。

耿定向《觀海說》的寫作背景，是耿定向對他與周柳塘及兄弟子侄一起討論趙大洲心學的一個命題「性猶水也」而引申到觀海這一命題：

柳塘周子將之瓊，過耿子商焉，兼訊及大洲先生之學。余曰：

「未之炙也。」仲弟子庸曰：「吾聞諸及門者述先生言曰：性猶水也，水固水也，波亦水也。」

耿定向此文背景：1567 年九月之後，周柳塘將要赴任瓊州太守，行前與耿定向告辭，期間談論起趙大洲的心學，耿定向回答說，對此並無研究，未得趙大洲親炙；仲弟子庸為心學泰州學派人物，參與發言，說其及門弟子轉述趙大洲的譬喻，性就像是水，水固然是水，水波也是水。耿定向《觀海說》中接著說，確實如此，但水也有不同：

> 余曰：「然。……有溝澮之波，有江河之波，有溟渤之波，可一視之耶？且之所以取於水者，將撓之而使波耶？抑澄之而使不波耶？是故識性要矣！辯志先焉。」

耿定向藉此闡述了他的儒家思想，即水和水波之間的關係，譬如人性的善惡等後天行為，同樣是水，卻有不同的波，有溝澮之波、江河之波、大海的溟渤之波，之所以有所不同，在於「要識性要矣，辯志先焉。」隨後引述《周禮》繼續闡述這一人倫教化的思想，得出「水既波矣，意欲澄之，而使不波，恐不能也。」仲弟子庸反駁說：如果撓之即波，澄之即不波，這不過是溝澮之水，「若溟渤之水，孰能撓之使波澄之，使不波焉？」最後，耿定向做出總結性論斷：「中國有聖人，則海不揚波矣！學之足贊化育也。」耿定向對這一爭論的最後結論，中國有聖人孔子，通過後天的儒家教化，即可以使得四海升平，國泰民安。此處的海，已經轉移代指而為中國。周柳塘對此表示高度讚賞，連連稱是。

隨後，耿定向轉而談及他「告疏再上，不允頃圖侍養例」，因此「進退維谷」，機鋒一轉，忽然說：「此中之波，且騰湧矣！何以澄之？」據此可知，此一段對話發生於 1583～1584 年耿定理死之前，耿定向丁憂在家，尚未返回朝廷之際。斯時耿定向已經預感到與李贄之間不可避免要發生一場論戰。「此中之波，且騰湧矣！何以澄之？」即指李贄。楊生道南曰：「朝市未必淤，山林未必潔，一視之而委順焉，可也。」楊道南在場參與談話，安慰耿定向說，朝市未必就如淤泥肮髒，指的是李贄提倡「吃飯穿衣就是人倫物理」的人性學說，只要是能無為而治，自然就會「一視之而委順焉」，否則反而會「澄水中無風自波矣」，也就是說，採用澄之使之無波的方法制裁李贄，反而會使得原本無波的澄水中興起風波。耿定向回顧柳塘，笑著說，「此觀於海者之言也。」也就是說，楊道南的建議，只是針對觀於海者之言。〔註 16〕

〔註 16〕參見《耿天台先生全書》卷十三，北京大學圖書館藏鉛印本，1925 年版。

耿定向《觀海說》所記載的討論心學的背景，發生於其友人周柳塘將要出任瓊州太守任上，具體時間，查李贄年譜可見：1567 年，周思久（柳塘）由浙江運同擢瓊州知府。(《瓊州府志》卷三十《宦績》) 到翌年正月己巳（十九日），知府周思久被彈劾，降一級使用。周思久在李贄剛到龍湖之際，與其兄弟周思敬（字友山）對李贄熱誠款待，伴隨耿李論爭激烈，柳塘亦成為李贄政敵，而其弟友山則始終不棄不離，友山即為書中之周守備；另外一位參與者楊道南，楊希淳（字道南）《定林庵記》:「道南乃東南名士，終歲讀書破寺中。」1568 年三月，周安（定林）跟隨道南到京師，1572 年道南卒，終年 42 歲。可知，觀海論壇當為發生於 1567 年秋冬之際，其所討論地點，當在湖北黃麻耿家。李贄當時在南京禮部司務任上，與耿家兄弟尚未結識，故李贄讀此觀海論壇，當為戊戌年耿天台文集付梓之後閱讀。

非常明顯，這是一場由心學中的「人性如水」的命題，一直轉向如何對付李贄的異端學說的討論，最後將李贄比喻為觀海者，《金瓶梅》古本的這一篇以「觀海道人」署名的序，正是李贄對這一場論證始發點的回應。先不言觀海道人的署名與此文的《觀海說》是否巧合，單說此文的發起宗旨，李贄從王陽明心學而來，特別與趙大洲——鄧豁渠的學派關係密切，可謂出自心學而超越心學，自成一家，而為人學。《金瓶梅》，正為李贄心學與佛教思想結合而寫作的產物。因此，以觀海道人作為自己的筆名，具有總領全書，回顧始發的意味。

此外，李贄曾經多次提及耿定向對自己的磨難，就是一種爐錘：「曠然離索，其誰陶鑄我也？……甘受天下之大爐錘。」〔註 17〕後人因此也多推重《金瓶梅》作者乃為「爐錘手」，卻不知出處卻在李贄。

〔註 17〕李贄《復耿中丞》,《焚書》增補一，258 頁。

第八章 《金瓶梅》序跋及版本次序

一、概說

有關金瓶梅一書的版本，就本質而言，主要是所謂崇禎本和詞話本，金學界主流學者一般認為詞話本在前，最早的版本為丁巳本，即1617年本，而崇禎本也被說成是說散本，一般認為最早是崇禎年間才開始有的版本，換言之，崇禎本是詞話本的修改本。對此，王汝梅先生論述得最為清晰：

金瓶梅「大體上可分為兩個系統，三種類型。一是詞話本系統，《新刻金瓶梅詞話》，現存三部完整刻本及一部二十三回殘本（北京圖書館藏本、日本日光山輪王寺慈眼堂藏本、日本德山毛利氏棲息堂藏本及日本京都大學附屬圖書館藏殘本）。二是崇禎本系統，即《新刻繡像批評金瓶梅》，現存約十五部（包括殘本、抄本、混合本）。第三種類型是張評本，即《張竹坡批評第一奇書金瓶梅》，屬崇禎本系統，又與崇禎本不同。在兩系三類中，崇禎本處於《金瓶梅》版本流變的中間環節。它據詞話本改寫而成，又是張評本據以改易、評點的祖本，承上啟下，至關重要。」〔註1〕

三種版本之間的次序，張竹坡評本進入到清代之後，可以不論，單說詞話本和崇禎本兩個系統之間的次序，當下金學界主流學者基本認可詞話本在前，崇禎本在後，並且是在詞話本基礎之上的修改本。何謂崇禎本？「刊刻於十卷本《金瓶梅詞話》之後的《新刻繡像批評金瓶梅》，是二十卷一百回本。卷首

〔註1〕參見王汝梅《新刻繡像批評金瓶梅會校本・序》，齊魯出版社，1989年版，第1頁。

有東吳弄珠客所作的《金瓶梅序》。書中有插圖二百幅，有的圖上題有刻工姓名，如劉應祖、劉啟先、黃子立、黃汝耀等。這些刻工活躍在明天啟、崇禎年間，是新安木刻名手。這些刻本避明崇禎帝朱由檢諱。根據以上特點和刻本的版式字體，一般認為這種本子刻印在崇禎年間，因此，簡稱之為『崇禎本』，又稱『繡像本』或『評改本』。」〔註2〕

有關崇禎本與詞話本之間的區別甚多，單就本文所研究的《序》及第一回的不同，兩個版本之間的不同主要有：所謂崇禎本改寫了詞話本的第一回及不收欣欣子的《金瓶梅序》，把第一回「景陽岡武松打虎」改為「西門慶熱結十兄弟」。把原武松為主，潘金蓮為賓，改成了西門慶為主，武松為賓。此外，崇禎本在版刻上保留了詞話本的殘存因素，如北大本第九卷題作「新刻繡像批點金瓶梅詞話卷之九」等。〔註3〕

但筆者認為，這些證據，都僅能證明崇禎本這一系統中的此一種刻本為崇禎年間所刻，卻不能證明這一整體系統，即崇禎本的最早祖本、原本的刊刻時間，也不能證明崇禎本系統晚於詞話本。

以筆者之見，研究《金瓶梅》的版本問題，也就是研究此書在最早付梓問世階段的次序問題，不能僅僅根據刻工的名字、版本殘存的痕跡，這些都僅僅是外證，只能證明這一系統的不同刻本出版時間，類似於當下的某一年版的某一年印刷，而不能證明兩種系統之間的時間次序。

要確定兩大系統之間的出版次序，還需要從多方面取得內證：1.從序跋研究的角度入手，研究《金瓶梅》的序跋作者和書名變化情況；2.從小說的文本出發，研究小說的原稿和序跋稿之間、原作者和序跋作者之間的關係；3.從明代社會文化的大背景出發，研究版本對時代背景的吻合；4.而這一切的研究，都離不開對原作者的破譯研究，如果尚不知道原作者是誰及其寫作史，就無法定位序跋作者和版本系統的次序。

《金瓶梅》相關的序跋，其中最為值得關注者，主要有署名「廿公」的《跋》、署名「東吳弄珠客」和「欣欣子」的序，此三篇《序》《跋》，可以視為《金瓶梅》付梓問世最早的三篇序跋文章，其意義：1.對於進一步破譯此書的作者問題，可以起到驗證的作用；2.對此書早期書名的變化提供了寶貴信息；3.對此書的版本次序，特別是對詞話本和崇禎本的先後時間次序，提

〔註2〕王汝梅著《金瓶梅版本史》，齊魯書社，2015年版，第41頁。
〔註3〕參見王汝梅著《金瓶梅版本史》，齊魯書社，2015年版，第45、47頁。

供了寶貴的破譯線索。

二、署名廿公《金瓶梅傳·跋》的作者

此一篇跋語原文如下：

《金瓶梅傳》，為

世廟時，一巨公寓言，蓋有所刺也。然曲盡人間醜態，其亦

先師不刪鄭衛之旨乎？中間處處埋伏因果，作者亦大慈悲矣。

今後流行此書，功德無量矣！不知者竟目為淫書，不惟不知作者之旨，並亦冤卻流行者之心矣。特為白之。廿公書〔註4〕

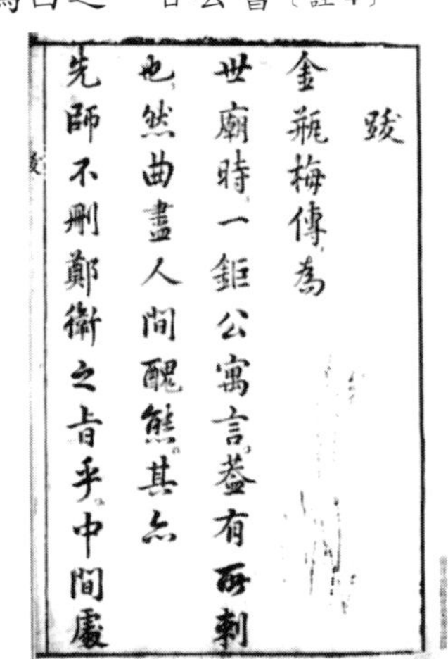
跋
金瓶梅傳，為
世廟時，一鉅公寓言，蓋有所刺
也。然曲盡人間醜態，其亦
先師不刪鄭衛之旨乎。中間處

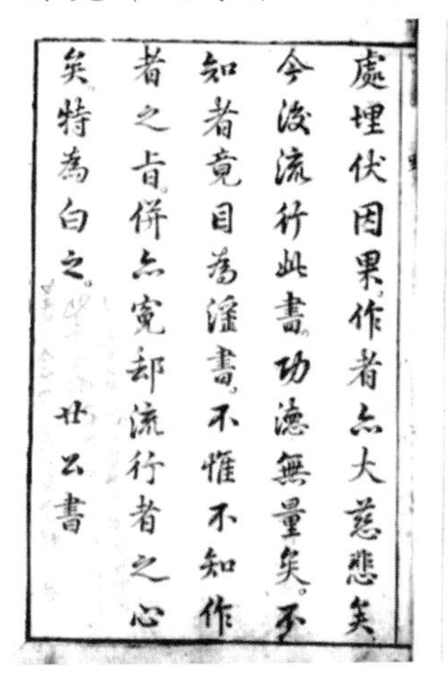
處埋伏因果，作者亦大慈悲矣。
今後流行此書，功德無量矣。不
知者竟目為淫書，不惟不知作
者之旨，併亦冤卻流行者之心
矣。特為白之。
廿公書

此一篇跋語，根據目前金學界主流學者的說法，最早見於萬曆丁巳刊本《金瓶梅詞話》，但並非確論，參見筆者後文。此《跋》值得關注者有三：首先，署名「廿公」的《金瓶梅傳·跋》，此一篇跋語，根據目前金學界主流學者的說法，最早見於萬曆丁巳刊本《金瓶梅詞話》〔註5〕，但原題名卻僅有「跋」一字，而非寫明《金瓶梅詞話·跋》；其次，「世廟」、「先師」兩處另行起頂格；再次，「金瓶梅傳」四字開端，後有句讀，明顯書名為《金瓶梅傳》。〔註6〕

由此出發，可以較為深入關注和討論：首先，此書的書名為《金瓶梅傳》而非一向所說的《金瓶梅詞話》，亦非所謂崇禎本的《金瓶梅》（《新刻繡像金

〔註4〕萬曆丁巳刊本《金瓶梅詞話》，臺北故宮博物院藏原北平圖書館甲庫善本，新加坡南洋出版社影印，第13頁。本文根據其格式亦為兩處空格另行起。

〔註5〕但尚不能為定論——如果當下歸屬於崇禎本系統的首圖本和日本內閣文庫藏本的時間早於詞話本並收錄了這一篇跋語的話，則此一篇跋就並非最早見於詞話本。

〔註6〕參見臺北故宮博物院藏原北平圖書館甲庫善本。

瓶梅》，可以簡稱之為《金瓶梅》。)《金瓶梅傳》這一書名，以後在任何版本上都未曾再次出現，此一跋語所使用的書名，堪稱為唯一的以「傳」為書名的版本。按照情理來說，這個書名顯然是一個最早的版本，或說是尚未付梓問世，而僅僅是為付梓而寫出的跋語。其主要理由：

1.中國的小說總體而言，來自於史傳文學，這就使得早期的小說，一般都習慣以「傳」作為書名，如唐傳奇的《鶯鶯傳》《霍小玉傳》等，明代的豔情白話小說，如《癡婆子傳》等。長篇白話小說，三國和西遊分別寫歷史演義和想像的遊記，都不適合以傳為書名，但仍舊有《水滸傳》等。因此，《金瓶梅》在其早期的書名定型過程中，顯然也會考慮以「傳」作為書名。

2.根據當時為李贄抄寫水滸的和尚懷林的記載，李贄彼時也在寫作《清風傳》，此一書名可以理解為以作者自我為中心的傳記書名，最後在書稿定型之後，修改為以書中的三位女性人物作為書名，由此而為《金瓶梅傳》。

3.重讀一下此文後面的內容:「今後流行此書，功德無量矣！不知者竟目為淫書，不惟不知作者之旨，並亦冤卻流行者之心矣。」說是「今後流行此書」，明顯是尚未流行，也就是尚未付梓問世之意，後面的話語，可以理解為寫作跋語者，對此書今後流行之後的擔憂:「不知者竟目為淫書，不惟不知作者之旨，並亦冤卻流行者之心矣。」這裡既有對原作者寫作《金瓶梅》的誤解，也有對他本人作為最早傳播者和承擔者聲譽的擔憂。後來的發展情況，果然如此，《金瓶梅》，一再被視為淫書而遭到封殺禁版。跋語說明原稿的書名為《金瓶梅傳》，亦為《金瓶梅》版本史之重要里程碑。

其次，此《跋》值得關注的是作者的署名「廿公」，廿公為誰？根據筆者此前數篇論文的研究，袁宏道不僅僅是《金瓶梅》最早的信息披露者，而且，也是李贄唯一託付的責任承當者，即便是同時託付給了汪可受，但仍舊需要轉給袁宏道，那麼，袁宏道理應為此書的出版問世而寫出文字，作出解釋。從本一篇的署名連同前後文的信息來看，所謂「廿公」即為袁宏道。

為何要選用這樣的一個筆名呢？這是由於：首先，當然不能採用本名、真名，甚至「石公」(袁宏道號石公)這樣的字號，換言之，出於對自身的安全以及自己家族的聲譽，在《金瓶梅》未能獲得世俗理解和接受的情況下，遮蔽自己的真實身份是必須的，也是必然的——雖然如此，跋語作者仍希望留出一些蛛絲馬蹟，通過筆名來表達他的某種心情或是思想，「廿」字，諧音為「念」，顯然最能表達其心情。不僅如此，念公其人，在李贄一生之中，佔據有極為重要的地位。

念公，名深有，號無念，為麻城龍湖芝佛院住持。李贄於萬曆九年解官後，依靠耿定理住於黃安，萬曆十二年耿定理死，遂離開黃安至麻城龍湖，依無念以居，念公深深服膺李贄之學，執弟子禮。宏道於萬曆十九年（1591）年去龍湖拜訪李贄，由此而結識念公，回到公安之後，寫有《別無念》八首；李贄與無念之間的親密關係，只消看李贄的說法：「此中如坐空井，捨無念無可談者」。〔註 7〕

「念公」的「公」字，固然是一個泛稱，但袁宏道的字號同樣也有「公」字，則也可以理解為這個筆名巧妙地將原作者李贄與自己的名號結合起來。袁宏道恰恰自號「石公」，宏道於萬曆二十五年（1597）在儀徵作《石公解嘲詩》，詩作之前有小序：「石公不知何許人，嘗吏吳，登石公山而樂之，因自命曰：『石公山人』。」〔註 8〕如此，宏道以「廿公」諧音李贄在龍湖芝佛院最為親近的「念公」，作為此一篇跋語的筆名，實際上就遙遙指向了龍湖，指向了李贄。

此外，「廿公」的「廿」，意思是二十的意思。此篇跋語當為《金瓶梅》序跋中按照時間排序之第一篇，為袁宏道 1610 年之作，署名廿公，既是來自於其先師李贄在龍湖託之為生的念公諧音，由此指涉李贄，又是兩者之間二十年交往時間的紀念。李贄最早與宏道談及此書寫作的時間為 1590 年，到寫作此跋語的 1610 年，正好二十年。1610 年袁宏道欲要出版此書而未能出版，屬於「出師未捷身先死」，此一篇跋語很有可能就是宏道的臨終之作。

如此，再來解讀這一跋語的中間部分：「《金瓶梅傳》，為世廟時，一巨公寓言，蓋有所刺也，然曲盡人間醜態，其亦先師不刪鄭衛之旨乎？中間處處埋伏因果，作者亦大慈悲矣。」袁宏道作為《金瓶梅》原作者李贄的委託人既然不能說原作者之名，亦不能寫明其寫作時代和生活背景，為了安全起見，不得不說是「為世廟時，一巨公寓言，蓋有所刺也。」將《金瓶梅》一書的寫作時代說成是「世廟」即嘉靖時代，顯然是謊言，而說「一巨公」則為真，巨公者，一時代之大師者也，有明以來，能堪當巨公者，唯有王陽明和李贄先後二人而已！

「蓋有所刺也，然曲盡人間醜態」，可謂是對《金瓶梅》的深刻解讀。「其

〔註 7〕李贄《又與從吾》，《焚書續焚書》，中華書局，2009 年版，第 256 頁。
〔註 8〕全集 591 頁。

亦先師」四字之間，此跋的原版將「先師」二字另行起頂格，這是古人最為敬重的格式。從文字表面，似乎這一先師，可以解讀為孔子，實則卻指的是李贄作為他的思想開蒙老師，在此敬執師禮而已。也就是說，此處仍舊在說《金瓶梅》是宏道的先師李贄，其寫作此書，是「曲盡人間醜態」，也是「先師不刪鄭衛之旨」的意思，而且，「中間處處埋伏因果」，「作者亦大慈悲矣」，意思是作者李贄已經是大慈悲了。

要言之，廿公的跋語，可以稱之為《金瓶梅》尚未正式出版之前的原稿本跋語，是手稿即將付梓的跋語，作者為袁宏道，蓋因此書作者為其師，不敢作序而為跋，又將跋中的先師特意頂格書寫，以為敬重。書未刊刻成功而身死，隨後，在《金瓶梅》第一次出版問世之際，作為跋語出現在書中第二排序。《金瓶梅》最早付梓問世的版本又是哪一個版本，其出版時間又是哪一年？這是我們隨後需要研究的問題。

三、署名「東吳弄珠客」《金瓶梅．序》的兩個版本

署名「東吳弄珠客」的《金瓶梅序》，實際上有兩個不同的版本，這一點是當下金學界尚未注意到的。這兩個不同的版本之間，兩個序之間，內文的內容基本一致，但也有細微的差別，主要區別為：1.兩者在結尾之處，具名的方式、地點、時間有所不同；2.兩者之間的內文有三個字有修改。換言之，這是同一個版本的兩次使用，第二次使用做了修改。這樣，兩者之間的時間次序，甚至是具體的寫作和修改時間，就具有非同尋常的學術價值。

先看當下流行的一種：

> 《金瓶梅》，穢書也。袁石公亟稱之，亦自寄其牢騷耳，非有取於《金瓶梅》也。然作者亦自有意，蓋為世戒，非為世勸也。如諸婦多矣，而獨以潘金蓮、李瓶兒、春梅命名者，亦楚《檮杌》之意也。蓋金蓮以姦死，瓶兒以孽死，春梅以淫死，較諸婦為更慘耳。借西門慶以描畫世之大淨，應伯爵以描畫世之小丑，諸淫婦以描畫世之醜婆、淨婆，令人讀之汗下。蓋為世戒，非為世勸也。
>
> 余嘗曰：讀《金瓶梅》而生憐憫心者，菩薩也；生畏懼心者，君子也；生歡喜心者，小人也；生效法心者，乃禽獸耳。余友人褚孝秀偕一少年同赴歌舞之筵，衍至《霸王夜宴》，少年垂涎曰：「男兒何可不如此！」褚孝秀曰：「也只為這烏江設此一著耳。」同座聞之，歎為有道之言。若有人識得此意，方許他讀《金瓶梅》也。不然，石公

幾為導淫宣欲之尤矣！奉勸世人，勿為西門慶之後車，可也。

萬曆丁巳季冬東吳弄珠客　漫書於金閶道中。〔註 9〕

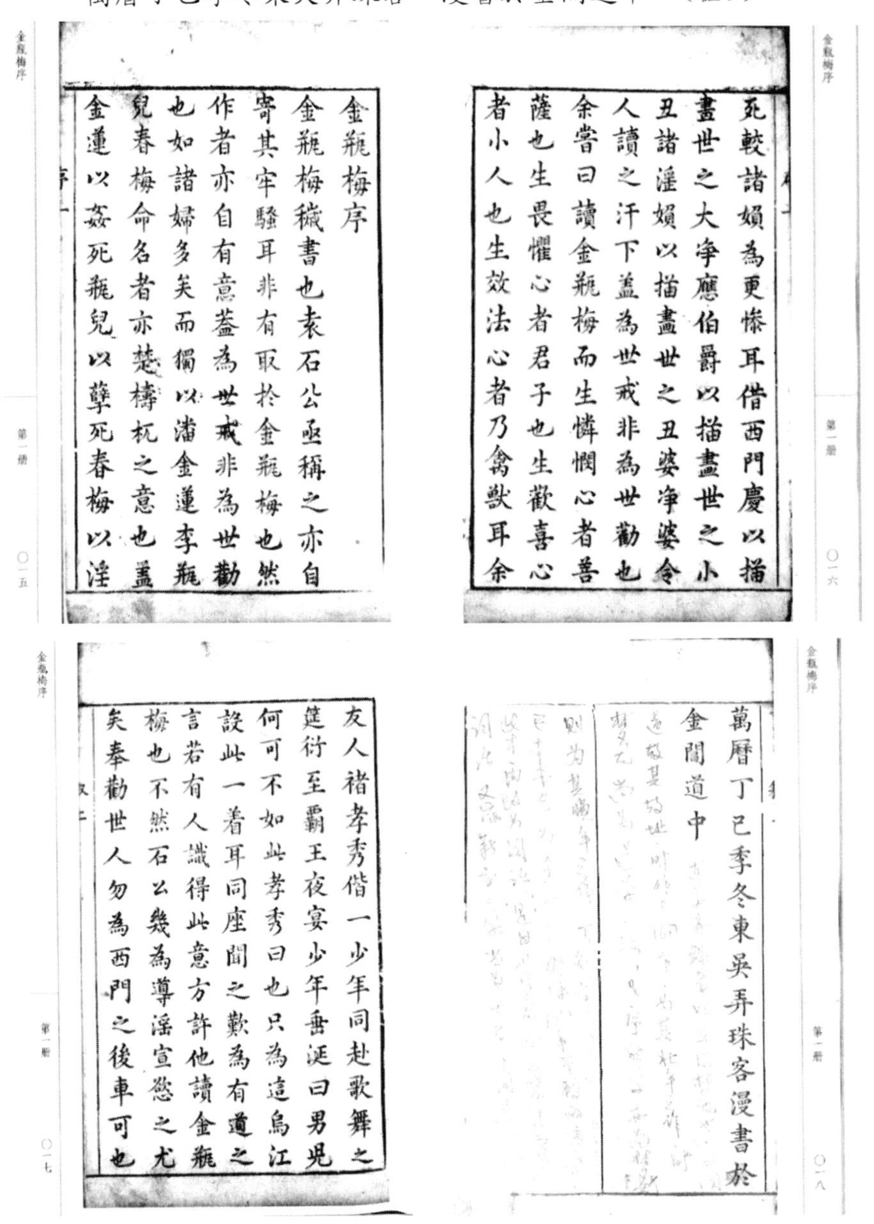

金瓶梅序

金瓶梅穢書也袁石公亟稱之亦自寄其牢騷耳非有取於金瓶梅也然作者亦自有意蓋為世戒非為世勸也如諸婦多矣而獨以潘金蓮李瓶兒春梅命名者亦楚檮杌之意也蓋金蓮以姦死瓶兒以孽死春梅以淫死較諸婦為更慘耳借西門慶以描畫世之大淨應伯爵以描畫世之小丑諸淫婦以描畫世之丑婆淨婆令人讀之汗下蓋為世戒非為世勸也余嘗曰讀金瓶梅而生憐憫心者菩薩也生畏懼心者君子也生歡喜心者小人也生效法心者乃禽獸耳余友人褚孝秀偕一少年同赴歌舞之筵衍至霸王夜宴少年垂涎曰男兒何可不如此孝秀曰也只為這烏江設此一着耳同座聞之歎為有道之言若有人識得此意方許他讀金瓶梅也不然石公幾為導淫宣慾之尤矣奉勸世人勿為西門之後車可也

萬曆丁巳季冬東吳弄珠客漫書於金閶道中

佔有四頁，署名有十八字：「萬曆丁巳季冬東吳弄珠客漫書於金閶道中。」可以稱之為四頁序本，也可稱之為署名十八字本。再看另外的一種版本，可

〔註 9〕 萬曆丁巳刊本《金瓶梅詞話》，臺北故宮博物院藏原北平圖書館甲庫善本，新加坡南洋出版社影印，第 15 頁。

以稱之為首都圖書館藏崇禎本，由於此序佔用六頁，亦可稱之為六頁序本，其具名為東吳弄珠客題六個字，亦可稱之為六字署名序本。

金瓶梅序
金瓶梅穢書也袁石公亟
稱之亦自寄其牢騷耳非
有取于金瓶梅也然作者
亦自有意葢爲世戒非爲
序一

世勸也如諸婦多矣而獨
以潘金蓮李瓶兒春梅命
名者亦楚檮杌之意也葢
金蓮以姦死瓶兒以孽死
春梅以淫死較諸婦爲更

序二
慘耳借西門慶以描畫世
之大淨應伯爵以描畫世
之小丑諸淫婦以描畫世
之丑婆淨婆令人讀之汗
下葢爲世戒非爲世勸也

余嘗曰讀金瓶梅而生憐
憫心者菩薩也生畏懼心
者君子也生歡喜心者小
人也生效法心者乃禽獸
耳余友人褚孝秀偕一少

序三
年同赴歌舞之筵衍至霸
王夜宴少年垂涎曰男兒
何可不如此褚孝秀曰也
只爲這烏江設此一着耳
同座聞之歎爲有道之言

若有人識得此意方許他
讀金瓶梅也不然石公幾
爲導淫宣慾之尤矣奉勸
世人勿爲西門之後車可
也

東吳弄珠客題

可知，此一篇序，又分為兩個版本，兩個版本之間的區別：

1.其中一個版本結尾處僅僅署名為「東吳弄珠客題」六個字，而另外一個結尾有時間地點，即一向通行的「萬曆丁巳季冬東吳弄珠客漫書於金閶道中」。

2.署名六字本總共 6 頁，第一頁到「非為」結束，書名「金瓶梅序」佔據一行，正文從「《金瓶梅》，穢書也。袁石公亟稱之」開始，正文 4 行，每行 10 字，每頁正文共計 40 字，共計 6 頁，二三四五頁皆為 5 行，第六頁 6 行；而署「丁巳」的版本，共計 4 頁，前三頁每頁 7 行，第四頁正文 4 行零一字「也」，落款在「也」字下署名為 6 個字「東吳弄珠客題」。

3.兩序的內文，粗看並無不同，細看可以看出，不僅僅是字體不同，六頁序本為字體為較為呆板而字號大的楷書，四頁序本字體娟秀而字號小的行書，而且，內文也有兩處不同：其一，是第 5 頁作為宴的異體字的「晏」修改而為「宴」，同頁後兩行重複出現的「褚」字刪除而為「孝秀」。〔註 10〕可以證明，六頁東吳弄珠客題序本，早於亅巳年的版本，就目前所見到的所有史料而言，這應該是《金瓶梅》的最早刻本。署名「東吳弄珠客題」的這個序，可以視為是同一個序的兩次使用，是崇禎本祖本的兩次印刷；兩者都同樣屬於崇禎本系統，序名同樣為《金瓶梅》，也說明書名在此階段同樣為《金瓶梅》，而非此前的《金瓶梅傳》，亦非此後的《金瓶梅詞話》。以往多習慣將詞話本視為最早付梓於 1617 丁巳年，因而稱之為萬曆詞話本，由此來看，這是錯誤的。

換言之，《金瓶梅》在手稿本階段，即袁宏道 1610 年整理的廿公跋語版本書名曾經為《金瓶梅傳》，四年之後，即 1614 年，由袁無涯出版、東吳弄珠客序首次問世，正式名為《金瓶梅》；到 1617 年，同一個版本在此付梓印刷，東吳弄珠客在此前六字署名的基礎之上，將題款修改為「萬曆丁巳季冬東吳弄珠客漫書於金閶道中」，增補十三個字的原因，可能是：這個版本的版式，正文正好占滿三頁，到第四頁如果仍舊僅僅署名原先的六個字則實在難看，增補十三個字之後，此一頁佔據一行零四個字，勉強不算是背題了；而原先的六字版本，則剛剛好占滿六頁；同時，此書經過數年的付梓問世，作序者對此書的反響也開始比較有信心，多一些透露作序者的時間、地點，應該關係不大了。

〔註 10〕參見王汝梅《金瓶梅版本史》89 頁有此序首頁書影，其餘五頁，來自於王汝梅先生電話通告，深表謝意。

四、欣欣子詞話本序及詞話本的產生時間

署名欣欣子的《金瓶梅詞話序》原文如下：

竊謂蘭陵笑笑生作《金瓶梅傳》，寄意於時俗，蓋有謂也。人有七情，憂鬱為甚。上智之士，與化俱生，霧散而冰裂，是故不必言矣。次焉者，亦知以理自排，不使為累。惟下焉者，既不出了於心胸，又無詩書道腴可以撥遣，然則不致於坐病者幾希。吾友笑笑生為此，爰罄平日所蘊者，著斯傳，凡一百回。其中語句新奇，膾炙人口，無非明人倫，戒淫奔，分淑慝，化善惡，知盛衰消長之機，取報應輪迴之事。如在目前始終，如脈絡貫通，如萬系迎風而不亂也。使觀者庶幾可以一哂而忘憂也。其中未免語涉俚俗，氣含脂粉。餘則曰：不然。《關雎》之作，樂而不淫，哀而不傷。富與貴，人之所慕也，鮮有不至於淫者；哀與怨，人之所惡也，鮮有不至於傷者。吾嘗觀前代騷人，如盧景暉之《剪燈新話》、元微之之《鶯鶯傳》、趙君弼之《效顰集》、羅貫中之《水滸傳》、丘瓊山之《鍾情麗集》、盧梅湖之《懷春雅集》、周靜軒之《秉燭清談》，其後《如意傳》、《於湖記》，其間語句文確，讀者往往不能暢懷，不至終篇而掩棄之矣。

此一傳者，雖市井之常談，閨房之碎語，使三尺童子聞之，如飫天漿而拔鯨牙，洞洞然易曉。雖不比古之集，理趣文墨，綽有可觀。其他關係世道風化，懲戒善惡，滌慮洗心，無不小補。譬如房中之事，人皆好之，人皆惡之。人非堯舜聖賢，鮮有不為所耽。富貴善良，是以搖動人心，蕩其素志。觀其高堂大廈，雲窗霧閣，何深沉也；金屏繡褥，何美麗也；鬢雲斜軃，春酥滿胸，何嬋娟也；雄鳳雌凰迭舞，何殷勤也；錦衣玉食，何侈費也；佳人才子，嘲風詠月，何綢繆也；雞舌含香，唾圓流玉，何溢度也；一雙玉腕綰復綰，兩隻金蓮顛倒顛，何猛浪也。既其樂矣，然樂極必悲生。如離別之機將興，憔悴之容必見者，所不能免也。折梅逢驛使，尺素寄魚書，所不能無也。患難迫切之中，顛沛流離之頃，所不能脫也。陷命於刀劍，所不能逃也；陽有王法，幽有鬼神，所不能逭也。至於淫人妻子，妻子淫人，禍因惡積，福緣善慶，種種皆不出循環之機。故天有春夏秋冬，人有悲歡離合，莫怪其然也。合天時者，遠則子孫悠久，近則安享終身；逆天時者，身名罹喪，禍不旋踵。人

之處世，雖不出乎世運代謝，然不經凶禍，不蒙恥辱者，亦幸矣！吾故曰：笑笑生作此傳者，蓋有所謂也。

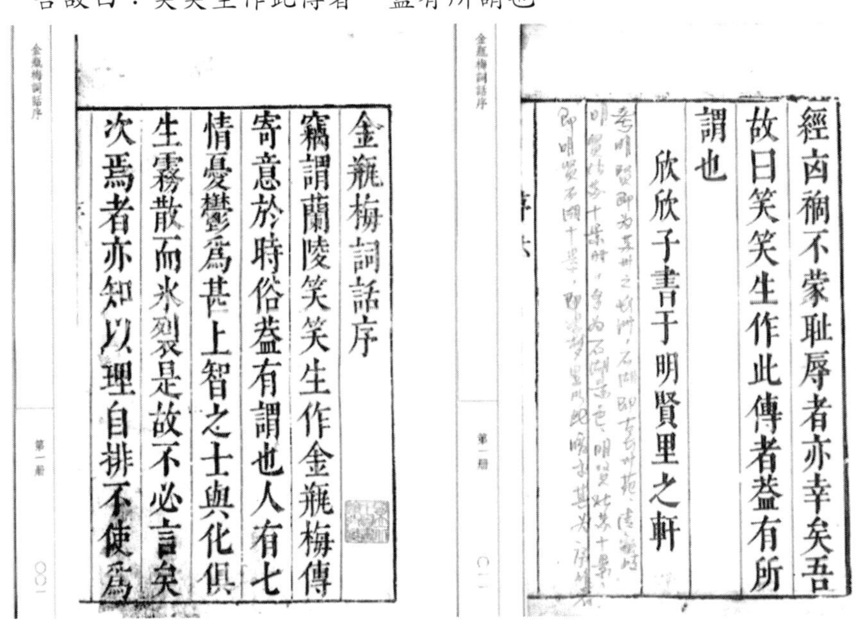
金瓶梅詞話序
竊謂蘭陵笑笑生作金瓶梅傳
寄意於時俗蓋有謂也人有七
情憂鬱爲甚上智之士與化俱
生霧散而冰裂是故不必言矣
次焉者亦知以理自排不使爲

經凶禍不蒙恥辱者亦幸矣吾
故曰笑笑生作此傳者蓋有所
謂也
欣欣子書于明賢里之軒

此一序文值得關注和說明的有幾點：

1.首先，需要明確諸多序跋、序跋關涉的書名和版本之間的關係：當下金學界習慣於將一跋兩序中唯一的有時間記載的東吳弄珠客丁巳年歸之於詞話本，不知其根據何在？在《金瓶梅》早期的序跋之中，唯有署名欣欣子的此一篇序明確寫明：《金瓶梅詞話序》，而東吳弄珠客序的版本，明確寫明：《金瓶梅序》；因此，已經習慣關於詞話本最早見於萬曆丁巳年的說法需要糾正，丁巳年弄珠客序版本恰恰是崇禎版本系統；欣欣子的詞話版本的具體出版時間，還需要另文單論，但肯定其出版時間在崇禎祖本之後。

2.欣欣子開篇就點明：「竊謂蘭陵笑笑生作《金瓶梅傳》」，驗證了筆者此前論證的：《金瓶梅》最早的書名為《金瓶梅傳》，以後，而為《金瓶梅》，再到欣欣子序本，方為《金瓶梅詞話》。欣欣子甚至在後文中，將此書簡稱之「傳」：「吾友笑笑生為此，爰整平日所蘊者，著斯傳凡一百回」，其中多少信息蘊藏於此數句之內：「吾友笑笑生」，作序者於著作者兩者之間為朋友關係，即深知其創作底細之意，對比此前的弄珠客之開篇，「金瓶梅，穢書也」，兩者之間已經天壤之別，「弄珠客」和「欣欣子」，應該是同為馮夢龍。馮夢龍作為此書出版的編輯人，有此權力為之寫序。同為署名「弄珠客」的兩個版本之間，相隔數年再版，貢獻不可謂不大，但編輯修改者並未重新寫序，僅僅是在署名之處增添十餘字而已，而此次卻重新寫序，並更換序言撰寫人的署名，由此可知，其修改的力度之大，其立場改變之大。立場的改變，就是由此前崇禎本系統的批判穢書的立場，修改為正面闡發讚賞的立場。

3.此欣欣子序暗示了笑笑生寫作此書的性質及《金瓶梅》書名的演變：「爰整平日所蘊者，著斯傳凡一百回」，此一句指出：笑笑生所著的這一本《金瓶梅》，不是信口胡編的穢書，而是「爰整平日所蘊者」，也就是說，皆為作者平生所見之實錄，因此而名之為「金瓶梅傳」。書名為「傳」，就提升了小說的文化品格，進入到此前司馬遷以來的史傳系統。因此，欣欣子接續勾勒了這一史傳稗官系統的歷程：「吾嘗觀前代騷人如盧景輝之剪燈新話，元徽之之鶯鶯傳，趙君弼之效顰集，羅貫中之水滸傳，邱瓊山之鍾情麗集，盧梅湖之懷春雅集，周靜軒之秉燭清談，其後如意傳。於湖記，其間語句文確，讀者往往不能暢懷，不至終篇而掩棄之矣。」這一史傳稗官演變史，其間提及《水滸傳》作者為羅貫中，值得關注和研究。

4.欣欣子暗示了將此前的說散本性質改為詞話本的原因：所謂萬曆詞話本，一直到欣欣子《金瓶梅詞話序》的這一版本，方才有所謂的詞話本。令人稍感不解的，是欣欣子在序題中，直接點明為「金瓶梅詞話序」，但全篇文字閉口不談有關書名為何修改為「詞話」，但從以上所分析來看，序作者通過序文的文字，已經側面暗示了此書的緣起、演變和為何以「詞話」為名：

首先，首先，如前所述，小說原作者點明為笑笑生，笑笑生原稿為《金瓶梅傳》，其創作宗旨乃在於：「寄意於時俗，蓋有謂也」「爰整平日所蘊者」的真實史傳紀錄文字；其次，雖然原作者是意在寄意時俗的史傳文字，但卻在實際的傳播中，具有了廣泛的超越史傳文學局限的社會意義：「其中語句新奇，膾炙人口，無非明人倫，戒淫奔，分淑慝，化善惡，知盛衰消長之機，取報應輪迴之事。如在目前始終，如脈絡貫通，如萬系迎風而不亂也。使觀者庶幾可以一哂而忘憂也。」其中暗含的是，由此，《金瓶梅》就不必有「傳」字，《金瓶梅》正可吻合這一「無非明人倫，戒淫奔，分淑慝，化善惡」的超越儒家倫理的開化意義；同時，也可以使得「觀者庶幾可以一哂而忘憂也」的愉悅功能和審美意義。由此反思，馮夢龍應該是知道李贄撰著《金瓶梅傳》的本意，是為耿定向立傳，將金瓶梅傳改為金瓶梅，再改為金瓶梅詞話，正是為了弱化或說是消泯耿定向作為書中的原型。詞話本將帶有大量耿定向資訊的熱結十弟兄修改為武松打虎，其目的也是如此。

再次，「其中未免語涉俚俗，氣含脂粉。餘則曰：不然。《關雎》之作，樂而不淫，哀而不傷。富與貴，人之所慕也，鮮有不至於淫者」，這就涉及為何要增補詞話，並修改原本的閱讀小說而為說部文字。其中既包括對脂粉情色主題的辯護，也包括對其文采藻飾之文學性、詩意性的闡發：「是以搖動人心，蕩其素志。觀其高堂大廈，雲窗霧閣，何深沉也；金屏繡褥，何美麗也；鬢雲斜軃，春酥滿胸，何嬋娟也；雄鳳雌凰迭舞，何殷勤也；錦衣玉食，何侈費也；佳人才子，嘲風詠月，何綢繆也；雞舌含香，唾圓流玉，何溢度也；一雙玉腕綰復綰，兩隻金蓮顛倒顛，何猛浪也。」以對偶駢文的修辭方式，闡發了為何變散體而為駢，大量增補詩詞文賦的原因，在於「是以搖動人心，蕩其素志」。

「欣欣子」三字，由「笑笑生」而來，意在強調對《金瓶梅》原作者的重新評價和高度認可，這也正吻合於馮夢龍由傳統而走向對李贄思想接受的歷程。至於為何採用如此隱晦的筆法來闡釋《金瓶梅詞話》這一重大修改本的宗旨和由來，正在於此書的特殊性，他不願意也不可能暴露出來詞話本是出自於他本人之手的改寫本，也不願意暴露此一篇序言也是馮夢龍之所為作，但當然也不願意自己的心血創作永遠地失去，因此，署名處還是寫下了「欣欣子書於明賢裏之軒。」

至於有關詞話本的問世，以及《金瓶梅》成為說部文學的最早記載，則見於張岱《陶庵夢憶》:「甲戌十月，攜楚生往不繫園看紅葉，至定香橋，客不期而至者八人：南市曾波臣，東陽趙純卿，金壇彭天錫，諸暨陳章侯，杭州楊與民、陸九、羅三，女伶陳素芝。餘留飲。章侯攜縑素為純卿畫古佛，波臣為純卿寫照，楊與民彈三弦子，羅三唱曲，陸九吹簫。與民復出寸許界尺，據小梧，用北調說《金瓶梅》一劇，使人絕倒。」〔註 11〕

《金瓶梅》一書，按照多數當時士人的評價，「穢書也」，淫穢之書，如何能成為「說部」之作，哪些人去說書，哪些人去聽此穢書？讀此張岱的記載，方能明白：首先，此書在剛剛問世之際，只能在極少數士人精英之中流傳，從學術的角度理解其為「有所謂也」(「謂蘭陵笑笑生作《金瓶梅傳》，寄意於時俗，蓋有謂也」) 之作，是以這種形式對儒家理學作出深刻批判揭露，但過猶不及，如此淫穢的性描寫，如何能上得檯面而進入到說部文學，如何

〔註 11〕張岱《陶庵夢憶》，上海古籍出版社，1982 年版，卷四《不繫園》。

能冠冕堂皇進入到市井大眾的說唱曲目？一部水滸傳，從宋元到明代定型，就是一部市民文化為之不斷拔高而為英雄傳奇的過程，武松原本也是好色之徒，龔開的「三十六贊」，其中對武松的讚語是：「汝優婆塞，五戒在身。酒色財氣，更要殺人。」大意是武松是受戒的行者，卻不遵守戒律，酒色財氣，還要殺人，可謂是五毒俱全的人；元代三部武松雜劇，其中就有《窄袖兒武松》，窄袖兒是元明之際戲曲小說常見的寓意好色的意思，水滸中周通強搶桃花村民女，小嘍嘍齊唱的：「帽兒帽兒光光，今日做個新郎。袖兒袖兒窄窄，今日做個嬌客」，與《竇娥冤》裏張驢兒強娶竇娥時的唱詞一樣，都與強佔女色有關。不僅僅是武松一個形象的變化，水滸中的很多人物形象，都經歷了由凡人七情六欲到英雄神話的過程，這不僅僅是理學思想的變化，更是市井文化的氣場所制約的，因此，說唱文學的主題，往往是儒家的忠孝節義、禮義廉恥，因此，長篇白話小說的明清之際，產生三國水滸西遊記都是正常的，《金瓶梅》其所代表的思想，正是對於傳統思想、傳統小說的反動，是無法真正進入到市井文化之中的。《金瓶梅》中，王婆假意對要娶潘金蓮的武松說：「你今日帽兒光光，晚夕做個新郎」，省略了窄袖，但含意是清晰的：在文人創作的作品中，讓武松重回了凡俗市井，這正是士人案頭讀物表達反對理學思想的表現，因此，不會是詞話在前而讀本在後。

但又為何還有《金瓶梅詞話》這一說部文學的版本呢？張岱的這一記載，披露了這種說部的具體場景：首先，就時間而言，已經到了明末之際，甲戌年只能是崇禎七年，即 1634 年，此時，距離《金瓶梅》原本的刻本付梓問世，已經有 20 年左右的時間。進入到崇禎時代，才開始真正進入到有明的末世時代，秦淮河名妓文化流行的時代。才會出現這種名士攜帶名妓，名士名妓同遊，名士名妓各呈才藝：「女伶陳素芝。餘留飲。章侯攜嫌素為純卿畫古佛，波臣為純卿寫照，楊與民彈三弦子，羅三唱曲，陸九吹簫。與民復出寸許界尺，據小梧，用北調說《金瓶梅》一劇，使人絕倒。」這種名妓名士文化，也當是「詞話本」能產生市場需求的一種時代背景。

因此，大概而言，《金瓶梅》原作者的原手稿，應該基本上是當下能看到的崇禎本的樣式，大抵在李日華所記載的 1614 年出版；而詞話本應該是後來的修改本。詞話本的產生時間，最早的可能是 1617 年，但也可能更晚一些進入到崇禎二年，改寫人應該是馮夢龍。改寫的目的，可能是為了迎合市場的需求，也有可能是改寫者試圖將自己的才華融入其中，參與到此書的寫作之中。

後者是二者兼而有之。後文為能不帶有當下的這種偏見，即認為崇禎本是從詞話本刪節修改的版本，將當下所說的崇禎本改為原稿本，特殊需要說明的時候仍用崇禎本，詞話本仍舊稱之為詞話本。

結合日本學者提供的扉頁書影，其中有東吳弄珠客的序，再結合謝肇淛的關於此書二十卷的記載，以及沈德潛所記載在 1614 年左右的有關此書在吳出版的信息，大抵可以得出結論：這個帶有東吳弄珠客序言的版本，就是金瓶梅出版的最早版本，換言之，當下的萬曆詞話本的名稱，應該讓位給當下的崇禎本系統的原稿本。筆者的這一判斷，其原因隨後慢慢論述，崇禎本系統在前，有幸金學界已經早有學者如此認知，浦安迪教授《論崇禎本〈金瓶梅〉的評注》認為：崇禎本的成書時間應「提前到小說最早流傳的朦朧歲月中，或許甚至追溯到小說的寫作年代。」〔註 12〕正與筆者的判斷暗合。

《金瓶梅》的兩大版本系統，所謂萬曆詞話本和崇禎本，從當下的萬曆和崇禎來說，自然是詞話本在前，崇禎本在後，但這僅僅是後來人的認知，並不能代表是其歷史真相。《金瓶梅》原作者的原稿到底接近哪一個版本？從兩個版本的基本特性而言，崇禎本基本是文人創作的特色，詞話本是所謂的說部性質，這也就涉及到：1.這本書在明代是先有文人創作的手抄本，還是先有說唱文學的記載？2.明代萬曆之後的文化思潮，兩者之間又是什麼樣的演變次序？3.由此出發，必然會影響對《金瓶梅》其作者性質的定位，是文人獨立創作之發端，還是文人仍舊是說唱話本的整理者和編纂改寫者？本文所論關於崇禎系統版本早於詞話本的另外一個實證，是崇禎本第一回所寫的故事開始時間，就是李贄之死敵也就是西門慶原型人物耿定向的生日，而詞話本則沒有這一段文字。

我們可以看到，在金瓶梅最早的流傳信息，都是在明代萬曆之後的士大夫精英圈子裏流傳，而無任何說唱文學的記載。如袁宏道、袁中道、謝肇淛、沈德符、李日華、袁無涯、馮夢龍等。已經可以充分說明，金瓶一書是由萬曆時代之時代「鉅子」所撰著，其所流傳，在開始的階段，也與說部無關，至於其寫作手法，其所利用此前宋元明時代的話本小說、戲劇、甚至整個架構都從水滸傳橫截而來，這都不影響其文人獨立撰寫長篇小說的性質。只能說，這種抄寫前代敘事文學作品，類似於宋人的用典使事手法，其要點在於揭露和批判假道學，至於期間的基礎性質的故事來源，則可以左抽右取談笑

〔註 12〕參見王汝梅著《金瓶梅版本史》，齊魯書社，2015 年版，第 48 頁。

足，更顯示出來金瓶一書作者閱讀之廣泛，學問之非凡，使用前人之作品之隨意。

第九章　馮夢龍與《金瓶梅》〔註1〕

一、概說

馮夢龍與金瓶梅之間的關係極為密切，這是毋庸贅言的，但馮夢龍與金瓶梅之間的具體關係為何，此前學界之論，多為猜測之詞，且未見有全面論證之作。以筆者之見，主要有以下的幾個方面：

1.馮夢龍為金瓶梅出版傳播中最為重要的編輯者和最早的正面闡釋者之一，金瓶梅最早出版的兩個版本，崇禎丁巳本以及早於此本數年的版本，都是由馮夢龍加以最終編輯定稿，並以「東吳弄珠客」的筆名撰寫了序言——這一序言使用了兩次而略有修改，這也就意味著這是同一個版本的兩次印刷，或者就是兩個版本。

2.馮夢龍更為重要的貢獻，是他在李贄撰著的《金瓶梅》原稿的基礎之上，做出很多重大的修改，增補詩詞，修改書中的很多內容，使之更為適合通俗化市場，這就是所謂的《金瓶梅詞話》——馮夢龍正是詞話本的改編者，或說是寫作者。詞話本寫作的如此成功，以至於後來的金學家，誤將詞話本視為原作者的原稿本，將其的出版時間安置在萬曆時期，稱之為萬曆詞話本，將原本在萬曆時期出版，馮夢龍為之作序的原稿本，反而稱之為崇禎本，從而幾乎將兩個版本的此序徹底顛倒了原有的次序。

3.馮夢龍還在詞話本上撰寫了他為金瓶梅所撰寫的第二篇序言，以欣欣子作為筆名的這一篇序，可視為是馮夢龍對金瓶梅思想認識的一次大飛躍，是

〔註1〕此文與弟子盤珊鈺合作發表于《海南熱帶海洋學報》，全文主要由弟子執筆本人指導，特此聲明。

一次重要的轉型。以上的研究，首先，需要建立在馮夢龍生平研究的基礎之上，在此基礎之上，再來解讀相關的史料和馮夢龍自身的作品，才有可能獲得整體的、聯繫的、歷時性的、流變的、較為系統的認識。

二、馮夢龍生平

馮夢龍（1574年～1646年），字猶龍、公魚、耳猶、子猶，號龍子猶、隴西君、隴西居士、可一居士、可一主人、茂苑外史、茂苑野史、江南詹詹外史氏、墨憨齋主人、顧曲散人、吳下詞奴、東吳畸人、姑蘇詞奴、前周柱史、綠天館主人、平平閣主人等〔註2〕。中國古代文學家、思想家、戲曲家。主要代表作有《喻世明言》、《警世通言》、《醒世恒言》，簡稱「三言」。馮夢龍自立《情教》，主張「借男女之真情，發明教之偽藥」。馮夢龍是明朝南直隸蘇州府長洲縣（今江蘇蘇州）人，蘇州葑溪馮氏的後代。同其兄馮夢桂、其弟馮夢熊並稱「吳下三雄」〔註3〕。其父名馮其盛，明代醫學家，嘗輯有《幼科輯粹大成》十卷，現僅殘存五卷，日本存有刻本，父親和蘇州大儒王敬臣（王仁孝）關係密切〔註4〕。馮夢龍的母親有兩種可能，一說姓查〔註5〕；馮夢龍兄馮夢桂，字若木，號丹芳，是馳名江南的畫家，《明畫錄》記載。其孫子名馮六，曾孫名馮勖，馮勖在《漫鳴稿序》中提及：「曾叔祖猶龍公青年以春秋……」馮夢龍弟馮夢熊，字杜陵，號非熊，太學生，一個出色的詩人，無子嗣，嘉定侯峒在《友人〈馮杜陵集〉序》中記載「為諸生，蹶者屢矣，竟以窮死。死且無子，殯於蕭寺，寺僧舉一被覆之，僅乃得無暴體。」〔註6〕。馮夢龍的表舅毛玉亭當過刺史。馮夢龍其餘親屬關係未明，只知其有一子，名焴，字贊明，沈自晉《重訂南詞全譜凡例續記》云：「適顧甥來屏寄語：曾入郡，訪馮子猶先生令嗣贊明……」〔註7〕。孫子馮端虛，其妻丁氏，《丁氏宗譜》記載「馮端虛聘妻丁氏同治七年旌」，但還未娶妻就已經去世。馮夢龍侄曾孫馮勖，字方寅，號

〔註2〕徐文助，《馮夢龍之生平及其〈警世通言〉》，師大學報，1982年6月，第27期，第220頁。

〔註3〕楊曉東，《馮夢龍身世新探》，文史雜誌，1993年，第2期，第24頁。

〔註4〕施曉平，《馮夢龍父親會是明代醫學家馮其盛嗎？》，https://mp.weixin.qq.com，2020年7月16日。

〔註5〕高洪鈞，《馮夢龍家世探秘》，明清小說研究，1996年，第1期，第138頁。

〔註6〕徐永斌，《「二拍」與馮夢龍的《情史》、《智囊》、《古今譚概》》，明清小說研究，2005年，第2期，第16頁。

〔註7〕沈自晉，《重訂南詞全譜凡例續記》，臺灣學生書局，1984年，第39頁至第40頁。

勉曾，翰林院檢討，客居福建事物，以孝聞名。馮夢龍的弟子姓丁，諱宏度，字臨甫，蘇州長洲人，顧玷在《孝介先生傳略》中有相關記載，其小女丁氏被聘為馮端虛之妻〔註8〕。馮夢龍好友董遐周、熊廷弼、董斯張、錢謙益、沈德符、祁彪佳、沈自晉、文從簡、袁無涯、袁宏道、劉生等。名妓好友：白小樊、王生冬、薛廖生。青年時期的愛人：侯慧卿。

（一）馮夢龍早期活動及作品研究（1574～1610）

馮夢龍於明神宗萬曆二年（1574年）出生，出生在蘇州府長洲縣蘇州城內蒼龍巷7號（今江蘇省蘇州市）的一個經學世家，「不佞同年受經，逢人問道，四方之秘荚，盡得疏觀」〔註9〕。馮夢龍小的時候就受到父親封建傳統思想的指導，「此孝子王先生，聖賢中人也，小子勉之。」〔註10〕受其的影響，馮夢龍從小就喜歡讀書，同時，他對於童謠也十分感興趣「余幼時問得十六不諧，不知何義；其詞頗趣，並記之」〔註11〕。其童年和青年時期，和當時大部分都是一樣的，為了考科舉而讀經書。因為勤奮好學，馮夢龍很早就考中了秀才。

馮夢龍於明神宗萬曆一十三年（1585年），11歲時便考中了秀才，之後為了應舉考試，研讀《春秋》，並且頗有一番造詣，弟馮夢熊在《麟經指月．序》中：「余兄猶龍，幼治《春秋》。胸中武庫，不減征南」〔註12〕。但不久後，馮夢龍家道中落，又和父親馮其昌一樣多次考舉人不中，只能落魄奔走，以坐館教書為生。

萬曆二十一年（1594年）的時候，馮夢龍20歲左右，正是年少輕狂，才情絕豔的時候，文從簡在《馮猶龍》中說：「早歲才華眾所驚，名場若個不稱兄」〔註13〕。

馮夢龍為人慷慨熱情、善豪飲，精曲律，又健談諧趣，「吳下三熊，仲其最著」，但因為當時政治上的原因，屢次考舉不中，才華和抱負無法施展，心情鬱悶的馮夢龍沉迷在青樓酒肆，有過一段「逍遙豔冶場，遊戲煙花裏」的生

〔註8〕施曉平、陳其弟、卿朝暉，《馮夢龍的家世、里籍》，江蘇地方志，2017年，第5期，第79頁。

〔註9〕王淩，《馮夢龍生平簡編》，福建論壇（文史哲版），1988年，第3期，第65頁。

〔註10〕馮夢熊，仁孝王先生俟後編跋，明王敬臣《俟後編》（1699年刻本）所收錄。

〔註11〕馮夢龍，《山歌．卷一》。

〔註12〕馮夢熊，《麟經指月．序》。

〔註13〕文從簡，《馮猶龍》，1638年著。

活〔註 14〕。但是馮夢龍並沒有完全沉迷在這樣的玩樂中，而是利用和下層百姓接觸的機會，開始收集民歌俗曲。馮夢龍民歌收集的對象多數是下層百姓，如琵琶婦、「名妓馮喜」、「彈琴之盲女」、「行歌之乞丐」等。

青年的馮夢龍在和好友董遐周登吳山的時候，一起創建了詩社，馮夢龍的哥哥馮夢桂也是詩社的成員。馮夢龍在二十歲左右遇到了他的紅顏知己——侯慧卿，馮夢龍曾經問過侯慧卿：「卿輩閱人多矣，方寸得無亂乎？」侯慧卿回答道：「不也。我曹胸中，自有考案一張。如捐額外者不論，稍堪屈指，第一第二以至累十，井井有序。他日情或厚薄，亦復升降其間。倘獲奇才，不妨……」〔註 15〕因此，年少風流的馮夢龍和色藝雙絕的侯慧卿展開熱戀。

萬曆丙申二十四年（1596 年），馮夢龍 22 歲，向船夫搜集民歌，在《山歌・卷五雜歌四句》《鄉下人》的「附注」中詳細記述了當時采風的過程：「余猶記丙申年間（明萬曆二十四年）一鄉人棹小船放歌而回，暮夜誤觸某節推舟，節推曰：『汝能即事作歌，當釋改』，鄉人放聲歌曰：『天昏日落黑湫，小船頭砰子大船頭，小人是鄉下麥咀弗知世事了撞箇樣無頭禍，求箇青天爺爺千萬沒落了我箇頭』，節推大喜，更以壺酒勞而遣之」。

明神宗萬曆三十二年（1604 年），馮夢龍 30 歲，以好友劉生和白小樊的真實故事作樣本，創作傳奇《雙雄記》。馮夢龍好友劉生和名妓白小樊相愛，並許下承諾離開，卻一去不回，留下白小樊獨自痛苦難過。馮夢龍對好友的這種行為十分不齒，馮夢龍還曾作曲《青樓怨》對其斥責。最終，劉生意識到自己的錯誤，回青樓為白小樊贖身。

明神宗萬曆三十五年（1607 年），馮夢龍 33 歲，馮夢龍此時是長洲生員，為了考舉在做努力。馮夢龍這時候已經才華絕豔，在長洲的名氣很大。同年，馮夢龍為好友董遐周出版的《廣博物志》校訂。

明神宗萬曆三十六年（1608 年），馮夢龍 34 歲，與剛到吳縣上任的陳無異結識，兩個人相處得很愉快。

神宗萬曆三十七年己酉（1609 年），馮夢龍 35 歲，仍然在為考舉而努力，作為生員和其他人一起在蘇州西堂讀書，在這裡，結識了志同道合的三瞻，兩個懷才不遇的人惺惺相惜，結交好友，「尚與予困諸生間」〔註 16〕。

〔註 14〕薛宗正，《馮夢龍的生平、著述考索》，烏魯木齊職業大學學報，2000 年 12 月，第 9 期，第 46 頁。

〔註 15〕馮夢龍，《山歌・卷四私情四句》「多」後馮夢龍的評語。

〔註 16〕王淩在《馮夢龍生平簡編》中，根據馮夢龍在《西堂初稿・序》中說：「往予同年，馮夢龍與侯慧卿交往十餘載後分離，馮夢龍無論怎麼挽留都沒能讓侯慧卿回頭。馮夢龍與侯慧卿分開後痛苦不堪，作《怨離詩》三十首以懷念。後又陸續作《怨離詞・為侯慧卿》、《誓妓》等散曲，可見侯慧卿的離開對馮夢龍傷害之深。董斯張在《怨離詞》後評「子尤失慧卿，遂絕青樓之好」〔註 17〕。關於侯慧卿最後的動向，至今尚有爭議，一說侯慧卿後來遇到鹽商孫福，決定從良，後遠走他鄉〔註 18〕；一說侯慧卿貪慕權貴，最後卻被拋棄，馮夢龍也因為之前發生的事不願再接受她，最終侯慧卿抑鬱寡歡，年少早逝〔註 19〕。

不久《童癡一弄・掛枝兒》出版，在當時引起很大反響，馮夢龍好友沈德符在《萬曆野獲編》卷二十五中云：「比年往來，又有打棗杆、掛枝兒二曲，其腔約略相似，則不問南北，不問男女，不問老幼良賤，人人習之，亦人人喜聽之……」〔註 20〕

明神宗萬曆三十八年（1610 年），馮夢龍 36 歲，《掛枝兒》刊行。恰逢 5 月 2 日，馮夢龍念及侯慧卿，感傷不已，又作《端二憶別》。有學者認為是馮夢龍又遇侯慧卿，侯慧卿所遇權貴不淑，想再與馮夢龍相好，馮夢龍想起以前的情誼和侯慧卿之前的無情，只感歎並不值得，沒答應侯慧卿〔註 21〕。

（二）馮夢龍中期活動及作品研究（1611～1633）

神宗萬曆辛亥三十九年（1611 年），馮夢龍 37 歲，因為《掛枝兒》等原因，馮夢龍遭遇來自各個階層群眾的厭惡，認為他寫的都是害人之術，因而受到迫害，幸得熊廷弼的幫助，前往湖北。

神宗萬曆癸丑四十一年（1613 年），馮夢龍 39 歲，他從沈德符手中得到《金瓶梅》鈔本，想鼓動書商出版，根據筆者研究，應該在 1614 年首次少量出版，並在三年後即 1617 年正式出版，參見前文。《金瓶梅》的原作者一直以來備受爭議，同年，馮夢龍和袁無涯、楊定見等共同校對出版李贄點評的《水

與三瞻讀書西堂也……而悄焉十五餘年」得出的結論。

〔註 17〕董斯張在馮夢龍詩《怨離詞》後的評語。

〔註 18〕王凌在《馮夢龍與侯慧卿》中認為，侯慧卿最後嫁給了一個商人。

〔註 19〕高洪均在《〈掛枝兒〉成書考及馮夢龍、侯慧卿戀離原委》中首次推斷，侯慧卿離開馮夢龍是為了袁小修。

〔註 20〕沈德符在其著作《野獲編》中的《時令小曲》記載了馮夢龍所作民俗曲的傳播情況。

〔註 21〕高洪均，《《掛枝兒》成書考及馮夢龍、侯慧卿戀離原委》，天津師大學報（社會科學報），1992 年，第 2 期，第 44 頁。

滸傳》。

約在明神宗萬曆四十六年（1618 年），時馮夢龍 44 歲，因為馮夢龍對《春秋》研究頗深，名氣很大，於是田公子約馮夢龍到麻城講學，馮夢龍前去赴約，並在麻城逗留了很長一段時間，期間和友人一起研習春秋，友人梅之煥為馮夢龍《麟經指月》作序〔註 22〕。同年四月，努爾哈赤攻打明朝，挑起戰爭。

明光宗泰昌元年庚申（1620 年），馮夢龍時 46 歲，春朝，馮夢龍著《古今笑》出版。夏至前一日，馮夢龍完成《增補三遂平妖傳》四十卷。這年秋天九月，《麟經指月》出版，其弟馮夢龍為其作序同年，馮夢龍好友熊廷弼因為黨派之爭，解官回家。

熹宗天啟元年辛酉（1621 年），馮夢龍 47 歲，這一年，馮夢龍為生計犯愁，馮夢龍開始整理家中的通俗小說，原有收藏的通俗小說一百二十種，把其中的三分之一選為《古今小說》〔註 23〕。在出版商的催促下加緊出版《古今小說》。天啟初，馮夢龍前因天許齋遭祝融之災，其所增補的《三遂平妖傳》版毀於火，乃重訂舊序而由金圈嘉會堂刻之，改題《新平妖傳》；《古今小說》則板歸衍慶堂，重加校定，刊誤補遺，改題《喻世明言》，作為「三言」之一。

同年三月，瀋陽、遼陽相繼失守，熊廷弼復職，駐守山海關。

熹宗天啟二年（1622 年），馮夢龍 48 歲，廣寧失守，馮夢龍好友熊廷弼入獄，馮夢龍曾為其鳴不平，上書陳言，因此得罪魏忠賢閹黨，「予自哲皇帝朝以言得罪，里居三載」〔註 24〕。

同年，馮夢龍《情史》編著完成。《情史》是馮夢龍的主要思想觀點，是他行為活動的準則。馮夢龍在書中提出「借男女之真情，發名教之偽藥」的主張，此主張是「三言」創作的前提。

熹宗天啟四年甲子（1624 年），馮夢龍 50 歲，臘月，《警世通言》出版，馮夢龍化名「無礙居士」為此書作序〔註 25〕。唯一一篇歌頌友誼的作品《俞伯牙摔琴謝知音》，且放在篇首，小說中的鍾子期也是對馮夢龍自己的投射，同

〔註 22〕高鴻鈞，《馮夢龍集箋注》，天津古籍出版社，2006 年，第 379 頁至第 380 頁。

〔註 23〕「梓行識語」對馮夢龍《喻世明言》的出版及改版做了詳細的記載「本齋購得古今名人演義一百二十種，先以三分之一為初刻云……今板歸本坊，重加校訂，刊誤補遺，題曰喻世明言……」。

〔註 24〕橘君，《馮夢龍詩文》，海峽文藝出版社，1985 年，第 157 頁。

〔註 25〕馮夢龍，《警世通言》，嶽麓書社，1624 年。

時也表達了馮夢龍和熊廷弼的友誼〔註 26〕。

熹宗天啟五年乙丑（1625 年），馮夢龍 51 歲，為王驥德《曲律》作序〔註 27〕，編成《春秋衡庫》。同年八月，馮夢龍好友熊廷弼因為黨派鬥爭被殺。9 月，馮夢龍好友李長庚為《春秋衡庫》作序。

福賈天啟賓寅六年（1626 年）魏忠賢閹黨逮捕周順昌，馮夢龍也在被迫害之列，時年 52 歲，在蔣之翹「三經草堂」編成《智囊》二十七卷。同年，馮夢龍編成的《太平廣記鈔》出版，馮夢龍好友李長庚在九月重陽日為其作序。

熹宗天啟丁卯七年（1627 年），馮夢龍 53 歲，編成《醒世恒言》〔註 28〕，九月份，馮夢龍化名「隴西可一居士」為這本書作序。不久，馮夢龍編著《太霞新奏》出版。同年，馮夢龍為衛泳雜著《枕中秘》作「跋語」。秋季，馮夢龍和表舅毛玉亭前往承天寺遊玩，不久，馮夢龍著《承天寺代化大悲象疏》，從這裡可以看出，馮夢龍對於佛教的感觸已經很深了。

懷宗崇禎戊辰元年（1628 年），馮夢龍 54 歲，馮夢龍作《真義裏俞通守去思碑》〔註 29〕。同年，馮夢龍將袁于令的傳奇《西樓記》改編成《楚江情》，隨後又改編楚黃孝己的傳奇《灑雪堂》。

崇禎二年（1629 年），馮夢龍 55 歲，修改增補《金瓶梅》而為《金瓶梅詞話》，當出版於是年。代人作《代人贈陳吳縣入覲序》、《代人贈陳吳縣覲行序》〔註 30〕。

崇禎三年（1630 年），馮夢龍 56 歲，馮夢龍代作《吳邑令萬公去思碑》。不久，馮夢龍先入國子監成為貢生，以《春秋》舉貢。春夏間，祁彪佳來信向馮夢龍索要《太霞新奏》，並認為馮夢龍是他的戲曲知音。同年，馮夢龍與阮大鋮、潘國美等同登北固樓甘露寺。

崇禎四年（1631 年），馮夢龍 57 歲時被破例授丹徒縣訓導，任職期間曾

〔註 26〕韓曉，《馮夢龍與熊廷弼交遊考——以〈俞伯牙摔琴謝知音〉為中心》，湖北大學學報（哲學社會科學版），2010 年，第 88 頁。

〔註 27〕馮夢龍為好友著作《曲律》作序，後署名「古吳後學馮夢龍題於葑溪之不改樂庵」。

〔註 28〕馮夢龍，《警世通言》，嶽麓書社，1627 年。

〔註 29〕王凌在《馮夢龍生平簡編》中，根據馮夢龍《真義裏俞通守去思碑》中提到的「歲戊辰」得出所作時間「崇禎元年，1628」。

〔註 30〕王凌在《馮夢龍生平簡編》中，根據陳吳縣的離任時間推斷，《代人贈陳吳縣入覲序》、《代人贈陳吳縣覲行序》推斷在崇禎二年。

勸縣令為民落實升科不實之事。在擔任訓導的同時，馮夢龍還編輯了《四書指月》，由此可知，馮夢龍開始從研究《春秋》向研究四書轉變，這也是馮夢龍後期作品中「儒學」色彩強烈的原因之一。

崇禎五年（1632 年），馮夢龍 58 歲，代萬谷春作《代人為萬吳縣考績序》。

崇禎六年（1633 年），馮夢龍 59 歲，馮夢龍和剛剛到任的祁彪佳相見，將自己刻印的著作贈送給祁彪佳，相談甚歡。祁彪佳不久又致函馮夢龍，請他搜集三吳一帶各種刻書目錄，並推薦南京新刻的圖書目錄。

（三）馮夢龍後期活動及作品研究（1634～1646）

崇禎七年（1634 年），馮夢龍 60 歲任壽寧知縣，六、七月赴任的時候，馮夢龍還曾向並祁彪佳道別。八月份，馮夢龍通過鎮寧府從政和縣走，經過石門隘，於 11 號到達壽寧縣，馮夢龍到達壽寧縣當天，天邊彩霞相簇，十分美麗，馮夢龍的心情也十分好，於 12 號作詩《紀雲》。同年，馮夢龍在蔣氏的三經齋小樓近兩個月編成《智囊補》，編成後，社友德仲送馮夢龍到松陵，馮夢龍坐船前往福建。

馮夢龍當官後，與他筆下的清官形象一樣，減輕百姓的經濟負擔，禁止溺女嬰，除虎患，斬奸人，做到了真正的「政簡刑清，首尚文學，遇民有恩，待士有禮」。

崇禎八年（1635 年），馮夢龍 61 歲，因為沒有進士的學歷，感到處處受到限制，所以委託祁彪佳代其向福建新任巡撫應霞城處說項。

崇禎丁丑十年（1637 年），馮夢龍 63 歲，初春，作《壽寧志・小引》，其作《壽寧待志》中有馮夢龍在壽寧的詳細記錄。同年，馮夢龍在工作之餘，完成傳奇《萬事足》的編輯。

崇禎戊寅十一年（1638 年），馮夢龍 64 歲，離任回到家鄉蘇州。回鄉後，馮夢龍有過一段退隱的生活，和好友鳳苞一起在冬日泛舟，尋梅問柳，寒舍小酌……馮夢龍好友文從簡在《馮猶龍》中說：「歸來結束東牆隱，翰鱠機尊乎自烹。」馮夢龍亦作詩《冬日湖村即事》。在這短暫而美好的時間裏，馮夢龍是快樂的，書也寫了，官也做了，雖然過程坎坷，但終究不是完成了，馮夢龍這時候有過歸隱念頭，但是晚明社會動盪，憂國憂民的馮夢龍發現自己還是割捨不下俗世。不久，馮夢龍從事戲曲改編，在這段時期，因為社會的動盪，馮夢龍改編的戲曲多數是用於維護封建統治。

南明福王弘光元年（1640 年），馮夢龍 66 歲，憂國憂民的馮夢龍曾以「草莽臣」的身份上書《治亂相因說》，針對南明福王政府的統治，給出了六項建議：（1）別忠逆以勵廉恥。（2）一兵將以肅軍容。（3）誅貪暴以甦民命。（4）嚴稽核以清課題（5）更鼓鑄之令以足精神。（6）通南北之脈以足金錢。但是卻並沒有用。

崇禎壬午十五年（1642 年），馮夢龍 68 歲，為畢魏修改《三報恩傳奇》，隨後為其作序。馮夢龍 70 歲，馮夢龍七十歲壽辰的時候，錢謙益曾作詩《贈馮二丈猶龍七十壽詩》為其賀壽。

崇禎十七年（1644 年），馮夢龍 70 歲，甲申之變，李自成破北京，崇禎皇帝自縊煤山。馮夢龍悲痛欲絕，懷著希望編纂《甲申紀事》十三卷，《甲申紀事》裏記載了明亡後馮夢龍複雜的感情變化，這也是馮夢龍前後期變化巨大的原因。不久後清兵南下，馮夢龍努力宣傳抗清，刊行《中興偉略》。同年，馮夢龍改寫余邵魚的《列國志傳》為《新列國志》。冬季，祁彪佳辭官，馮夢龍送至松陵，贈《新列國志》，同時囑咐沈自晉加緊出版詞譜的工作。

南明弘光元年（1645 年），馮夢龍 71 歲。春，馮夢龍在浙江湖州、杭州一帶雲遊，先和王挺約在嘉興鴛鴦湖見面，然後兩人一起去西湖遊玩，告別王挺後，馮夢龍又去拜訪了沈自晉〔註 31〕。五月，清兵攻破南京，福王被抓。六月，唐王到達福建，稱監國，群望中興。馮夢龍此時在浙江、杭州、天台等地進行反清復明的行動。

南明唐王二年（1646 年）春，馮夢龍 72 歲，於春夏間去世，留有《辭世詩》二首。

馮夢龍死因尚未明確。一說其憂憤而死（這個說法不太可信，據說馮夢龍雖然已經七十高齡，但是其身體依舊十分健碩），一說被清兵所殺，還有一說殉國投海，一說其逃亡日本〔註 32〕，一說其入清後仍活著，只不過是銷聲匿跡了。本人比較支持殉國一說，因為馮夢龍在「三言」中對殉國一事是持有肯定態度的，對於一生都「知行合一」且已經絕望的馮夢龍來說並不為過。

馮夢龍死後，因其是抗清人士，他的著作在國內幾乎被銷毀殆盡，其著作「三言」也是民國時期才從日本抄錄回來的。

結合以上馮夢龍的生平資料分析可知，馮夢龍從小就表現出對俗文學濃

〔註 31〕蘇謙，《南明時期馮夢龍身份意識轉換研究》，杭州師範大學，2018 年。

〔註 32〕容肇祖，《明馮夢龍的生平及其著述》，嶺南學報，1931 年，第 2 期，第 8 頁。

厚的興趣，關注底層百姓，富有正義感，馮夢龍在《情史・序》中說：「情史，余志也。余少負情癡，遇朋儕必傾赤相與，吉凶同患」。這是他儒學世俗化的一個先天原因。因為對俗文學的喜歡，馮夢龍認識了侯慧卿等多名色藝雙絕的妓女，並與侯慧卿相愛至十餘年。正是這一段時間的接觸，馮夢龍同情妓女，對於好友和妓女相愛之事表示支持。如好友袁無涯和名妓王生冬的愛情，馮夢龍作詩《送右訪妓》以作支持；為好友董遐周作詩《為董遐周贈薛廖升》給薛廖升，希望他們兩個人能彼此珍惜，走到一起。馮夢龍尊重妓女，馮夢龍名妓好友馮喜生從良前一天，向馮夢龍辭行，馮夢龍把馮喜生唱的民間小調收錄在《掛枝兒》中，並且毫不避諱地提及妓女馮喜生。馮夢龍為妓女打包不平，馮夢龍好友劉生與白小樊許下承諾，卻並未兌現諾言，馮夢龍為其作《怨離詞》痛斥渣男，後又作傳奇《雙雄記》指責劉生的薄倖行為，最後劉生知錯悔改，為白小樊贖了身。正是這段時間的經歷，成為為馮夢龍儒學世俗化的一個重要原因，為馮夢龍「情史」打下基礎，也成為馮夢龍「三言」中女性解放角色的主要依據。

一般認為，馮夢龍一共有過兩次思想上的轉變，與侯慧卿的戀情失敗是馮夢龍思想上的第一次轉變。馮夢龍和侯慧卿的悲劇是必然的，是封建社會的悲劇，但是馮夢龍並不明白，他只是認為侯慧卿背叛了他。也是侯慧卿的離開，馮夢龍更加認為儒學的忠義都太過於虛偽，反而轉向探索儒學給社會帶來的實際作用、也就是「儒學世俗化」的方向。中期是馮夢龍思想的成熟期，馮夢龍經常到麻城活動，接觸到許多李贄的思想主張，李贄思想的「童心說」是馮夢龍儒學世俗化的關鍵原因，馮夢龍後提出「情教觀」，欲立「情教」。明朝後期的社會動盪是馮夢龍思想的第二次轉變的原因，馮夢龍的視線由底層百姓轉向國家，致力於維護國家統治。明朝覆滅後，馮夢龍仍然在不停地為國奔走，在他的「情教」裏，「情」和「國」是不能分開的。

這種兩次轉變的認識，是基於一般性的認識而來，如果能夠深入解讀馮夢龍與金瓶梅的關係，則勢必會通過他的前後兩篇序言對金瓶梅的不同態度，解讀出他的前後不同的思想，主要是對情慾的態度，從萬曆三十年左右，尚在儒家思想的窠臼之內，認為金瓶梅穢書也的態度，而轉型為對金瓶梅的極力肯定和讚賞的態度，其中不僅僅反映了馮夢龍文藝觀念的轉型，同時，也必定是基於其人生的體驗，從而發生了對於愛情、情慾的較為全面的思想解放。